별 다섯
인생

나만 좋으면 그만이지!

별·다·섯 인생

물만두 홍윤 지음

바다출판사

만두의 진실 또는 고백

누구에게나 비밀은 있다. 밝히고 싶지 않은 것도 있고 밝힐 수 없는 것
도 있다. 어떤 사람은 직업을 밝히길 꺼려하고 어떤 사람은 가정사를 얘
기하길 꺼려한다. 직업의식 차원에서 물으시는 '가을산님'에게 대답해
드리고 보니 다른 분들께도 밝혀야겠다는 생각이 들었다. 나도 누군가
가 미적지근하게 말을 하면 궁금해하는 성격이라, 만두가 아프다고 하
는데 어디가 얼마나 아픈지 님들이 궁금해하리라는 생각이 들었다. 만
두가 병명을 밝히지 않은 이유는 딱 한 가지다. 언젠가도 말한 적이 있
는데, 말 한번 잘못했다가 기자들이 기사를 쓰겠다고 하는 바람에 곤욕
을 치렀기 때문이다.

  만두의 병명은 진행성 근육병이다. 근육병도 여러 가지라 의사가 뭐
라고, 영어로 얘기해 줬는데 잊어 먹었다. 그런데 그것도 확실한 게 아
닌 모양이다. 이랬다저랬다 하는 걸 보면……. 약은 없다. 말하자면 불치
병이다. 누군가 여드름도 난치병이라는 말을 했는데 님들도 만두의 병

이 만두 몸에 난 여드름 정도라고 생각하시길. 생명에 지장은 없다고 한다. 명이야 하늘이 내리는 거니 모를 일이지만.

현재 만두의 상태는, 일어나는 건 못한다. 만돌이 군대 가기 전까지는 혼자서도 다 했던 일인데. 만돌이가 제대하고 와서 많이 놀랐다. 누나가 아프다는 건 알았지만 막상 와서 보니 속이 많이 상했던 모양이다. 언젠가 술을 많이 먹고 들어와 대성통곡을 하는데 나는 주사 부리지 말라고 야단을 쳤다. 뭐, 우리 집에서 내 병은 그저 일상생활일 뿐이다. 엄마가 제일 힘드시다. 자다가 한 번은 뒤집어 줘야 하고 깨면 일으켜 줘야 한다. 옆 사람의 손을 잡고 걸을 수는 있다.

어떤 사람은 이런 인생을 살고 또 다른 사람은 저런 인생을 산다. 그중 하나가 내 인생이다. 가끔 엄마가 "하필이면……." 하시는데, 내가 아니었더라면 좋았겠지만 나라도 상관없다고 생각한다. 세상 모든 사람이 똑같은 인생을 사는 건 재미없는 일이니까.

내가 감기 몸살을 걱정하는 건 아픈 게 싫어서가 아니라 앓고 나면 더 나빠지지 않을까 하는 생각에서다. 나야 상관없지만 식구들이 더 힘들어질 테니까……. 새벽에 엄마를 부르면 가끔 만순이가 일어나 뒤집어 줄 때가 있다. 그럴 때는 정말 미안하다. 얼마 안 있어 출근할 애를 깨웠다는 미안함에 가급적이면 새벽에 깨지 않기를 바라지만 내 뜻대로 되는 것도 아니고, 뒤집어 주지 않으면 아프니 어쩔 수 없다. 내 몸이 나를 침대 매트리스에 눌러 아프게 한다. 내 몸이 이렇게 무거운 줄 미처 몰랐다.

지난 8년 동안 안 가본 병원, 안 가본 한의원, 안 해본 민간요법, 안 먹어 본 게 없다. 나도 할 만큼 했다. 더 이상 부질없는 짓은 하지 않을 생

별 다섯 인생

각이다. 그저 내 나름대로 즐겁고 재미나게 살 생각이다. 우리가 태어날 때 조물주가 아홉 개의 건강한 공과 한 개의 병든 공이 든 주머니에 손을 넣게 하셨는데, 나는 그중 병든 공 한 개를 골랐을 뿐이다. 내가 나를 불쌍히 여기지 않고 불행하게 생각하지도 않으니 님들도 그런 걱정 일랑 마시길……. 사람은 저마다 제멋에 겨워 사는 거니까. 혹 내가 아파서 오프 모임에 안 나간다고 생각한다면 그건 착각이라고 말씀드리고 싶다. 아프지 않았을 때도 나는 지금과 똑같은 모습, 똑같은 성격이었다. 식구들은 전보다 좀 못돼졌다고 하지만 "그럼 아픈 사람이 이 정도도 안 바뀌면 사람이 아니지."라고 오히려 큰소리치는 사람이 바로 나다.

다리 하나를 절단했다는 어떤 여학생이 생각난다. 그 학생이 써 놓았다는 한마디. "세상아, 비켜라. 내가 간다!" 물론 난 그러고 싶은 생각이 없다. 원래 세상이랑은 안 친하니까. 그저 건강했을 때나 아픈 지금이나 변함없는 나이기를 고집한다. 이 이야기를 하는 건 몸살이라 책은 못 읽겠고 누우면 떡이 될 거 같아, 언젠가 님들께 하려고 마음먹었던 이야기를 쓰는 것이다.

만두 걱정 마시길…… 만두는 변함없는 만두일 뿐……. 장담하건데 아마 알라딘에 가장 오래 남을 인물이 만두가 되지 않을까 싶다. 하여간 만두는 끈질기다. 어쩌면 만두의 병도 정떨어져서 나가 버릴지 모를 일이다.

그럼 만두의 진실 또는 고백 끝.

2004년 9월 3일
물만두 홍윤

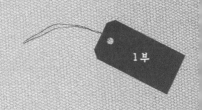

1부

내 인생의 시간은
얼마나 남았을까

2003년 12월~2004년 6월

첫눈이
오면

조만간 불혹

벌써 12월이다. 으…… 싫다. 조만간 불혹. 그래도 나이를 먹는 게 왠지 좋다. 마음이 좀 더 넉넉해짐을 느낀다. 예전의 나로 돌아가고 싶은 마음은 없다. 양희은의 노래에 공감하며…… 세월의 흐름이 약간 빠르다 싶기도 하고 오가는 계절에 예전만큼 센치해지진 않지만 이런 감정도 좋게 생각하기로 했다. 가는 세월을 누가 막아 주는 것도 아니고.

부자 되기

10년 안에 10억 벌어 부자 되기가 유행이다. 동생들도 난리가 났다. 돈, 좋다. 하지만 부자 되기가 쉬운 일은 아니다. 또 부자가 된다고 행복해지는 것도 아니다. 미국에서 1퍼센트 안에 드는 부자들에게 설문 조사를 했단다. 돈으로 사고 싶은 것에 대해. 부자들은 사랑, 건강, 능력, 지혜, 천국행 티켓을 사고 싶다고 했다. 인간은 돈이 없어 불행한 게 아니라 만족을 모르는 욕심 때문에 불행한 것이다.

돈을 버는 가장 간단한 방법은 욕심을 버리는 것이다. 그리고 안 쓰면 된다. 재테크도 중요하지만 대박 나려다 쪽박 찬다. 누구나 부자가 될 수 있다면 가난한 사람들이 왜 존재하겠는가. 자만심도 욕심이다. 가진 만큼 행복해하고 가진 것을 소중히 여길 줄 아는 것. 그게 10년 안에 10억 벌기보다 더 중요하지 않을까? 10억으로 무얼 하겠는가. 10억을 번 다음에도 행복하지 않다면 말이다. 마돈나는 모든 것을 이룬 뒤, 이게 내가 진정 바라던 것인가를 생각하게 되었다고 한다. 혹자는 가진 자의 오만이라고 생각할지도 모르지만, 돈을 많이 버는 것보다 더 중요한 것은 '어떻게 쓸 것인가'이고 그보다 더 중요한 것은 '왜 돈을 버는가'이다. 옛말에 사람이 돈을 좇으면 안 된다고 했다. 돈이 사람을 따라야지. 예전보다 풍요로워지고 부자가 되었는데도 예전보다 행복하다고 느끼진 않는다. 왜 그럴까? 생각해 보고 싶은 하루다.

기원   앗, 알라딘에 마을이 생겼다. 이런…… 나이
                들어 적응하기도 힘든데 참. 그러나저러나
2003년도 달랑 하루 남았다.
올 한 해를 결산해 보자면 내가 쪽박 찬 해였다. 우선 가장 나를 웃겼던 사건은 로또 열풍 때 만순이의 행동이었다. 로또 열풍에 우리도 동참했더랬다. 달랑 만 원으로 신년 운수나 점치는 셈 치고 다섯 식구가 숫자를 써 내려갔다.

드디어 로또 추첨일. 우린 단 한 개의 숫자도 맞추지 못했다. 만순이는 옆에서 백지장처럼 하얀 얼굴로 부들부들 떨고 있었다. 로또 영수증 두 장을 들고……. 우리 몰래 2만 원어치를 더 산 것이다. 이유인 즉 꿈이 좋았단다. 꿈에 구렁이가 방에 들어와 만순이의 팔뚝을 물어서 이빨 자국 두 개가 났는데 거기서 피가 쏟아졌다는 것이다. 구멍이 두 개라서 로또 용지 두 장, 즉 2만 원어치를 더 샀는데, 쉰 개의 번호 중에 달랑 두 개 맞았다. 이빨 자국 두 개의 뜻은 숫자 두 개였던 것이다. 그런데 엄마가 하신 말씀이 만순이를 두 번 죽였다.

"구렁이는 태몽인데……."

올해 가장 기뻤던 순간은 만돌이가 제대했을 때와 제대 이틀 만에 취직한 일이다. 기특한 놈. 올해 가장 슬펐던 일은 내 돈을 빌려 간 식구들이 지금까지도 돈을 안 갚았다는 것이다. 아버지께 신년이 오기 전에 묵은 빚 청산하시죠, 했더니 "야, 네 나이쯤 되면 아버지 용돈도 주고 그래야 하는 거 아니냐." 하셨다.

난 두말 못했고 아버지는 입가에 뜻 깊은 미소를 지은 채 방으로 들어가셨다. 엄마는 날 팔아라, 하며 배째라로 일관하시고, 만돌이는 한 달에 천 원씩 구십 개월 할부를 하잔다. 흑흑흑……. 만순이는 2박 3일 간 스노보드 타러 간다며 스키장으로 다시 날랐다. 하지만 내년에는 내가 떼먹을 테다.

우리 가족 모두 올 한 해처럼 내년에도 변함없이 건강하기를, 동생들이 내 돈부터 갚고 결혼하기를, 그리고 작은 일에도 기뻐하고 즐거워하며 살 수 있기를 다가오는 갑신년에 기원해 본다.

엄마가 무서워하는 것 네 가지.

첫째, 아버지가 사 오시는 정체불명의 건강 보조제.
둘째, 내 방에 책이 점점 쌓여 가는 것.
셋째, 만순이 방에 옷이 넘쳐 나는 것.
넷째, 만돌이 방에 게임 CD가 널려 있는 것.

2003.13.15

질투는 나의 힘

만돌이가 출장에서 돌아오면 컴퓨터를 못 쓸 것 같아 이 시간에 하고 있다. 돈 벌어서 좋은 노트북부터 장만해야 하는데 백조 신분이라 까마득하기만 하다. 흑흑흑……. 참고로 내가 쓰고 있는 노트북은 인터넷이 불가능하다.

기형도의 시집을 샀다. 안 하던 짓을 하다니……. 이건 병이라 어쩔 수 없다. 책을 읽거나 영화를 보다가 책 이름만 나오면 사지 않고 못 배긴다. 그래도 많이 나아진 편이다. 예전에는 음반도 샀는데. 클래식 음반까지. 시집은 영화 〈질투는 나의 힘〉을 만든 박찬옥 감독이 기형도의 시에서 제목을 따왔다고 해서 샀다.

아주 오랜 세월이 흐른 뒤에
힘없는 책갈피는 이 종이를 떨어뜨리리
그때 내 마음은 너무나 많은 공장을 세웠으니
어리석게도 그토록 기록할 것이 많았구나
구름 밑을 천천히 쏘다니는 개처럼
지칠 줄 모르고 공중에서 머뭇거렸구나
나 가진 것 탄식밖에 없어
저녁 거리마다 물끄러미 청춘을 세워두고
살아온 날들을 신기하게 세어보았으니
그 누구도 나를 두려워하지 않았으니
내 희망의 내용은 질투뿐이었구나
그리하여 나는 우선 여기에 짧은 글을 남겨둔다
나의 생은 미친 듯이 사랑을 찾아 헤매었으나

단 한 번도 스스로를 사랑하지 않았노라

기형도, 〈질투는 나의 힘〉

　요절한 시인의 시라 그런지 느낌이 좀 색다르다. 시를 읽어 본 지, 시집을 사본 지가 얼마 만인가…… 참, 세월이 무상하게 느껴진다. 이십 대에는 그렇게 시집을 읽었는데 사십을 바라보는 나이가 되니 시는커녕 있던 감정조차 메말라 간다. 그래도 시를 읽으니 좋다는 감정 하나라도 남은 게 다행이라면 다행이다 싶다.

　마지막 구절 "나의 생은 미친 듯이 사랑을 찾아 헤매었으나 단 한 번도 스스로를 사랑하지 않았노라." 이 대목에서 나와 시인의 차이점을 발견했다. 나는 나만을 사랑하여 미친 듯이 사랑을 찾아 헤맨 적이 없어 어태 싱글…… 이렇게 해석하면 시인에 대한 예의가 아니지 않을까 걱정되지만 이 정도밖에 느낄 수 없음을 어쩌랴. 나의 한계인 것을…… 그리하여 나는 시인이 되지 못하였노라.

첫눈이 오면　　　　　어제 눈이 왔다. 그랬나 보다 하고 지나갔는데 오늘 생각해 보니 참 우울한 일이 아닐 수 없다. 이제 눈이 와도 아무런 느낌이 없단 말인가. 스무 살 적에는 첫눈 오면 만나자던 남자 친구도 있었는데…… 아, 서글프다. 만순이에게 이제 나도 다 살았나 보다, 했더니 "언니, 골골 팔십이란 말도 있잖아. 언닌 오래 살 거야." 이러는 거다. 여기서 골골 팔십이 왜 나오느냐고. 아무리 내 평소 신조가 '가늘고 길게 살자.'라지만……. 그래도 웃었다. 웃는데 노래 가사가 뇌리를 스쳤다.

아아 웃고 있어도 눈물이 난다.

나, 가슴으로는 울었다. 눈 오는데 무덤덤한 나 때문에 울고, 염장 지르는 만순이 때문에 울고. 나랑 헤어진 그 친구는 지금 뭐하고 살까? 아마 한 여자의 남편이 되고, 아이들의 아빠가 되어 있겠지. 눈 같지도 않은 싸라기눈 내렸다고 박박 우겨 자던 사람 불러내 술 사라, 밥 사라 했는데…… 지나고 보니 그것도 추억이라고 생각이 난다.

그래, 아직 난 죽지 않았다. 옛 추억이 이렇게 떠오르지 않는가. 아싸, 아싸, 힘내자!

안락사   안락사에 찬성한다. 아파 보지 않은 사람, 아픈 사람을 돌봐 보지 않은 사람은 모를 것이다. 유언장도 미리 썼다. 내가 의식 없이 누워만 있으면서 하루하루 목숨을 연장하게 된다면 안락사를 원한다고…….

아마 의식이 있다면 그들도 그런 모습으로 살고 싶지는 않을 것이다. 사람이 살고 죽는 건 하늘의 뜻이라고 했다. 과학과 기계의 뜻도 아니고 남의 시선 때문도 아니다. 의식 없이 누워 있는 어느 유명한 의사 선생님의 다큐멘터리가 생각난다. 그 모습을 본 제자들이 얼마나 가슴 아파하고 가족들이 얼마나 상처를 받았던지……. 만약 그분에게 의식이 있었다면 이런 자신의 모습과 그런 모습을 바라보는 사람들로 인해 가슴이 아플 것이다.

안락사 문제는 생명 존중, 인간의 존엄성, 인간의 자존심을 생각하며 접근해야 한다. 누군들 그런 삶을 원할까. 건강한 사람의 잣대로 볼 문제가 아니다. 물론 어떤 부모가 자식의 생목숨을 끊고 싶을까마는 그거라도 선택하고 싶은, 마지막까지 인간답게 죽고 싶은 사람의 심정도 헤아려야 한다. 어떤 사람이 인간 아닌 짐으로 남고 싶을까…… 그거라도 선택하고 싶은 사람의 마음도 존중받아야 한다고 생각한다. 의사가 엄격하게 판단해 내린 결정이라면 법도 수용하는 자세를 보여 줬으면 한다. 법이란 것도 결국 인간을 위해 있는 게 아니겠는가.

대머리 탈출   울 아버지의 최대 관심사는 (물론 정년퇴직이
                    결정적 역할을 했지만) 건강이다. 건강과 대머리
탈출. 내가 태어나서 지금까지 울 아버지 머리에 머리카락 있는 모습을
못 봤는데 아버진 아직도 대머리 탈출에 대한 미련을 못 버리고 계신다.
아버지께 아무리 지금 모습도 멋있다고 말씀 드려도 소용없다.

어제 라디오에서 어떤 분이 두피 마사지를 두부 마사지로 잘못 알고 말씀 드려 아버지가 먹는 두부로 마사지를 했다는 사연을 듣고 웃었는데 남의 일 같지 않다. 울 아버지, 머리카락이 난다고 하는 건 다 해보셨다. 인삼을 바르시고, 솔가지로 찌르시고, 심지어 부항까지…….

아버지의 요즘 관심사는 오로지 건강이다. 올해는 저녁 굶기와 참선 수행을 하고 계신다. 새벽 3시에 일어나 참선을 하고 저녁까지 굶으시는데 그 자체가 수행이다.

얼마 전부터 우리 집에 이상한 조짐이 보였다. 동생들 방에서 군것질거리가 없어지고 냉장고에 넣어 둔 초콜릿도 없어지고…… 동생들은 서로를 의심했다. 그런데 저녁에 드라마를 보다가 잠시 안방에 들어간 엄마가 너무 놀라 우릴 부르셨다. 오 마이 갓!

아버지가 밥공기에 시리얼을 담아 몸에 좋다는 검은콩 두유를 부어 드시다 그 현장을 들켰다. 엄마가 드라마 삼매경에 빠져 있을 때 거사를 마칠 생각이었으나 발각당한 아버지…… 머쓱해하셨다.

"밥만 안 먹으면 굶는 거지. 이거 밥 아니다."

지금은 이왕 들킨 거 하시며 업소용 시리얼을 사다 저녁 대용으로 드신다. 그리고 남들에게는 "저녁을 굶으니 이렇게 좋다."고 말씀하신다.

아버지! 그래도 오래오래 사세요. 굶으시는 것 같아 걱정했는데 시리얼이 입에 맞으신다니 다행입니다.

갑자기 스머프가 생각났다.
성격으로 본 우리 삼남매의 스머프 이미지는?

투덜이 스머프, 바로 나다.

　가가멜, 누구라고 말할 수 없다.
　　　　　　짐작들은 하겠지만...... 잡히면 죽는다.
가가멜이 이거 보면 죽는다.

똘똘이 스머프, 만똘이는 잘난 척 대장,
　　　　　　　　아무도 못 말린다.

하지만 가가멜 앞에서는 잘난 척 못한다.
왜냐하면 죽기 때문에......

2004.02.17

책만 봐야 하는
인생

잊힌 꿈에 대해 생각을 하곤 한다. 어릴 적 '남
아수독오거서'라는 한자를 배울 때 처음 꿈을
가졌던 것 같다. 그때, 나도 다섯 수레 분량의 책을 읽어야지라고 생각
했는데 그 꿈이 지금까지 이어지고 있어 다행이다. 하지만 다른 많은 꿈
들은 사라지고 잊혀 이룰 수 없게 되어 버렸다. 고등학교를 졸업하면 제
일 먼저 시집가야지 했던 건 말할 것도 없고, 집 안에 칵테일 바를 둬야
지 했던 것까지…… 어처구니없고 어리석고 황당한 꿈들. 김광석의 〈서
른 즈음에〉를 들으면 어김없이 생각나 나를 웃기고 울린다.

점점 더 멀어져 간다
머물러 있는 청춘인 줄 알았는데
비어 가는 내 가슴 속엔
더 아무 것도 찾을 수 없네

계절은 다시 돌아오지만

떠나간 내 사랑은 어디에

내가 떠나보낸 것도 아닌데

내가 떠나온 것도 아닌데

조금씩 잊혀져 간다

머물러 있는 사랑인 줄 알았는데

또 하루 멀어져 간다

매일 이별하며 살고 있구나

김광석, 〈서른 즈음에〉

　　나는 오늘 또 무엇과 이별을 하며, 무엇을 잊고, 무엇을 잃어버린 채 살고 있는 것일까…… 그게 다 내 욕심이고 미련이었으면 하는 마음뿐 이다.

리뷰는 제 손으로　　　　어제 데카님의 서재에 들렀다가 아주 놀라운 사실을 알게 되었다. 알라딘의 어떤 사람이 데 카님의 글을 베껴 올렸다는 것이다. 나도 그 글을 읽고 참 잘 썼다고 생 각했는데 이렇게 황당할 수가…….

　　나도 몇 번 내가 쓴 리뷰를 도용당해 봐서 그 기분을 이해한다. 내 글 은 별로여서, 그리고 두세 번밖에 안 당해서 그러다 말겠지 했는데 이건 좀 심하다 싶다. 리뷰를 쓰는 건 글을 잘 쓰기 위해서가 아니다. 책을 읽 고 소감을 올리는 것뿐이다. 가끔 스포일러성 글을 올려 비난받기도 하지만 아마추어 리뷰어의 글쓰기가 다 그런 게 아닐까. 서재를 예쁘게 잘 꾸미고 싶다면 무엇보다 노력과 정성이 중요하다. 남의 글을 도용해서 될 일이 아니다. 그냥 책을 읽고 좋았다거나 나빴다는 몇 마디 정도만 써도 되지 않을까.

내가 만든 서재는 내 얼굴이다. 내 얼굴에 남의 눈과 코를 붙일 수는 없는 일이다. 어제는 좀 우울했다. 참 좋은 글을 쓰는 추리소설 마니아를 만났다고 기뻐했는데……. 이런 일이 다시는 없기를 바랄 뿐이다.

옛날 사진 　　　　　　　가끔 옛날 사진첩을 보면 정말 재미있다. 어쩜 엄마는 나와 만순이에게 쌍둥이처럼 옷을 입히셨는지…… 항상 똑같은 옷을 입고 나란히 찍은 사진을 보면 너무 우습다. 그런데 더 우스운 건 따로 있다. 뒷장으로 가면 만순이랑 만돌이를 찍은 사진이 나오는데 만돌이가 나랑 만순이가 입었던 옷을 그대로 입고 있다. 옷 물려 입기의 진수를 보는 듯하다. 샘 많은 만순이 때문에 서로 다른 옷은 사 입힐 수도 없었던 엄마는 똑같은 모양의 색만 다른 옷을 고르는 아이디어를 냈다. 모자에서부터 티셔츠, 바지, 치마, 원피스, 잠바, 오버까지, 아니 신발까지 똑같이. 심지어 벨트까지도. 나야 워낙 1년 만에 쑥쑥 자란 탓에 새 옷을 사 입었지만, 만순이는 지 성질 때문에 내가 입던 색깔만 다른 똑같은 옷을 두 번 입고 말았다.

불쌍한 건 만돌이다. 누나들 옷을 물려 입어야 했다. 치마와 속옷만 빼고 모두 물려 입었다. 엄마가 여자애는 남자애처럼, 남자애는 여자애처럼 입히는 유니섹스 모드를 추구하셨기 때문이다.

더 웃기는 건 셋이 헤어스타일도 똑같다는 거다. 이건 나 때문이다. 울 엄마의 꿈이 큰딸을 공주처럼 예쁘게 키우는 것이었건만, 내가 워낙 공주랑은 거리가 멀었다. 초등학교 1학년 때 엄마가 머리를 따주겠다고 하셨는데 내가 머리에 손도 못 대게 징징거려 보다 못한 울 아버지가 나를 데리고 미장원에 가서 머리를 쇼트커트로 만들었다. 그 머리가 고등학교 3학년까지 갔다. 두 갈래 공주 머리와 원피스를 향한 엄마의 꿈은 깨지고 나 때문에 만순이도 커트 머리로 지냈다. 만돌이야 남자라 그렇다지만…… 웃기는 일은 나와 만순이는 쇼트커트인데 만돌이는 그 당시 유행하던 바가지 머리였다. 사진으로 언뜻 보면 누가 여자애고 사내애인지 구별이 안 된다.

　사진을 보니 그렇게 꼬마였던 막내가 벌써 서른이라는 사실이 믿어지지 않는다. 사내 같던 만순이가 이렇게 예뻐질 줄 그 누가 알았을까. 그리고 사진 속 마냥 소녀 같던 엄마의 머리에 서리가 앉을 줄 상상이나 했을까…… 세월이 흐르면 사진밖에 남는 게 없다지만 그때 그 사진을 보면서 웃다가도 눈물이 나는 이유는 다시 돌아갈 수 없는 아쉬움 때문이리라.

투표를 하면서　　　　　어제 투표를 하고 나서 정말 우리나라는 멀었다는 생각이 들었다. 장애인을 배려한다고 하더니만 우리 구역 투표소는 계단이 많은 교회였다. 휠체어를 들고 가나, 업고 가나…… 장애인은 사람도 아닌가.

　장애인이 투표하는 곳에서는 비장애인도 투표할 수 있다. 장애인만

　　　　　　　　　　　　　　　　　　별 다섯 인생

내 인생의 시간은 얼마나 남았을까......

모래가 한 알씩 떨어진다.

누구도 모를 일......

뒤집을 수만 있다면 뒤집으련만

떨어지는 모래알도 막지 못하는 가련한 인생......

떨어진 모래보다 남은 모래를 생각하며 살아야 하리라.

2004.03.13

불편할까? 임산부, 노약자 모두 불편하다. 왜 모르는 걸까? 그래서 장애인을 위하는 정당을 찍었다. 모양새로만 구색 갖추기를 한 정당이 아니라.

우리나라는 아직 멀었다. 정말 멀었다. 조금만 생각하고 조금만 배려하면 좋을 텐데…… . 다른 것보다 장애아 어머니의 마음만 갖는다면, 다리에 점점 힘이 빠져 가는 부모님 생각을 조금만 한다면 이건 분명 고치기 쉬운 일이다. 왜 모든 관공서와 은행 같은 편의 시설에 계단이 있는지…… 모든 정치인이 한번쯤 휠체어를 타고 계단을 올라 보면 얼마나 힘든지 알 것이다. 그래도 모르겠다고 하면 우리나라가 아무리 발전했다고 해도 눈 가리고 아웅하는 격이다! 정말, 투표하고 또 열 받았다.

만돌이

가끔 엄마에게 왜 이놈을 낳으셨어요, 하고 뒹굴고 싶을 때가 있다. 어제 만돌이에게 또 뜯겼다. 만돌이와 나의 악연은 이놈이 태어날 때부터 시작됐다.

지금으로부터 30년 전, 내가 초등학교에 입학할 때 울 엄마는 산달이었다. 이놈이 3월에 태어나는 바람에 맏딸인 나는 입학식 날 옆집 아줌마와 학교에 갔다. 당시 울 집이 구멍가게를 해서 우리는 가겟방에 살았는데 엄마가 가게 일로 바쁘시면 갓난아기인 이놈을 내가 업어야 했다. 내가 업기만 하면 이놈은 큰 거, 작은 거 가리지 않고 싸 댔다. 웬수…… .

가장 엽기적인 일은 학교에 가려고 밥을 먹는데 이놈은 요강을 차지하고 앉는다는 거다. 단칸방에서 밖에 나가 밥을 먹을 수도 없고, 그렇다고 어린 것을 밖에서 일을 보게 할 수도 없고 정말 더러운 놈이었다.

덕분에 나는 비위가 좋다.

　이놈의 좋은 점은 누나들에게 치대지 않는다는 점이고, 이놈의 나쁜 점은 그 많은 장난감을 방 안 가득 어질러 놓고 도망을 간다는 것이다. 만순이랑 치우느라 죽는 줄 알았다. 심부름을 시키면 함흥차사이기 일쑤고(라면 물을 올려놓고 라면 사러 보내면 물이 졸아들어 냄비를 다 태울 때까지 안 들어온다) 한번은 교통사고 났다고 사람 간 떨어지게 하고 중학교 때는 다리가 부러져서 통학 시키느라 뼈가 빠지는 줄 알았다. 고등학교 3학년 때까지 게임에 빠져 속을 썩이다가 만순이가 열흘 찍기로 대학에 보냈더니 지가 잘나 대학 갔다고 거드름 피우던 놈. 수능 1세대라 원서 넣으면서 죽는 줄 알았다.

　그런데 이제는 나이 서른에 같이 늙어 가는 처지라고 맞먹으려 들지를 않나, 만만한 큰누나를 벗겨 먹질 않나, 제발 빨리 누가 나타나 이놈 좀 데려갔으면 하는 마음뿐이다. 야, 너 장가 좀 가라. 그리고 내 돈 갚아. 이놈아.

　그래도 가장 좋은 점 한 가지는 이놈 적금 통장을 내가 가지고 있다는 점. 수틀리면 통장 들고 나를 거다. 이놈 모르게. 흐흐흐.

사랑하는 Y에게

항상 네게 편지를 쓸 때 이렇게 첫머리를 시작하곤 했던 거 기억하니? 그리고

마지막에는 "네가 세상에서 제일 사랑하는 친구 Y가……."라고 끝을 맺었지. 우

리가 못 만난 지 벌써 11년이나 된 거 아니?

날마다 네 생각을 한다. 동생들도 가끔 네가 어떻게 지내는지 궁금해하는데 난

오죽하겠니. 기집애…… 이사 오면서 딱 한 번 전화하고 내가 입원했을 때 문

병 온 게 마지막이 될 줄 어떻게 알았겠니. 그래도 잘 있지? 지금쯤이면 시집

가서 낳은 애가 초등학생은 됐겠다. 너 말고 너희 언니 닮았으면 진짜 예쁠 텐

데. 딸이면 말이야.

우리 중학교 2학년 때 처음 만나 단짝이 되었지. 대학교 졸업할 때까지 오래도

록 우정을 나누었는데 넌 취직하고 난 백조 되고 그러면서 멀어졌다, 그치? 너 취

직했을 때 진짜 무지 기뻤어. 겉으로는 나보다 튼튼해 보여도 사실 네가 나보다

약했잖아. 체육 시간에 운동 못한다고 벌설 때 그런 네가 같이 벌서 준 거, 지

금도 잊지 못하고 있다. 그때 네가 정말 내 친구라는 생각을 했어. 그때가 벌써

12년 전 일이지만……. 참 오래되었는데도 눈 감으면 생각나.

우리 졸업식 때 너희 언니 고등학교 졸업식이랑 겹쳐서 너 혼자였잖아. 그래서

엄마가 너랑 나랑 사진 많이 찍어 줬는데 다섯 장밖에 안 나와서 무지 속상

해하고 그랬는데……. 그때 철봉에 매달려 사진 찍는다고 하다가 결국 떨어진

사진밖에 못 건졌잖아.

그리고 너희 집 감나무에서 감 따 먹다가 아버지한테 걸려서 떨던 생각도 난다. 결국 감도 못 먹고 증거 인멸한다면서 담장 밖으로 버렸다가 먹을 거 버렸다고 더 혼났잖아.

너랑 나랑 붙어 다니면 선생님들이 "아직도 붙어 다니냐?" 그러시고 따로 다니면 "싸웠냐?" 하고 물으셨잖아. 그런 단짝이었는데…… 우린 왜 이렇게 못 만나고 있는 걸까? 동창회 사이트마다 네 이름 넣어서 찾아봤는데 너 없더라. 기집애, 그럼 네가 나 좀 찾지…… 너는 나 안 보고 싶냐?

그래도 같은 하늘 아래 네가 숨 쉬고 있다고 생각하면 위안이 된다. 가끔은 네가 어떻게 됐으면 어쩌나 걱정되지만 그럴 리 없다고 생각하는데…… 진짜 잘 있는 거지? 잘 있으면 그걸로 된 거야. 사랑하는 사람이 눈에 보이지 않는다고 해서 마음속 사랑이 사라지는 건 아니니까. 그리움은 쌓이겠지만……. 언젠가는 네가 이 편지를 볼 거라 생각하며 또 쓸게. 혹시 이 글 보게 되면 답장 남겨. 내가 너한테 하는 말이라는 거 너도 알 테니까.

네가 세상에서 가장 사랑하는 친구 Y가 사랑을 담아서 쓴다.

2004.04.09

코가 참

어제 안경을 새로 하러 안경점에 갔다. 안경점 아저씨, 나를 뚫어져라 쳐다보더니 하시는 말씀.

"코가 참 낮으시군요."

철퍼덕…….

그렇다. 내 코, 낮다. 안경이 자꾸 미끄러질 정도로 코가 낮다. 그렇다고 보태 준 것도 없으면서 봄 처녀의 가슴에 대못을 박으시다니……. 그래도 그 집이 제일 싸서 할 수 없이 했다. 내 돈 내고 안경 하고, 코 낮다는 소리나 듣고……. 콱, 접시 물에 코를 박아? 그렇게 해도 코가 낮아 죽지는 않을 것 같다. 망신살만 더 뻗치겠지. 참아야 하느니라. 곧 3월이다. 3월에 든 액운 다 가져가라. 제발 4월까지 무사히 지낼 수 있기를.

책만 봐야 하는 인생

흑흑흑…… 어제 난 죽고 싶었다. 영화 〈빅슬립〉을 보리라 다짐을 했건만. 리모컨을 쥐어 보지도 못했다. 누가 알았으랴. 복병이 숨어 있을 줄.

울 엄마는 스포츠 광팬이다. 스포츠라면 다 좋아한다. 야구, 농구, 축구, 배구, 씨름까지…… 경기 룰은 물론이고 선수까지 빠삭하시다. 어제가 프로야구 개막일이었다. 거기다 프로농구 챔피언 결정전 4차전까지 했다. 엄마가 리모컨을 꼭 쥐고 농구 보다 야구 보다 하는 바람에 덩달아 나도 스포츠 경기만 봤다. 거기다 가요 프로까지 일찍 하는 바람에 만순이한테 또 밀리고…… 난 책만 봐야 하는 인생이란 말인가. 영화는 정녕 안 된다는 말인가.

별 다섯 인생

더 속상한 것은 우리 집에 텔레비전이 세 대나 된다는 사실이다. 하지만 거실에는 엄마가, 만돌이 방에는 게임을 하는 만돌이가, 안방에는 아버지가……. 내가 사비를 털어 텔레비전을 사지 않는 한 이루어질 수 없는 꿈이라니.

정말 너무 슬프고 우울한 날이었다. 만순이가 영화 〈고스포드 파크〉를 새벽 3시까지 봤다. 밤 12시 취침 시간을 엄수하는 내가 어찌 그때까지 깨어 있을 수 있겠는가. 세상에서 가장 무거운 게 눈꺼풀인 것을…….

에잇, 〈빅슬립〉은 비디오로 빌려 보고 나중에 DVD도 꼭 사고 말리라, 다짐해 보지만 글쎄…… 과연 그렇게 될까? 내가 나를 못 믿다니, 이 또한 슬프다.

1달러를 벌기 위해

1달러를 벌기 위해 하루 종일 뙤약볕에서 망치로 벽돌을 쪼개는 일가족이 있다. 방글라데시에 살고 있는 그 가족이 온종일 일해 번 돈이 3달러. 하루치 먹을거리를 사는 데 1달러를 쓰면 2달러가 남는다. 열네 살 아이는 학교에도 못 가고 온종일 벽돌을 깬다. 그런 아이 앞에서 우린 무슨 투정을 하고 있는 걸까?

부자는 더욱 부자로, 빈자는 더욱 가난하게…… 이게 세계화란 말인가? 그렇다고 낙오될 수도 없기에 우리가 동참하는 건 지긋지긋한 가난이 얼마나 무섭고 벗어나기 힘든지 알기 때문이다. 하지만 낙오되지 않기 위해 안간힘을 쓰는 게 어쩌면 누군가의 등을 밟고 올라서는 건 아닌지, 그런 생각이 들 때가 있다. 정말 어찌해야 모두 잘살 수 있을까? 아니, 적어도 평범하게 살려면 어찌해야 하는 것일까?

가진 자에게 조금만 덜 가지라고 하면 씨알도 안 먹힐 것이고, 가난한 자에게 어쩔 수 없으니 지금처럼 살라고 말하면 너무 가혹하다. 지구가 지옥 같은 건 인간이 있기 때문이란 생각이 든다. 니체의 말처럼.

기부합시다! 아무리 생각해도 소심한 우리네가 할 수 있는 일은 이것밖에 없는 듯싶다. 소심한 우리끼리라도 나누고 살아야 할 것 같다. 제발 동참하길…… 내 나라, 남의 나라 가리지 말고.

발가락도
닮는다

발가락도 닮는다 　　　〈발가락이 닮았다〉라는 소설이 있다. 김동인
　　　　　　　　　이 닮은 데 없는 자식을 낳은 염상섭을 빈정거
리는 소설이란 일화로 유명하지만 핏줄끼리는 진짜 발가락도 닮는다.

　우리 집에서는 아버지, 만순이, 만돌이가 트리오로 닮고 나랑 엄마가
콤비로 닮았다. 우리 콤비는 왼발 새끼발가락에 며느리발톱이 있어 정
기적으로 잘라 줘야 하고 트리오는 엄지발가락의 발톱이 안으로 파고드
는 고통을 겪어야 한다. 트리오가 발가락의 피고름을 짜면서 발톱을 자
를 때 나는 생각한다.

　"발가락 닮은 것을 누가 무시하는가…… 발가락이 닮아 이리도 고통
스러운 것을."

　발가락도 닮는다. 그러니 발가락이라고 무시하지 마라.

놀라서 죽는 줄 알았다. 한 시간 전 아파트에 화재경보기가 울렸다. 우린 너무 놀라서 맨발로 뛰어나갔고 난 "나도 데려가!"를 외치며 죽어라 내려갔다. 엘리베이터를 타면 안 된다는 생각에 모두 계단으로 내려갔다. 우리 집은 8층이다. 노는 날이라 사람은 얼마 없었고 밖으로 나온 사람들은 모두 "뭐야, 뭐야!"를 외쳤다.

그때 경비 아저씨가 "6층에서 잘못 건드렸대요." 하셨다. 허걱, 진작 알려 줬어야지. 참 나. 그런데 이 와중에 뭔가 이상함을 느껴 살펴보니 앗, 아버지, 울 아버지가 안 보였다.

집에 들어가 보니 아버지는 요즘 한창 열중하고 있는 물구나무서기를 하고 계셨다. 엄마가 "당신, 경보기 소리 못 들었어?" 하시는데 아버지는 태연하게 "못 들었는데. 어디 불났어?" 이러시는 거다.

우리 아버지의 느림은 정말 알아줘야 한다. 하마터면 큰일 날 뻔했다. 아버지는 지금도 엄마한테 혼나고 계신다. 정말 십년감수했다. 아……다리 아프다. 살려고 뛰었더니…… 살아야겠다는 생각이 날 뛰게 만드는구만. 지금부터 우리 집은 아버지 특훈에 들어간다. 아버지, 저도 뛰는데 뛰셔야죠! 네?

적금으로 부자 되기

우리 집 식구들은 적금 마니아다. 적금만이 살 길이라 생각하고 적금으로 부자가 되기 위해 몸부림친다. 적금 붓느라 허리가 휜다는 만순이가 짠돌이 카페에 가입을 했다. 그런데 선글라스를 싸게 십 몇 만 원을 주고 샀다느니, 빚을 많이 져서 반성한다느니 이런 글밖에 없더란다. 자기보다 더한 짠돌이는 없더라는 것이다. 한 달을 4만 원으로 버티는 이가 있다기에 가입하라고 했더니 그게 아니었나 보다. 만순이가 《한국의 부자들》이란 책을 보고 싶다길래 알라딘에서 선물로 받아 줬더니, "언니, 한국에서 부자가 되려면 땅 투기 안 하면 안 돼!" 하는 것이다. '알뜰살뜰'이란 말은 대체 어디로 사라진 것인가…… 정녕 2만 원짜리 투피스 한 벌을 입는 만순이보다 더한 사람은 없단 말인가? 1900원짜리 티셔츠보다 싼 옷은 없단 말인가? 그럼, 우리가 제일 짜다는 소리? 아, 남들은 그렇게 안 산단 말인지…… 우린 속옷도 기워 입는다. 신발도 정 못 신게 되면 슬리퍼로 만들어 신는다.

우리 집에서는 만순이의 낭비가 제일 심하다. 우째 이런 일이……. 만순이는 적금을 붓고 나머지 돈을 모아 철철이 여행을 다닌다. 그것도 해외여행을. 쓸 때 쓰고 안 쓸 때 안 쓰는 확실한 인간이라 너무 많이 쓴다고 잔소리를 했는데 이제는 그것도 못하겠다. 만순이더러 책을 내라고 해야겠다.

"나만큼만 하면 돈 모으는 건 시간문제다!"

책이 대박 나면 한턱 쏠까? 절대 안 쏜다. 통장에 넣을 게 분명하다. 아, 이제 구박하지 말아야겠다. 그나마 소비의 미덕을 가진 인간이니. 그럼, 우린? 우린 안 쓴다. 만순이 거 얻어 입고 얻어 쓰는 아나바다의 완벽한 구현이라고나 할까.

드라마 제목이 〈미스 김 10억 만들기〉라나? 평생 벌어 10억 만들면 되지 않을까? 지금 당장 10억이 아니라. 로또 할 돈 모으면 꽤 되지 않을까…… 티끌 모아 태산이라고 했는데.

때때로 요런 생각이 들 때가 있다.

어떤 시점이 아니라 그냥 뜬금없이 찾아와

나를 당황하게 만든다.

우울증이 도지려고 한다. 다시 헛구역질을 시작했다.

이거 하나 갖고 이러면 억울하지나 않다.

요즘은 물김치로 연명하고 있다.

알라딘에 지금 가입했으면 내 닉네임은 물김치다.

우잇…… 컵라면 먹고 싶다.

냉면이랑 짜장면도 먹고 싶다.

우웁…… 생각하니 또 속이 뒤집어진다.

아, 너무 우울하다……

도대체 이놈의 속은 언제 나으려 하는지.

2004.05.25

고, 스톱

고스톱을 치다가 (인터넷 말고 컴퓨터로) 문득 생각이 났다. 고스톱이 인간사와 같다고…….

누군가 많이 가져가면 다른 누군가는 그가 가져가는 만큼 잃게 되어 있다고.

지금 내가 가진 게 누군가의 잃어버린 것은 아닐지 생각해 본다. 골고루 적당히 가지면 좀 좋을까 싶은데, 세상은 언제나 고스톱 판처럼 따는 사람과 잃는 사람이 있게 마련이니 이것도 어쩔 수 없는 인간 사회의 모습이 아닐까 생각해 봤다.

날씨도 참 끄물끄물하고 새벽에 잠을 설쳐 기분은 안 좋고. 그래도 우리는 여전히 "고, 스톱"을 외치며 누군가의 피박에 웃으리라.

구글과 물만두

저번에 피델님이 말씀하신 게 갑자기 생각나서 구글에다 물만두를 쳐봤다. 처음에는 먹는 물만두가 나오더니 세 번째 페이지 밑에서 두 번째에 내 이름이 나왔다. ㅎㅎㅎ…… 기분 좋다. 이름을 아예 물만두로 바꿔야 하는 거 아닌가 몰라. 별거 아닌데 기분이 좋아졌다. 우울했는데…… 역시 내 우울증은 꾀병인가 보다.

넙죽이

어제 하루 종일 엄마를 졸랐다.

"엄마, 한 사람만 대봐. 나 닮은 연예인."

"없다."

우찌, 딱 잘라 단칼에 거절이라니.

"엄마, 계모지?."

"그걸 이제 알았냐?"

으…….

"아줌마 누구세요?"

딱! (엄마한테 맞는 소리)

우잇, 만순이가 왔다.

"야, 나 닮은 연예인을 말해 달라니까 엄마가 말을 안 한다."

"언니, 언니처럼 넙데데한 연예인이 어디 있어? 그러니까 닮은 사람이
없는 거야."

허걱, 넙데데~ 넙데데.

나 아직까지 삐져 있다. 언제는 "넙죽이."라고 하더니 이제는 인신공격
을…… 넙데데라니…… 잘났다, 잘 먹고 잘 살아라! 머리 깎고 네 말대
로 중 될 거다. 이게 뭔 말인가 하면, 한때 머리를 깎으려고 한 적이 있
다. 스님이 되겠다는 말이 아니라 머리카락이 귀찮아 시원하게 깎았으
면 했다. 하지만 이것도 만순이의 말 한마디에 무너졌다.

"언니, 머리 깎으면 납작한 뒤통수는 어쩌려고."

납작~ 납작. 안면은 넙데데, 뒷면은 납작…… 으으.

보고 싶다

미칠 듯 사랑했던 기억이

추억들이 너를 찾고 있지만

더 이상 사랑이란 변명에

너를 가둘 수 없어

이러면 안 되지만

죽을 만큼 보고 싶다

죽을 만큼 잊고 싶다

김범수, 〈보고 싶다〉

이 노래를 듣고 있으면 젊은 날이 조금은 아쉬워진다. 처음 들을 때는 몰랐는데 자꾸 들으니 그런 생각이 든다. 내게 아직 젊은 날에 대한 미련이 남아 있음을 느낀다. 다시 돌아가고 싶은 맘은 없지만 한번은 보고 싶다. "미칠 듯 사랑했던 기억이" 없어 다행이라고 생각하면서도 사랑에 미쳐 보지 못한 게 아쉽다.

지금 생각해 보면 나는 사랑을 해보지 않았던 모양이다. 내가 사랑했다고 생각한 감정은 '좋아하는 것'이었다. 그래서 첫사랑에 대한 아쉬움이 없는 모양이다. 그래도 가끔은 생각이 난다. 결혼도 했을 테고 아이도 있을, 내 스무 살을 같이 공유한 그 애…… 지금 만나도 알아보지 못할 만큼 세월이 흘러 이제는 그저 젊은 날의 한 페이지로 남았지만.

죽을 만큼 보고 싶은 감정이 남은 사람은 그 감정이 사라지길 바랄까? 아님 그런 감정이 남아 있음에 감사할까? 내게 그런 감정이 있었다면 못 견뎠으리라. 보고 싶은 사람은 죽어도 보고 싶을 테니까. 살아가는 게 아쉬움의 연속이라지만 그 아쉬움마저 없었다면 삶이 얼마나 무의미하게 생각될지…….

추억과 그리움과 아쉬움을 꺼내 보며 그 감정에 기꺼이 나를 맡기는 오늘같이 화창한 날이 있어 그래도 좋다. 허무하고 허무하여 좀비처럼 하루하루를 살다가도 가끔 이런 날이 있고 이런 생각이 들어 나를 살게 한다. 바보 같지만 산다는 게 좋다. 살아 있음에 감사한다. 평생을 두려움 속에 살아야 하는 내가 그나마 가진 유일한 행복이 아닐까 싶다.

만두의 일과   아무래도 나는 알라딘 분들과 사이클이 다르다. 나의 하루는 아침 7시에 시작된다. 으……원래는 8시 30분 기상인데 복구가 안 된다. 아침 식사는 9시에서 9시 30분 사이, 아침 먹고 컴퓨터를 하다가 12시부터 1시까지 책을 읽고 2시에 점심, 점심 먹고 또 책 읽기, 5시에 엄마와 수다 떨며 텔레비전 보면서 다리 풀기(다리가 많이 부어서), 6시에 저녁 먹고 7시 30분 혹은 만돌이가 올 때까지 컴퓨터(컴퓨터가 만돌이 방에 있어서)를 하다가 또 책 읽기, 11시에 텔레비전 보면서 엄마랑 만순이랑 수다, 밤 12시에는 무조건 취침. 이때 안 자면 잠이 안 온다. 이리하여 님들이 컴퓨터 하는 시간에 난 못한다. 님들은 주로 밤에들 하시는 모양인데.

이상 백조의 일과를 알려드렸습니다.

어김없이 또 사고

부부가 같은 취미를 가지면 좋다고 한다. 형제가 같은 취미를 가져도 좋을 것이다.

우리 삼 남매의 독서 취향은 참 다르다. 내가 읽는 책의 대부분은 추리소설이다. 만순이는 전공 서적이랑 자신에게 도움되는 교양서적을 주로 읽는다. 만돌이는 거의 SF 소설만 읽는다. 이러니 책을 사면 한 사람만 읽기 일쑤다. 아깝다.

우리 삼 남매가 안 읽는 책은 문학 소설이다. 이것도 큰 공통점이라면 공통점이다. 그렇다고 다른 공통점이 없는 건 아니다. 나와 만돌이는 SF 소설과 무협지를 읽는다. 다는 아니고 피차 성향을 알고 있어서 서로에게 책을 추천해 준다. 나와 만순이는 만화와 로맨스 소설을 같이 읽는데 다는 아니다. 만순이와 만돌이는 동화를 같이 읽는다. 아직도 에이브 시리즈를 읽고 DVD로 〈오즈의 마법사〉 같은 영화를 본다.

DVD를 고르는 취향도 제각각이다. 대부분은 만순이와 만돌이가 사고 나는 말리는 쪽이다. 예를 들면 만순이가 〈해리가 샐리를 만났을 때〉를 사려고 하거나 만돌이가 〈에일리언〉 세트를 사려고 할 때, 이런 작품에 소장 가치가 있냐고 하면서 협박한다. 그래서 두 개 다 아직 못 샀다.

만화 취향도 각각이다. 만순이와 나는 사사키 노리코의 작품을 좋아한다. 물론 만돌이는 안 본다. 만순이와 만돌이는 《맛의 달인》을 본다. 나는 안 본다. 나는 《그 남자, 그 여자》를 본다. 동생들은 안 본다. 만돌이에게는 《우부메의 여름》을 추천할 수 있지만 만순이한테는 씨알도 안 먹힌다. 그래서 집에는 각자 보는 책이 쌓인다. 만순이와 만돌이는 《게놈》같은 책을 보지만 난 안 본다. 지금까지 만순이가 읽은 추리소설은 애거서 크리스티의 작품 80권뿐. 그것으로 됐다나. 그리폰 북스를 모으고 싶어도 게임 CD 때문에 못 사고 있는 만돌이는 날 포섭하려고 든다. 하지만 나는 미스터리가 섞여 있어야 산다.

가끔 만돌이나 만순이가 나만큼 추리소설을 좋아했으면, 할 때가 있다. 그럼 집에 올 때 중고 서점에 들러 책 사오라고 시키기도 쉬운데……. 책 사는 돈은 아깝지 않은데 나 혼자만 보는 게 아까울 때가 있다. 이놈들도 같은 생각을 할진 모르겠지만.

어김없이 또 사고   6월의 둘째 날, 어김없이 또 사고를 당했다. 이번에는 대형 사고다. 어렸을 적에 잠버릇이 심한 편이었지만 이제는 고쳤다고 생각했는데…… 그래서 침대 생활도 시작했는데.

더블 침대에서도 떨어지는 인간이 나였다. 심지어 양호실 침대에서도 떨어졌다. 선생님 말씀이 양호 경력 10년 만에 아프다고 와서 자다 떨어진 인간은 처음 본다고 하셨다. 침대 쓰고 7년 동안 무사고였는데…….

새벽에 뭔 일이 일어나긴 했는데 그게 뭐였는지 지금도 모른다. 쩍 하는 소리가 났다는 것만 안다. 그 소리에 놀라 엄마가 달려오셨다. 나를 보시곤 뭐라고 하신 것 같은데 잠결이라 흘려들었다. 얼굴이 좀 따가웠지만 그냥 잤다.

아침에 일어나 거울을 보는 순간, 나는 내 눈을 의심했다. 오 마이 갓! 오른쪽 광대뼈가 푸르뎅뎅 거무죽죽했다. 광대뼈 한가운데 살점이 떨어져 나가고 눈꼬리까지 시퍼렇게 멍들어 있었다. 눈을 깜빡이면 지금도 아프다. 이 무슨 망신! 엄마에게 물었더니 내가 침대 옆 테이블로 쓰는 책상 서랍에 부딪친 모양이란다. 그러면서 당장 테이블을 바꾸라신다.

작년에 내 책상을 만돌이 책상과 바꿨다. 책상 상판은 버리고 책꽂이와 서랍장만 쓰고 있다. 침대 높이랑 차이가 있긴 했지만 잠버릇을 고쳤으니 별 탈 없으리라 생각하고 전혀 걱정하지 않았다. 그런데 그게 나를 망칠 줄이야. 서랍장을 상대로 고소를 할 수도 없고 합의금을 받아낼 수도 없고. 딱 봐도 전치 4주는 나오겠는데. 아니, 멍 풀리고 상처가 다 나으려면 적어도 8주는 걸릴 것 같다. 아무래도 서랍장부터 내쫓아야겠다. 으, 너무 아프다!

작은 상념　　　　　책을 읽을 때마다 기억 또는 추억에 잠긴다.
　　　　　　　　　가장 먼저 떠오르는 것은 어떤 잔상인데 머릿속에 간직한 느낌을 다시 끄집어내면 코끝을 스치던 그때 그 냄새가 떠오른다. 그저 아주 잠시 잠깐 스쳐 지나가는 찰나의 상념일 뿐이지만 내가 살아 있음을 느끼게 하는 힘이기도 하다.

내가 눈을 감고 떠오르는 부유물 한 조각을 잡으려고 애를 쓰는 동안 그 부유물에 또 다른 것들이 차곡차곡 쌓여 과거로 나를 인도한다. 그 속에 나는 없다. 그 어떤 날의 싸늘했던 바람 냄새와 햇살 속을 거니는 동안 떠올랐던 생각의 편린들뿐…….

나는 이런 작은 상념을 즐긴다. 아름답고 서글프고 어떤 때는 아무 느낌 없이 왔다 사라지는 것들이지만, 그것은 마치 족보를 몰랐던 이가 자신의 족보를 찾아 나서듯 한때 내가 그곳에 살았음을, 그 바람을 맞았음을, 그 따가운 햇살을 느꼈음을 알려 주기 때문이다. 책을 읽다 문득문득 떠오르기도 하고, 잡으려고 눈을 감으면 다시 가라앉기도 한다. 책을 읽으면서 얻을 수 있는 많은 것들 가운데 하나이기에 내게는 더없이 소중하다.

책을 읽으면서 집중력이 떨어지는 것도 이런 이유 때문이다. 몰입의 기쁨도 소중하지만 춤추는 글자들 사이사이를 거니는 것 또한 즐겁다. 지금 읽고 있는 책의 제목도, 주인공도, 줄거리도 기억 못하게 될지언정 책을 읽으면서 느낀 감정, 냄새, 내 기억의 편린 한 조각만 남는다면 그것으로 족하다. 내가 책을 통해 얻으려는 것은 어떤 지식도 지혜도 경험도 아닌 나 자신과의 소통, 내 과거와의 만남이다. 그로 인해 다시 내 미래와 이어지는 통로를 발견하기 때문이다.

오늘도 나는 어떤 책을 읽고 있다. 내가 그 책을 읽었다는 사실은 그다지 중요하지 않다. 내가 죽더라도 그 책은 남을 것이고 또 다른 누군가가 그 책을 읽을 것이므로. 내가 굳이 그 책의 모든 것을 기억할 필요는 없다. 내가 죽을 때 가져갈 책도 아니다. 내가 가져갈 것이라고는 죽으면 끊어질 내 기억뿐이다.

　지금도 나는 책을 읽으며 망상에 젖어 있다. 그리고 끊임없이 책장을 넘기고 또 넘긴다. 지금 읽고 있는 책은 《빼앗긴 자들》이다.

엄마 때문에 못 살아　　저녁 때 엄마가 또 빤히 쳐다보셨다.
　　　　　　　　　　　　　　"왜?"

　"으ㅎㅎㅎ……."
　"왜?"
　"네 얼굴에 무지개 떴다."
　"뭐?"
　"푸르뎅뎅, 노르스름, 거무죽죽…… 아주 끝내준다, 야!"
　"에잇."
　거울을 보니 엄마의 말이 맞았다. 엄마가 갑자기 내 상처를 손가락으로 꾹 눌렀다.
　"아파, 하지 마. 쪼옴."
　"그래도 꾸덕꾸덕 잘 굳었다."
　꾸덕꾸덕? 내가 북어야, 양미리야, 노가리야! 도대체 딸내미 상처를 보고 꾸덕꾸덕이라고 하는 엄마가 어디있냐고요! 에잇, 내가 엄마 때문에 정말 못 산다.

드디어 비타민 C에서 해방됐다.

그래도 삐콤씨는 먹어야 하지만 그나마 다행이다.

이제 얼굴이 좀 나아지겠구나.

그동안 각질과 가려움과 울긋불긋 홍안으로 얼마나 고생했던가.

그래도 울 엄마,

의사 선생님한테 혼나셨단다.

내가 맘대로 약을 끊었기 때문이다.

다음번에 의사 선생님 만나면 좀 혼날 각오를 해야겠지만

이쯤에서 끝난 게 어딘가.

역시 기쁘다는 건 별게 아니다. 흐흐흐…….

2004.06.10

만두는 어려서 결핵을 앓았다. 만두도 몰랐다. 엄마도 몰랐다. 병원에서 엑스레이 찍고 의사 선생님 말씀을 듣고 알았다. 병에 걸린 줄도 모르고 지나간 것이다.

중학교 1학년 때 척추에 염증이 생겨 잘못하면 죽을 수도 있다는 말을 듣고 팔 개월 동안 약을 먹었다. 염증이 뇌로 가면 큰일 난다나. 그때 그게 무슨 병이었는지는 아직도 모른다. 골, 뭐라고 했던가…… 하여간 며느리도 모르는 병이 돼 버렸다.

나, 그때 무지 울었다. 엄마는 "걱정 마, 엄마가 살려줄게." 하면서 같이 우셨는데 내가 운 건 다른 까닭이었다. 이왕이면 폼 나게 〈마지막 잎새〉의 주인공이 걸린 그런 병이었으면 좀 좋아, 하는 생각에 억울해서 울었다. 그때 울 엄마가 이 사실을 알았다면 난 죽었을 거다.

더 고약했던 건 팔 개월 동안 병원 약과 개소주를 함께 먹었다는 거다. 개 키우시는 분들께는 좀 그렇지만 딸내미 죽는다는 소리에 울 엄만 이보다 더한 일도 하셨을 거다. 얼마나 먹기 싫었는지 모른다. 하수도 앞에 쭈그리고 앉아 한 손으로 코를 막고 한 사발씩 들이켰다. 옆에서 엄마는 "흘리면 죽는다." 하면서 다 먹으면 박하사탕을 주셨다. 물론 지금은 다 나았다. 나중에 다른 의사 선생님께 말하니까 "그런 병도 있나?" 하는 거다. 도대체 뭐냐고요.

중학교 2학년 때는 오래 매달리기를 하다가 왼쪽 손목에 혹이 생겼다. 그때 세상에서 제일 큰 주사 바늘을 구경했다. 그 바늘로 혹에서 비지 같은 걸 빼냈다. 쇼크로 기절하는 줄 알았다. 바늘이 살을 뚫는 소리가 들렸는데 그보다 의사 선생님 말씀이 더 무서웠다. 혹이 또 생기면 수술을 해야 하는데 동맥이 지나는 자리라 잘못하면 생명이 위험하다는 것이다. 그래서 3학년 초까지 손목에 압박 붕대를 하고 다녔다. 그런데 어느 날 담임이 조용히 나를 부르더니 이러셨다.

"너, 노냐?"

난 공부를 안 하니까 당연히 "네." 했는데 선생님의 눈빛이 심상치 않았다. 그래서 짝꿍한테 물었더니 그게 날라리라는 소리라고…… 어리바리한 나 때문에 담임 선생님이 무지 고생하셨다.

고등학교 1학년, 꽃다운 나이에 꽃가루 알레르기가 생겼다. 2학년 때까지 꼬박 2년을 고생했다. 야간 자율학습 때문에 병원에도 못 가고. 으…… 더군다나 봄에는 꽃가루 알레르기였던 것이 여름에는 나일론 알레르기로 변하는 바람에 스타킹도 못 신고 양말도 못 신었다. 당시에 유행하던 달라붙는 바지도 못 입고 종아리의 흉한 반점을 내보이며 치마를 입고 다녔다. 으…… 그게 꼭 종아리에만 생겨서 내 청춘을 망치냐고! 자연 치유되기는 했지만 정말 끔찍했다. 3학년 때 토사곽란으로 고생한 건 말할 것도 없고…….

병원 기록이 너무 많아서 태어난 병원을 여태 못 가고 있다. 환자 차트가 남들의 서너 배는 되는 데다가 얼마나 너덜너덜한지 들고 다니기 창피할 지경이었다. 진료과를 옮길 때 환자가 직접 차트를 갖고 다니게 해서 다른 병원으로 옮겼다. 이상이 간추린 나의 병 이력이다. 다른 사람들은 폼 나는 이력들이 많은데 내가 내세울 거라고는 이 병든 몸뿐. 우잇!

병원에 가는 날이지만 나는 못 간다. 노르스름
해진 눈 때문에 도저히 나갈 수가 없다. 푸르
뎅뎅한 것보다 더 못 봐주겠다. 어릴 때 상처 난 데 발랐던 빨간 약을 눈
에 발라 놓은 것 같다. 으, 하는 수 없이 약 타러 엄마가 가시기로 했다.
불효자…….

내가 먹는 약은 비타민 C, 항우울증 치료제, 관절염 치료제 등등이다.
내가 우울증 환자이거나 관절염이 있어서 먹는 게 아니다. 처방전 받고
기겁해서 의사 선생님한테 물어보니 그 약들 성분 중에 필요한 게 있어
서라나……. 먹으라고 하니 먹는다. 그나마 이 약들을 잘 먹어야 울 엄
마 맘이 편하시니 먹을 수 밖에……. 에고, 이런 날은 정말 엄마한테 두
배, 세 배 미안하다. 평소에도 늘 미안하지만.

울 엄마가 나를 낳고 무지 허약해져서 돌아가
실 뻔했다고 한다. 간신히 살아나시긴 했는데
사람들이 뱀탕을 먹으면 몸에 좋다고 했단다. 그 시절 무지 가난했던 터
라 뱀탕을 사 먹을 형편이 안 됐던 부모님은 발달한 JQ(잔머리 지수)로
기발한 방법을 생각해 냈는데 그건 바로 뱀을 키워 잡아먹는 것이었다.
주인집 몰래 뱀을 사다가 독 안에 넣고 키우는 것까지는 좋았다. 그런데
뱀이 독에서 달아날 줄 꿈에도 몰랐던 부모님은 뱀이 탈출하는 바람에
주인집에 들켜 2월 엄동설한에 거리로 쫓겨나고 말았다고 한다.

그래도 죽으라는 법은 없는지 외삼촌이 외삼촌네 옆집을 싸게 얻어
주셨다. 외삼촌한테 빌린 돈을 갚느라 부모님이 무척 고생하셨다고 한

다. 결국 따지고 보면 뱀이 좋은 일을 한 셈이다. 내가 네 살, 만순이가 생후 팔 개월째 되던 때였다고 한다.

우리는 그 집에서 22년을 살았다. 소방 도로가 나는 바람에 헐려서 지금은 없지만 가끔 생각이 난다. 재래식 화장실에 비만 오면 지붕에서 빗물이 새던 집이었다. 수도도 없어 펌프질을 해야 물이 나오는 집이었는데 지나고 나니 그립다. 연탄가스 마시고 죽을 뻔한 적도 있고 계단이 높아서 허구한 날 구르게 만든 집이었는데 꿈속에 나오는 우리 집은 어김없이 그 집이다. 아마도 11년을 산 아파트보다 22년을 산 그 집이 고향집같이 생각되는 모양이다. 이사 온 뒤에는 가능하면 옛집 근처에 가지 않으려고 했다. 우리 집이 사라진 낯선 곳에서는 두려움과 서글픔만 느낄 테니까……

아버지 1

울 아버지는 참 자상하시다. 성격이 그런 편도 아닌데 무척 자상하시다.

육 남매의 맏이인 아버지는 초등학교 6학년 때부터 고학으로 대학까지 나와 동생들을 가르치셨다. 결혼한 뒤에도 할아버지의 노름빚이 아버지를 괴롭혔지만 한 번도 할아버지 탓을 하지 않으셨다. 지금도 할아버지가 참 좋았다는 말씀만 하신다. 아버지는 당신이 많이 받고 자라지 못해 우리에게만은 잘해 주고 싶다고 하셨다. 그래서인가, 우리 중 누구도 부모님께 뭘 사 달라고 조른 기억이 없다.

어릴 때는 책을 많이 사주셨다. 내가 피아노를 배우기 시작한 다음 날 바로 피아노를 사주셨는데 그 유명한 영창 피아노인 줄 알았더니 아니었다. 영진 피아노였다. 아버지의 친구 회사에서 잘못 나온 피아노를 싸게 샀다고 하셨다. 내가 서예 시간에 쓴 붓글씨를 방에 붙여 놓으면 다음 날 거한 용무늬 뚜껑이 달린 벼루며 붓이며 문방사우를 세트로 사오셨다. 고등학생 때는 영어 공부에 필요할 거라고 하면서 우리도 미처 몰랐던 워크맨을 사다 주셨다. 물론 우리는 음악만 들었지만. 대학생 때는 요즘 대학생에게 꼭 필요하다면서 컴퓨터를 사주셨다. 잘 쓰지도 못했는데…….

아버지는 늘 우리보다 한 발 앞서 가셨고, 우리에게 필요하다 싶은 건 우리가 말하지 않아도 사주셨다. 그땐 잘 몰랐는데 지금 생각해 보니 그게 할아버지, 할머니한테 아버지가 받고 싶었던 사랑의 표현이었던 것 같다.

아버지는 더 나은 부모가 되어야겠다고 생각을 하신 모양이다. 우리에게 공부하라는 말씀을 한 번도 하신 적이 없다. 대학 갈 때 전공에 대해 말씀하신 적도 없다. 공부는 자신이 알아서 하는 것이고 좋아하는 공부를 하는 게 제일이라고 말씀하셨다.

요즘은 많이 늙으셨다. 아버지는 그렇게 생각하지 않겠지만 내가 보기에는 하루가 다르게 늙어 가신다. 가슴이 아프다. 아버지만큼 좋은 자식이 되었더라면 좋았을 텐데. 죄송스럽다. 아버지는 할아버지, 할머니께 참 좋은 아들이었다. 어쩌면 우리 삼 남매는 좋은 자식, 좋은 부모가 못될지도 모른다. 하지만 아버지가 계셔서 오늘 우리가 행복하다는 사실만은 변함이 없다. 언제나 가슴 깊이 감사드린다.

내가 기자를 싫어하는 이유는 지금으로부터 십 몇 년 전, 많이 아팠을 때 나를 괴롭혔기 때문이다.

그때 몸과 마음이 지쳐서 무너지기 일보 직전이었다. 무슨 유서를 쓰는 심정으로 한 잡지사에 글을 올렸지만 사실은 유서가 아니었다. 나 때문에 충격을 받으신 부모님께 보내는, 그래도 무너지지 않고 잘 버티겠노라 다짐하는 내용의 글이었다. 독자 투고란에 올린 것도 절대로 죽지 않겠다는, 그러니 안심하시라는 내 마음의 고백이었다.

그런데 그 글을 읽은 잡지사 기자한테 사흘이나 괴롭힘을 당했다. 기사를 쓴다는 둥 인터뷰를 하자는 둥 어쩌고저쩌고……. 하지만 내게는 그럴 여유가 없었다. 사람이 죽느냐, 사느냐 하는 문제가 달렸는데 그 기자는 좋은 먹잇감이라도 찾은 양 달려들었다. 그러더니 마지막에는 막말까지 해댔다. 네가 뭔데 인터뷰를 안 한다고 하느냐, 내가 기사를 써준다는데 네가 뭐가 잘났느냐…… 이런 식이었다. 나는 너무 화가 나서 고발하겠다고 했다. 통화를 끊고 전화 코드까지 뽑았는데 분이 풀리지 않았다. 아픈 것보다 더 속이 상했고 그 일로 기자를 싫어하게 되었다.

나는 별난 사람이 아니다. 평범하고 가진 거 하나 없는 사람이다. 기사화할 만한 얘기도 없고 있다면 아픈 몸뚱이뿐이다. 남의 아픔을 이용하려고 하다니, 지금도 그때 생각만 하면 치가 떨린다. 마○○님의 얘기를 듣고 그때 일이 생각났다.

알라딘은 참 소중한 공간이다. 내가 사람들과 소통할 수 있는 유일한 공간이다. 여기에서는 모두 동등한 친구일 뿐이다. 친구의 아픔이 예전의 내 아픔처럼 느껴져 눈물이 난다. 그들이 바이러스처럼 우리의 이 작고 소박한 공간을 침입하지 않았으면 좋겠다. 자꾸만 이런 일이 일어나 누군가 떠난다는 게 슬프다. 이런 작은 공간마저 가질 수 없단 말인가. 그럼 우린 이 삭막한 세상 어디에서 잠시 쉬었다 가야 한단 말인가. 정말 답답하다.

그리고 마○○님, 힘내세요. 그런 일 빨리 털어 버리고 다시 돌아오시길…….

P.S. 이 글은 모든 기자에게 해당하는 글이 아님을 밝힙니다.

부교감신경 이상   지난 2월에 만순이가 워킹 머신을 사서 다이어트를 한다고 난리를 피웠다. 적정 몸무게에서 3킬로그램을 초과했다나 어쨌다나. 나는 그러다가 진짜 살찐 사람들한테 맞는다고 말렸지만 소용이 없었다. 그러고 3월에 일이 터졌다.

"언니, 나 이상해."

"뭐가?"

"얼굴 반쪽에만 땀이 나."

"어디?"

헉, 진짜였다. 무슨 아수라 백작도 아니고 정확하게 반쪽에서만 땀이 났다. 다른 반쪽은 뽀송뽀송 그 자체였다. 다이어트 때문에 스트레스를 받아서 그런 거라고 당장 운동을 그만하고 신경 쓰지 말라고 했다. 그런데 이것이 인터넷을 뒤져 보더니 이러는 거다.

"언니, 이런 증상은 폐암 말기에 나타난대."

이게 미쳤나, 하면서 그런 말도 안 되는 소리 하지 말라고 마구 야단을 쳤지만 은근히 걱정이 되었다. 그래서 찾아봤더니 진짜 그렇게 쓰여 있었다. 동네 병원에서는 아무 일 아니라고 해 한의원에서 약을 지어 먹였다. 그리고 미적미적하는 이 인간을 내가 예약까지 해서 오늘 아침 병원에 보냈다. 결과는 백 명에 한 명 있는 부교감신경 이상이란다. 사는 데 아무 지장 없단다. 이 인간 지금 잔다. 어제 2박 3일 수련회 다녀와서.

정말 동생이 웬수다. 내 몸 아픈 건 괜찮은데 동생들이 아프면 걱정이 된다. 이런 내 심정이 부모들이 자식 생각하는 마음의 1퍼센트 정도는 되지 않을까 싶다. 아무래도 나한테 많이 콤플렉스가 있는 모양이다. 어쨌거나 그래도 다행이다.

언젠가 사람은 세 종류로 분류할 수 있다는 이야기를 들었다.
꿀벌같이 남에게 이익이 되는 사람, 개미같이 무해무득한 사람,
거미같이 손해만 끼치는 사람.
이 말을 듣고 나는 개미에서 거미가 되어 가고 있다는 생각을 했다.

부모님의 속살까지 다 파먹을 거미 같은 자식, 나......
이런 자식이 어찌될까 안절부절못하는 부모님......

산다는 건, 어찌 보면 항상 부모에게 짐만 지우는 자식이
부모의 허리를 휘게 하는 것이고,
자식은 그런 부모를 위해 단 한 번 지팡이와 의자가 되어 드리는 것이다.
이마저도 못하겠다면 나중에 당신이 당신 자식에게
어떤 대우를 받게 될지 생각하기를......
자식은 부모를 닮는 법이니까.
할 수 있는데 못하면 할 수 없게 되는 날 반드시 후회하게 된다.

2004.06.14

너무 다른
자매

늙었다

어제 드디어 사진을 찍었다. 사진사는 울 엄마. 목욕하고 머리도 안 빗고 두 장을 찍었다. 안 빗으면 더 멋있게 나올까 하는 생각에……. 그런데 아무리 찾아봐도 내 사진은 없었다.

"엄마, 사진 안 찍혔어. 내 사진이 없잖아."

"분명히 찍었어."

5분을 찾아 헤맸다. 인물 사진이라고는 만돌이의 회사 동료 같은 남정네뿐이었다. 자세히 들여다보니 허걱! 나였다. 으…… 목욕해서 뽀얗게 나올 줄 알았더니 벌건 얼굴에 꼭 술 취한 사람 같았다. 머리는 헤어 왁스를 바른 조인성의 머리를 생각했는데 부스스한 더벅머리. 결정적으로 멍 자국은 사라졌지만 볼이 쏙 들어갔다. 핼쑥하고 넙데데한 얼굴에 볼만 쏙 들어가 한마디로 가관이었다. 내가 날 몰라보는데 누가 날 알아보겠는가. 나는 울먹였다.

"엄마, 내가 왜 이렇게 됐지?"

엄마가 가만히 사진과 나를 번갈아 보시더니 툭 던진 말씀.

"이제 보니 너도 많이 늙었다."

늙었다…… 늙었다…… 늙었다!

여기서 끝이 아니었다. 만순이가 그 사진을 보더니 이러는 거다.

"이 남자 무지 못생겼는데 누구야?"

충격에 빠진 나는 아직까지 제정신이 아니다. 세월아, 정녕 네가 나를 이리 배신할 수가 있단 말이더냐…… 흑흑흑.

"눈, 코, 입, 턱 다 수술할 거야!"

"푸하하하."

"왜 웃어?"

"언니, 그 입은 불가능하지 않을까?"

"왜? 안젤리나 졸리처럼 보톡스로 도톰하게 할 거야."

"흐흐흐…… 그렇게 되면 안젤리나 졸리가 아니라 펭귄이지."

"뭣이!"

"언니, 그것도 입이 커야 가능하지, 언니 입은 사이즈부터 안 되잖아."

허걱…… 그 소리에 왜 내가 심형래의 펭귄 입술을 떠올리는 거냐고! 내 입을 찢어야 한단 말인가? 입을 늘리는 게 가능할까?

에잇, 모르겠다. 그냥 거울 안 보고 살련다.

아무튼 그 사진은 결코 내가 아니었다. 나를 가장한 어떤 남정네였을 뿐. 흑…… 이렇게 말하는 내 자신이 너무 비참해. 빨간 모자 쓰고 찍은 사진은 꼭 바꿔야 하는데…… 에라 모르겠다. 오늘부터 3천 냥짜리 마사지나 받아야겠다. 안 되면 화장발로 어떻게든 승부를 걸어 봐야지.

우리 집에도 문제는 많다. 서로 많이 싸우기도 하고 세대 차이도 난다. 하지만 말 많은 우리 식구는 하고 싶은 이야기를 속에 담아 놓지 못한다.

우리 집에서는 어떤 말이든 해도 된다고 가르친 분은 아버지시다. 그리하라고 말씀하신 건 아니지만 대개는 아버지가 먼저 말씀을 꺼내신다. 식구들이 다 함께 밥상 앞에 둘러앉으면(동생들이 직장을 다녀 요즘은 힘들지만) 아버지 회사에서 오늘은 이런 일이 있었고, 요즘 유행하는 말이 어떤 거냐고 물으신다. 밖에서 들은 재미난 얘기도 들려 주신다. 아버지가 그러시니 우리도 학교 일이며 아는 얘기며 밖에서 들은 얘기들을 주거니 받거니 한다.

울 아버진 힘들고 슬프면 그렇다고 말씀하신다. 언젠가 회사에서 직원들 잘못으로 아버지가 징계를 받은 적이 있다. 이미 다른 지사로 발령된 지 오래였는데 부하 직원들이 아버지를 끌고 들어갔다. 그 일이 모두 자신의 책임이라고 생각하신 아버지는 혼자 모든 책임을 지고 직위 해제 비슷한 징계를 받으셨다. 아버지는 술을 드시면서 속상해하셨다. 사람에게 속은 게 더 기분 나쁘다고 하시면서. 이렇게 아버지가 힘들고 외로울 때 먼저 터놓고 말씀하시는데 우리가 안 할 이유가 없었다. 더 자연스럽게 나온다.

나는 가족이 아닌 친구에게 속말을 하기 편하다는 다른 사람들을 이해하기 어렵다. 자식의 힘든 일을 알아주지 못하는 부모나 부모의 힘든 점을 몰라주는 자식도 이해를 못하겠다. 부모와 자식 간에 대화가 왜 안 되는지도 모르겠다. 아버지 친구분이 엄마에게 하소연 하시기를 자식이 미국에서 돌아왔는데 일주일이 넘도록 아버지에게 인사를 안 한다고 했다. 나는 그런 일이 있을 수 있다는 것조차 이해할 수 없다.

우리 집에서는 동생이 여행을 가면 도착해서 전화하고 오는 날 또 전화를 한다. 집에 오면 인사하는 건 당연한 일이고 미처 못하더라도 아버지가 먼저 잘 다녀왔냐고 물으신다. 언젠가 누가 내게 아직도 부모님과 대화가 되느냐고 물어봐서 너무 놀란 적이 있다. 또, 대화가 된다는 그 자체로 네가 이상한 거 아니냐는 말도 들었다. 난 아직도 그런 말을 왜 들었는지 이해를 못하고 있다. 우리 삼 남매는 아주 어릴 때부터 부모님과 대화를 나누었다. 일방적인 명령이나 잔소리가 아니었다. 나이 들면 대화가 더 잘되면 잘됐지, 왜 안 된다는 말인지…….

자식들이 아버지를 슬금슬금 피한다는 말도 이해할 수 없다. 그건 전적으로 부모의 잘못이다. 울 아버지가 권위적인 분이었거나 자식과의 대화를 귀찮아하는 분이었다면 아마 우리도 그랬을 것이다. 자식에 대한 울 아버지식 사랑 표현은 무언가 많이 해주는 것, 물질적인 게 아니라 세상에서 내가 믿을 수 있는 사람이 누구인가를 확실하게 심어 주는 것이다. 이보다 더 큰 자식 사랑이 어디 있을까 싶다. 난 이 땅의 아버지들에게 울 아버지처럼 자식과 대화하라고 권하고 싶다. 더불어 힘들 때 힘들다고 말하는 것, 슬플 때 슬피 우는 것, 가족 간에 아무것도 감추지 않는 것이야말로 부모와 자식 모두에게 가장 필요하다고 말하고 싶다.

너무 다른 자매   　참 이상하다. 언니인 내가 돈 한 푼 없으면서
　　　　　　　　　돈 걱정 안 하고 사는 인간인데 비해 만순이는
내 것의 몇 곱절 되는 돈도 있고 튼튼한 직장까지 다니면서 앞날을 걱정

한다. 물론 이래서 만순이는 나날이 발전하고 나는 점점 썩어 가는 거겠지만……. 형제가 어쩜 이리도 다를까.

가끔 만순이과 내가 한핏줄이란 사실이 믿기지 않을 때가 있다. 키만 빼놓고 보면 외모도 극과 극이고 성격, 식성, 버릇, 습관 등등 뭐 하나 비슷한 게 없다. 내가 왕내성적인 데 비해 만순이는 외향적이다. 나는 친구가 별로 없고 수다 떠는 거 싫어하고 혼자 만족하며 사는 인간이다. 반에서 친구 한 명 안 사귀고 학년이 바뀐 때도 있었다. 친구들을 몰고 다니는 만순이는 그런 나를 이해하지 못한다.

서로 다른 식성은 우리 집에서 잡채 하는 날 극명하게 드러나는데, 내가 간을 보면 짭조름한 잡채가 되고 만순이가 간을 보면 달달한 잡채가 된다. 내가 간을 보면 설탕을 더 넣어야 하고 만순이가 보면 난 아예 안 먹는다. 어차피 내가 먹는 양은 한정되어 있어 차라리 이게 편하다.

버릇이라기보다 이것도 성격 차이에서 비롯된 건데 지나가던 사람들이 나를 쳐다보면 나는 무조건 내가 예뻐서 그런다고 생각한다. 물론 집에 와서 보면 얼굴에 뭐가 묻어 있거나 치맛단이 풀어져 있다. 거의 이런 일 때문이다. 만순이는 반대로 생각한다. 예쁘게 생겨 사람들이 쳐다보는 건데 정작 본인만 아니라고 생각한다. 참 나.

습관은 더 가관이다. 일단 나는 원래 있던 자리를 뜨면 잠을 못 잔다. 병원에 입원했을 때도 잠이 안 와서 집에서 베던 베개를 가져와 겨우 잠들었다. 음식도 너무 가린다. 한마디로 편식이 심하다. 하지만 만순이는 바닥에 머리만 닿았다 하면 바로 자고 아무 음식이나 다 잘 먹는 그야말로 여행이 체질인 인간이다.

사춘기 때 한동안 만순이과 무지 싸웠다. 한번 화가 나면 정말 더럽게 변하는 내 성질 덕에 만순이의 팔에 흉터까지 생겼다. 내가 던진 밥공기가 만순이 팔꿈치를 정통으로 맞혔기 때문이다. 하지만 그 덕에 형제애를 생각하게 되었다. 동생은 언니를 혼내지 말라고 엄마한테 울면서 부탁하고, 나는 미안해서 하루 종일 동생을 끌어안고 울었다. 지금도 그 흉터만 보면 가슴이 아프다. 둘 다 서른을 넘기고 보니 그래도 형제밖에 없다는 생각이 든다. 뭐라고 할까, 세상 누구도 편들어 주지 않을 때 꼭한 사람 내 편이 있다는 든든함을 알게 되었다고나 할까.

그래서 가끔은 만돌이한테 미안하다. 자매간이랑 남매간은 아무래도 다를 테니까. 물론 왕수다인 우리끼리 싸우다 풀어지기를 반복하고 있지만. 지금 나는 부모, 형제가 있다는 사실만으로도 충분히 행복하다.

혹시나   6월이 되면 엄마는 늘 심란해지신다. 6월과 엄마의 생신 달…… 생신 다음 날이 막내 외삼촌의 생신이다.

막내 외삼촌은 6·25 전쟁 때 행방불명되었다고 한다. 서울에서 대학을 다니다 집에 와 계셨는데 어느 날 밖에 나갔다가 영영 돌아오지 못했다. 누군가가 북으로 끌려가는 외삼촌을 봤다는데 여태 소식이 없다.

외갓집에서는 막내 외삼촌 말고도 엄마의 사촌 언니와 사촌 오빠가 납북을 당했다. 사촌 언니는 서울대학병원의 간호사였고 사촌 오빠는 맹장 수술로 병원에 입원한 상태였다. 나중에 납북자 명단에서 두 분 이름을 찾았는데 외삼촌은 없었다고 한다. 지금쯤 돌아가셨겠지 하면서도 혹시나 하는 엄마에게 내가 이산가족 찾기 신청이라도 한번 해보자고 했다. 방금 신청했다. 살아 계시면 올해 나이가 일흔일곱이시다. 생사만이라도 알았으면 좋겠다.

아직 우리에겐 이런 상처가 많다. 이 상처를 치유하지 못하고 잊기 전에 좋은 날이 오기를 바란다. 외할머니는 살아생전 언젠가 막내아들이 돌아올 거라 믿으시며 외삼촌이 보다 두고 간 책과 책상을 하나도 못 버리게 하셨다는데 이젠 할머니마저 돌아가셔서 외삼촌 물건은 남은 게 하나도 없다. 이모들도 많이 늙으시고 칠 남매의 막내인 엄마 나이도 꽤 되었다.

엄마는 막내 외삼촌의 얼굴을 기억도 못하신다. 아마 외삼촌이 살아 계셨어도 마찬가지로 엄마를 못 알아보실 거다. 그래도 소식이나마 알고 싶다. 가족이 있다면 가족이라도 만나 보고 싶다. 탈북자들이 올 때마다 혹시나 하는 엄마, 이산가족 상봉자 명단을 발표할 때마다 혹시나 하는 엄마……. 하루빨리 만나기라도 했으면, 편지라도 주고받았으면 하는 마음이다. 오늘, 아침부터 참 쓸쓸하다.

억울해　　　　　우리 집에서 내 끗발이 센 게 딱 하나 있다. 그건 먹는 거. 그런데 나는 먹는 걸 진짜 싫어한다. 심지어 안 먹고 살았으면 했던 적도 있고 알약 하나로 끼니가 해결되는 세상을 꿈꾸었다. 나 때문에 울 엄마가 무지 고생하셨다. 밥 안 먹는 애는 무조건 굶기면 먹는다는 아줌마들의 말에 울 엄마, 어린 나를 사흘이나 굶기셨지만 나, 안 먹고 쓰러졌다. 그 뒤부터 울 엄마는 숟가락 들고 내 뒤를 따라다니셨다.

벌써 반년하고도 16일...... 이달에 달랑 책 두 권 읽었다. 원래 페이스를 찾으려면 14일 동안 열 권을 읽어야 한다. 목표를 세운 건 아니었지만 이런 적이 없기에 당황스럽다. 요즘은 밤 11시에 잔다. 리듬 팍 깨지고 아침에 일찍 일어나고...... 그래도 추리소설이 슬슬 쏟아지기 시작했다는 반가움 때문에 울증 탈출을 시도하련다.

으...... 사랑하는 만두야, 힘내자!

문제는 만순이다. 나와 달리 만순이는 아무거나 무지 잘 먹는다. 그런데 만순이가 잘 먹는다고 해서 왜 나까지 날달걀에 밥 비벼 주고 마가린에 밥을 비벼 먹이냐는 말이다. 해서 지금까지 엄마는 내가 먹고 싶다는 말만 하면 다 사주신다. 내가 먹고 싶은 게 별로 없어서 문제지.

이걸 이용해 먹는 놈들이 내 동생들이다. 지들이 먹고 싶으면 무조건 나한테 달려온다. 그러고는 "언니도 먹는대, 언니가 먹고 싶대."를 외친다. 어제 먹은 통닭도 당연히 만순이가 내 이름을 팔아 시킨 것이다. 만순이는 남들이 안 먹는 퍽퍽한 가슴살과 날개만 먹는 인간이다. 나를 하나라도 먹게 하려면 다리를 넣어야겠기에 한 마리를 외친 것이다. 억울하다! 나는 다리 하나밖에 안 먹었다. 만순이가 혼자 다 먹었다. 일요일에는 또 내 이름을 팔아서 피자를 시킬 것이다. 먹고 싶지도 않은 감자 토핑 피자를 또 먹어야 한다.

이런 내 맘을 아귀찜님은 아시나요? 에고, 말하다 보니 아귀찜이 먹고 싶네. 만순이한테 아귀찜이나 사 오라고 해야겠다.

용돈의 비밀   중학생 때 처음으로 용돈을 받았다. 하지만 얼마 못 가 폐지됐다. 그 돈을 저금해서 엄마랑 선생님께 스카프를 사드렸기 때문이다. 사실 난 돈을 쓰는 것보다 모아서 누군가에게 선물하는 게 더 재미있다. 대학생 때 용돈을 다시 받게 되었는데 그때 이미 아르바이트를 할 힘이 없었기 때문이다.

어제 텔레비전을 보는데 용돈 얘기가 나오길래 만순이에게 내가 받은 용돈을 얘기했다. 그랬더니 동생은 1등을 할 때마다 엄마한테 용돈을 받

           별 다섯 인생

았다고 했다. 충격이었다. 허걱…… 이럴 수가! 그래서 나한테는 왜 안 그랬을까, 했더니 동생이 이랬다.

"언니, 내가 언니 학교 때 성적을 아는데 그런 얘기가 나와?"

"아니, 나도 돈으로 유혹했으면, 누가 아냐? 1등 했을지……."

"어이구, 언니는 안 돼. 공부도 독해야 한다구."

그랬다. 공부를 못했다. 하지만 이런 뒷거래가 있을 줄은 상상도 못했다. 물론 돈으로 유혹한다고 내가 공부했을 리 만무하지만 말이나 한번 해보시지, 참……. 만순이는 늘 1등만 했던 인물, 전교 5등의 실력자, 나와는 극과 극. 그래도 내가 그 애의 인생 상담자요, 조력자요, 뒤에서 돼지 몰이 하듯 바른길로 인도하는 안내자라는 건 부인하지 못할 것이다.

에잇, 7월 첫날부터 이게 뭐시여. 엄마는 그런 일 없다고 잡아떼더니 오늘 아침에 실토를 하셨다. 어쩐지 동생은 항상 돈이 많더라니…… 에잇, 이 난쟁이 똥자루에 돼지야! 너 잘났다. 치…… 이 두 개는 만순이의 어릴 적 별명이다. 이것만은 발설하지 않으려고 했는데, 나도 열 받았다.

오늘 하루도 어김없이 이리 시작하다니…… 어제 안경 나사가 풀렸을 때 알아봤어야 하는 건데.

2부

세상을 향해 웃어 본다,
잘 살았노라고

2004년 7월~12월

잡초 인생

오줌싸개

만두는 붙박이, 집순이, 백조라 할 얘기가 없어 오늘부터는 어린 시절 겪은 엽기 사건들이나 이야기하련다.

초등학교 1학년 때의 만두 별명이 싸개였다. 오줌싸개…… 뭐, 누구나 이런 종류의 별명은 하나쯤 있을 것이다. 싸개, 코찔찔이 기타 등등.

만두는 너무 내성적이라 오줌이 마려워도 수업 시간에는 화장실 가고 싶다는 말을 못했다. 그래서 참다 참다가 그만 실수를 하고 말았는데 짝꿍이 선생님께 고자질을 했다. 선생님은 집에 가서 젖은 옷을 갈아입고 오라고 하셨다. 그나마 다행인 게 치마에 타이즈를 입어서 덜 척척했던 기억이 난다. 우리 학교가 속한 학군의 마지노선이 우리 집이었다. 집 건너편에 내가 다니는 학교 말고 다른 학교가 있었지만 학군이 달라 코앞의 학교를 두고 30분이나 걸어서 다녔다. 물론 내 걸음을 기준으로 한 시간이다.

학교에서 오줌을 싸서 집에 왔다고 하자 엄마가 새 옷으로 갈아입혀 주셨다. 그때 엄마는 속으로 걱정을 하셨단다. 기집애가 창피하다고 하면서 학교에 안 간다고 하면 어쩌나, 하셨다나……. 하지만 나는 내성적인 성격만큼 얼굴이 철판이다. 집에서 옷을 갈아입고 다시 학교로 갔다. 애초에 안 가겠다는 생각은 하지도 않았다. 왜냐하면 선생님이 옷 갈아입고 오라고 하신 데다 가방이랑 다 학교에 있는데 왜 안 가겠는가.

더 웃긴 일은 다음 날 일어났다. 지금은 이름이 뭐였는지 기억도 안 나는 짝꿍 머슴애가 똥을 쌌다. 하지만 난 놀리지도 않고 고자질도 하지 않았다. 냄새 때문에 선생님이 이미 알고 계셨다. 나는 마지막에 딱 한 마디만 했다.

"오줌 싸는 게 나을까, 똥 싸는 게 나을까?"

이 말에 그놈이 울음을 터뜨렸는데 그러고 나서 집에 가 버리더니 다음 날 결석을 했다. 그 애가 바보 같았다. 아니, 급하면 쌀 수도 있는 거지, 그걸로 학교를 빠지다니……. 나는 이런 내성적인 성격과 뻔뻔함으로 초지일관하며 지금까지 잘 살고 있다.

잡초 인생   초등학교 4학년 때, 처음으로 도시락을 싸 갔다. 어릴 적 나는 편식이 심했는데 그중에서도 고기를 무지 좋아했다. 통닭 두 마리는 기본이었고 고기만두 10인분, 불고기 5인분을 혼자 먹었다. 특히 돼지고기 편육을 좋아했는데(그것도 머릿고기로) 어느 날 도시락 반찬으로 편육을 싸 갔다. 짝꿍이 놀렸지만 그렇다고 기죽을 내가 아니었다. 1년 내내 짝꿍이랑 말 한 번 안 하는 성격이었지만, 누가 뭐래도 하고 싶은 건 다 했다. 30분에 걸쳐 우적우적 씹으며 편육 도시락을 다 먹었다. 원래 밥 먹을 때 그 정도 걸린다. 워낙 느림의 달인이라.

놀림당하는 게 귀찮아 그 다음부터는 편육을 싸 가지 않았지만······ 아니, 도시락 반찬으로 편육 좀 싸 간 게 그렇게 이상한 일인가. 참, 애들은 별걸 다 갖고 놀린다. 잘 모르기도 했고 워낙 둔녀에 형광등이라 상관도 안 했지만 아무래도 그때 나는 왕따가 아니었을까 싶다. 가끔 만순이가 어떻게 그럴 수 있냐고 묻는다. 1년을 함께 지내는 동안 말을 한 번도 안 한 아이도 있고, 친한 친구 한 명이 없던 적도 있다. 내성적이어서 친구는 사귀지 못했지만 놀림을 당했다고 울거나 약한 모습을 보인 적도 없다. 이상한 뻔뻔함이 함께 있다고나 할까? 밟으면 밟을수록 강해지는 잡초 인생이라고나 할까?

삼중 인간 만두   중학교 1학년 때 학교에서 가장 무서운 사회 선생님이 우리 반 전체에 벌을 내리셨다. 양팔을 쭉 뻗어 앞으로 나란히 하고 그대로 있는 벌이었다. 5분을 버텼지만 그 이상은 내게 무리였다. 자꾸만 팔이 아래로 처졌다. 어쩔 수 없었다. 선생님을 불렀다.

"선생님······."

선생님은 인상을 팍 쓰셨다.

"뭐야?"

"저기요. 저는 안 그러려고 하거든요. 그런데요. 제 팔이 말을 안 들어요. 자꾸만 지 맘대로 내려가요."

선생님은 가만히 나를 보시더니 이러셨다.

"팔이 네 말을 안 듣고 내려가니?"

"네."

"(씩 웃으시며) 그럼, 내리고 있어라."

아이들이 벌서는 내내 나 혼자 팔을 내리고 서 있었다. 다른 반 아이들이었다면 그런 내가 미웠을지 모른다. 하지만 내 몸을 보면 그런 생각이 안 드는 모양이다. 다음에 또 벌을 서자 아이들은 내 팔 밑에 필통을 세워 도와주기도 했다. 그때 한 번뿐이었지만 그러고 보면 우리 반 친구들은 참 착했다. 물론 내가 연약한 줄 알고 접근했다가 "야 는 아니구나." 하며 돌아가는 아이들도 있었지만……. 나는 가느다란 몸에 내성적인 성격이지만 알고 보면 찔러도 피 한 방울 안 나오는 삼중 인간이었다.

우리 집 자해 공갈단

우리 집에 자해 공갈단이 있는데 바로 나랑 엄마다. 우리의 목적은 식구들에게 원하는 것을 갈취하는 것이다. 주로 엄마가 자해를 하고 내가 공갈을 한다.

자해 공갈단의 역사는 만돌이 중학교 시절까지 거슬러 올라간다. 만돌이 놈이 포르노 잡지를 보다 걸렸다. 엄마는 네가 그럴 줄 몰랐다고 하면서 머리를 싸매고 누우셨고, 만순이는 옆에서 잔소리를 했다. 만돌이는 무릎 꿇고 앉아서 눈물만 흘렸다. 나는 조용히 밖으로 나가 각목을 구해 와 문밖에서 각목을 휘두르며 차력 쇼를 벌였다. 위협, 즉 공갈이었다. "이놈이, 머리에 피도 안 마른 것이……." 하며 소리가 잘 나는 펌프를 때리고 고무 통을 때리는 생쇼를 했다. 하지만 그걸로 끝이었다. 지금까지도 포르노를 보다 걸리는 놈이니 뭐……. 어차피 그 나이에 다 치르는 일인걸, 우리는 그저 위협사격 정도만 했다. 만순이가 취직하고 나서 적금을 적게 붓겠다고 했을 때도 자해 공갈단이 나섰다. 우리의 협박에 만순이는 결국 굴복했다.

요즘 엄마의 목표는 만순이의 원피스다. 지난겨울 내가 만순이가 입던 스웨터를 얻어 줬더니 이제는 공주 원피스가 마음에 든다고 하신다. 에고, 안 어울리는데…… 아무리 사이즈가 맞아도 이건 아닌데, 엄마가 원하니 언제 날 잡아서 또 쇼를 해야 한다. 엄마가 앓아누우면 내가 만순이의 옆구리를 찌르면서 협박을 하게 되리라. 사실 빨간 스웨터도 엄마가 찔러서 얻어 냈다. 만순이한테 노티 난다, 안 어울린다, 싸구려 같다, 보풀이 일었다 등등 갖은 소리를 하고 얻어 낸 것이다. 만순이의 약점이 귀 얇은 거니까. 솔직히 싸구려는 아니지만 싸게 산 건 맞다. 반팔 옷과 겉에 입는 스웨터까지 2만 원이면 무지 싼 거지, 게다가 울 소재고. 쉿, 이거 우리 집에서는 비밀이다. 아무도 모른다. 만순이가 알면 죽는다.

낙상 후유증   엄마가 방에서 미끄러져 넘어지셨다. 우째 이런 일…… 크게 다치시진 않았지만 이제 엄마도 나이가 있으니 좀 속상하다. 평소에는 엄마 나이를 잘 느끼지 못하고 산다. 핫팬츠도 입으시고 만순이 원피스도 잘 소화하는 분이라서. 그런데 이렇게 다치기라도 하면 할머니처럼 허리를 잡고 다니시니 보고 있으면 속상하다. 침 맞고 부항 뜨러 가셔야 한다. 사실 낙상한 건 토요 우리 집에는 아줌마만 있다.

아무리 애를 써도 품위 있고 럭셔리한 분위기와는 거리가 멀다.

출장 갔다 일찍 돌아온 만돌이가 뭔가를 내밀었다.

"엄마가 반찬 걱정을 해서 비지 가져왔어."

"어디서 샀냐?"

"비지찌개집에서 점심 먹었어.

나가는데 카운터에 가져가라고 쓰여 있더라구. 그래서 집어 왔어."

으...... 너마저 아줌마였던 거냐.

엄마는 기특해 하셨지만, 우리 식구 다섯이 모두 이렇다니......

하지만 어려운 시대에 이렇게라도 해야

살아남을 수 있으리라 위로해 본다.

이놈, 장가가도 잘할 것 같은데 누가 안 데려가실래요?

2004.07.09

일인데 괜찮다고 해서 그런 줄 알았더니만. 역시 연세가 있으신지라 엄마도 한의원을 다니게 되었다.

뭐, 이쯤이야 하셨던 모양인데…… 그러게 가시랄 때 말 좀 들으시지…… 울 엄마도 참 말을 안 듣는다. 속상하다. 안 그래도 요즘 계속 비만 내리는데 이러다가 "비가 오려나?" 하게 되면 어쩐다? 에잇, 아픈 건 다 나한테 달라니까! 괜히 엄마가 넘어지고…… 내가 넘어지면 그렇게 다치지 않았을 텐데……. 빨리 나으시면 좋겠다. 물론 허리 약간 아프신 거 빼고는 달라진 게 하나도 없다. 여전하시다. 나, 엄마한테 또 맞았다. 엄마, 다치지 마! 나, 속상해요.

별명   나는 만돌이를 이름으로 부르지 않는다. 언제나 별명으로 부른다. 이름을 부를 때는 성까지 합쳐 부르는데 화가 났을 때뿐이다.

처음 별명은 개똥이었다. 내가 하도 개똥아, 개똥아 했더니 어느 날 이 놈이 이러는 거다.

"누나, 내 어릴 적 이름이 개똥이었나?"

내 죄가 크지만 재밌는 걸 어찌하랴. 개똥이가 싫증 나서 잠깐 똥개라고 불렀는데 그건 별로라 치웠다. 그 다음에는 이름 끝에 '달' 자를 붙였다. 'X달이'가 된 것이다. 그런데 이것도 너무 불러서 싫증이 났다. '달이'를 '디'로 줄여 불렀다. 'X디'가 된 것이다. 여기에 다시 '아'를 붙이면 '디라, 디리'가 된다. 그런데 얼마 전 만돌이 이름이 신문에 났다. 사실 진짜 이름은 아니었고 "홍콩에서 온 X디 리"라고. 그거 보고 무지 웃었다. 내가 한마디했다.

"봐라, 누나가 이름을 붙여 주니 신문에도 났잖냐. 네가 언제 신문에서 네 이름을 보겠냐."

물론 엄마는 싫어하신다. 그러면서 "아가야."라고 부르는 건 뭐냐고요. 우리 집에서 만돌이의 이름을 부르는 사람은 울 아버지밖에 없다.

생일 준비

오늘이 제헌절인데 큰일 났다. 깜빡했다. 내일이 아버지 생신인 걸. 다른 건 다 지나쳐도 아버지 생신만은 챙겨야 한다. 왜냐하면 울 아버지가 삐지면 무섭기 때문이다. 생신 전날인 오늘까지 모든 준비를 마치려고 어제 모여 계획을 짰다.

"엄마가 갈비 재료 부탁해 놨다. 널 가져오면 된다."

"오케이, 만순이는?"

"나는 케이크 사올게. 언니는 나한테 묻어서 가."

"오케이, 그럼 만돌이는?"

"만돌이는 월급 타고 처음 맞는 아버지 생신이니까 선물 사라고 해야지."

"오케이."

늦게 온 만돌이한테도 일렀다.

"만돌아, 아버지 생신 선물은 네가 산다."

"오케이."

다음 날 아침. 아무도 안 일어났다. 우찌…….

별 다섯 인생

"왜 다들 안 갔냐?"

엄마가 망연자실한 표정으로 말씀하셨다.

"이 일을 어쩌냐? 하필 오늘이 제헌절이라 고깃집이 쉬네."

갈비가 사라졌다. 아버지는 "야, 어제 사 온 신발이 짝짝이다. 바꾸러 간다." 하며 나가신단다. 으…… 좀 있으면 비싼 백화점에도 가야 한다. 만돌이가 백화점에서 아버지 선물을 사려면 수억 깨질 거 같아 만순이가 말했다.

"아버지, 갈비는 월요일에 먹죠. 오늘이 제헌절인 줄 몰랐거든요."

"누가 뭐래냐? 미역국만 끓여."

아버지가 화나면 서운한 과거지사가 다 튀어나온다. 아버지의 잔소리를 비켜 가려면 무슨 일이 있어도 생신상은 차려야 한다. 반드시…….

엄마랑 만순이가 백화점에 다녀왔다. 사 온 거라곤 4만 원이나 하는 케이크, 수입산 불고기감 두 근, 파인애플, 체리 조금…… 이게 전부였다. 만돌이가 선물 사 오라고 준 돈을 케이크가 잡아먹었다. 그래서 올해 아버지 생신 선물은 없다. 아니 나중에라도 사서 드려야 한다. 미안했던지 만순이가 아버지께 올 생신은 2박 3일로 길게 할 거라고 얘기했다.

아버지는 기분이 좋으셨다. 다행히 할인 행사장이 철수를 안 해서 신발을 바꿔 오셨는데 짝퉁인 줄은 모르신다. 도대체 260이랑 270이랑 묶어 파는 신발이 어디 있냐고요.

그나저나 만순이의 횡포에 또 당했다. 나는 파인애플을 먹으면 혀가 아리고 혓바늘이 돋는 체질이다. 만순이가 나한테 파인애플을 먹였다. 그러더니 생신 전야제라고 하면서 자기는 닭을 시켜 먹었다. 아버지는 원래 저녁 안 드시는데……. 왜 아버지 생신 전날에 지가 닭을 시켜 먹 냐고요. 남 밥도 못 먹게…….

비싼 돈 주고 사 온 케이크지만 딱 5분간만 축하 쇼를 할 수 있다. 그래야 아버지가 주무셨다가 새벽 3시에 일어날 수 있다. 내일은 불고기 파티, 모레는 갈비…… 이상 2박 3일 잔치의 주재료다. 엄마가 이상한 것만 안 하시길 바랐는데. 가지선이라는 걸 선보이셨다. 아, 뭐라 말할 수 없는 맛이었다. 나는 냄새만 맡고 말았지만 만순이는 닭이랑 가지선에 밥을 먹었다. 고거 쌤통이다.

아버지, 생신 미리 축하드려요. 내일도 축하드릴 거지만……. 아무튼 만수무강하세요. 참, 새벽 3시에 일어나는 건 좀 안 하시면 안 될까요? 네?

다음 날, 아침에 모두 모여 식사를 하기로 했다. 만돌이를 깨워서 겨우 8시 30분에 상을 차렸다. 한자리에 모였지만 식탁에 앉은 사람은 아버지와 나뿐이었다. 만순이가 고기를 구웠다. 불고기를 하는 줄 알았는데 엄마가 깜빡 잊고 양념을 안 하셨단다. 만돌이는 구운 고기를 나르고 엄마는 고기 굽는 걸 감독하느라 계속 서 계셨다. 아버지가 제일 먼저 식사 끝, 만돌이도 후딱 먹고 끝, 먹는 게 느린 나랑 엄마랑 만순이만 같이 앉아 먹었다. 이게 무슨 생신날 풍경이냐고……. 게다가 아버지는 속아서 산 이상한 대나무 막대기를 들고 만병통치약이라면서 나를 패셨다. 지금도 아프다. 아이구, 삭신이야……. 아버지 생신이라 아프다는 말도 못하고…….

만돌이는 한술 더 떠 사고를 쳤다. 아는 선배가 19만 원이면 육로로

금강산 관광을 할 수 있다고 했다나?

"누나들이랑 상의해서 보내드릴게요."

"나, 8월에 호스피스 교육 간다. 참가비가 딱 19만 원이다."

이런, 갹출하게 생겼다. 백조가 무슨 돈이 있냐고…… 만돌이 너, 두고 보자!

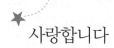

사랑합니다

나는 세상과 담 쌓고 사는 사람이다. 붙박이,
집순이, 백조인데다 아픈 몸이라 웬만해서는
밖에 나가지 않는다. 그래서 세상 물정을 모른다. 세상과의 소통이 없다.
직장을 다녀 본 적이 없으니 당연히 직장 동료도 없다. 내가 유일하게
세상과 소통할 때는 알라딘에 글을 올릴 때다. 댓글을 읽고 그 글에 다
시 댓글을 남긴다. 이게 가장 직접적인 소통이다.

간접적인 소통은 만순이와 만돌이가 밖에서 겪은 이야기를 듣는 것이
다. 그리고 뉴스 정도……. 원래부터 소통이 원활한 인간이 아니어서 별
다른 불편은 못 느끼고 산다. 나는 군중 속의 쓸쓸함을 즐긴다. 예전에
도 혼자 돌아다니기를 좋아했다. 혼자 책방 가기, 혼자 카페에 앉아 책
읽기가 취미였다.

첫 미팅 때 어떤 남자가 대학에 왜 왔냐고 묻길래 "습관을 지키려
고……."라고 대답한 기억이 난다. 그때 그 머슴애, 날 이상한 인간 보듯

쳐다봤다. 애초 대학에 갈 생각이 별로 없었고 학교를 다니면서 하고 싶었던 것도 별로 없었기 때문에 나 같은 인간이 대학에 가는 건 낭비라고 생각했다. 공부도 못했고……. 하지만 딱히 할 만한 것도 없어 그냥 대학에 갔다. 여기에도 좀 사연이 있지만…….

내가 대학에 들어간 이유를 밝히자면 나만의 공간을 확보하기 위해서였다고 말하고 싶다. 수업 시간에 딴짓을 할 수 있는 게 이유였다. 그런 게 좋다. 사람들 속에서 나만 따로 떨어져 무언가를 한다는 것……. 나는 그런 게 좋다. 예전에는 종로서적이나 교보문고에 혼자 갔다. 책 한 권을 사고 자판기 커피를 뽑아 마시며 사람들 틈에서 책 읽을 때가 행복했다. 음악처럼 사람들의 얘기를 한 귀로 흘려들으면서 책을 읽고 사람 구경하는 게 좋았다.

지금도 누군가와의 소통에는 자신이 없다. 내 소통 방식은 거의 일방통행이다. 소통은 쌍방통행이어야 하는데 그걸 못하는 나는 문제가 많다. 이렇게 쓰고 보니 내가 숨어 사는 인간 같다. '코쿤족'이 있다던데 난 아니다. 아프지 않았다면 다른 인생을 살았을 수도 있겠지만, 그랬다면 소통하느라 무지 고생했을 거란 생각도 든다. 이렇게 말하면 부모님께 죄송한 철없는 딸이지만 어떨 땐 내 아픔이 축복처럼 느껴지기도 한다. 엄마는 내가 점점 나이를 거꾸로 먹는다고 하신다, 아픈 거야 어쩔 수 없는 일이고, 책이랑 소통이나 하지 뭐…….

나는 지금 책과 소통 중이다. 알라딘과 소통 중이다. 그 소통은 중요하다. 그래서 감사드리고 싶다. 사실 이 얘기를 하려던 게 아닌데 옆길로 샜다. 어쨌든 알라딘과 소통할 수 있어 좋다는 게 결론이다.

감기 몸살기가 있다. 지금도 약간…… 잽싸게 약을 먹었으나 오늘은 다른 약을 먹어야 할 듯싶다.

어제는 좀 아팠다. 몸도 마음도……. 엄마 혼자 병원에 가서 약을 타 오셨다. 약값만 20만 원……. 한 보따리 들고 오셨다. 의사 선생님이 "그 병은 며느리도 몰라."라고 했단다. 이런…… 이건가 하면 아니고, 저건가 하면 또 아니고…… 이런 말을 벌써 세 번째 듣는다. 의사들 마다 하는 얘기니까. 그래도 아직까지는 "아직 안 죽었나요?"라거나 "다른 병원에 가면 나을 것 같아요?" 하는 말은 없었다.

"다른 병원 갈래요." 하면 이 선생님도 그러려나…….

엄마가 우울해하셨다. 나도 우울했다. 몸도 아프고 맘도 아프고…… 아 프니까 별 생각이 다 든다. 에고…… 그만하자. 뭔 얘기를 할지도 모 르겠다. 울었다. 이젠 울어도 속이 시원해지지 않는다. 어쩜 그게 더 속상한지도 모르겠다.

2004.09.03

덥다…… 선풍기도 안 틀고 버티고 있다.

중학생 때 까뮈의 책《이방인》을 몇 줄 읽지도 못하고 잃어버린 적이 있다. 그때는 그러려니 했다. 내가 워낙 흘리고 다니는 성격이라.

얼마 전 텔레비전을 보는데 퀴즈 프로에 까뮈 문제가 나왔다. 갑자기 생각이 났다.

"엄마, 예전에《이방인》읽다가 잃어버렸는데, 참 귀신이 곡할 노릇이었다니까."

"그거, 내가 버렸다."

허걱…….

"왜?"

"네가 그때 사춘기에다 염세적이기까지 했잖아. 그 책 보고 죽을까 봐 버렸다."

으잉…… 울 엄마가 이렇게 섬세한 분이었던가. 엄마를 다시 봤다. 그런데 더 놀라운 사실이 있다. 엄마 처녀 적에 친구가 자살한 일이 있었단다. 연애에 실패하고 자살했다는 그분이 보던 책이《이방인》이었다나. 엄마는 이때까지 그걸 기억하고 계셨다.

작년에 책상을 버리면서 울었던 기억이 있다. 참 더럽고 치사해서……. 동생들 시켜 먹기가 힘들어서 작정하고 쇼한 거였다. 울고 떼를 써야 내 말을 듣는 놈들이라. 그런데 엄마가 며칠 전 더 놀라운 말씀을 하셨다.

"너 그때 죽으려고 신변 정리하면서 운 거잖아."

허걱…….

이래서 내가 옆길로 새지도 못하고 딴짓도 못한다. 언제나 하던 대로만 해야 한다. 안 그럼 울 엄마, 내가 어떻게 될까 봐 전전긍긍 말도 못하시고 속으로만 앓는다. 안 죽는다니까. 참…… 내가 왜 죽냐고. 악착같이 살아서 골골 팔십을 유지할 거라니까. 아무튼 엄마의 사랑을 너무 자주 놀라운 방식으로 확인하고 있다. 뭐, 울 엄마가 가끔 때리는 것도 다 사랑의 표현이려니 하고 있지만…… 그래도 맞을 땐 아프다.

친구들

만두 친구들…… 만두의 친구들은 만두네 집에 오는 걸 싫어했다. 이유는 한 가지, 울 엄마 때문이다. 울 엄마는 친구들만 보면 이러셨다.

"애, 넌 참 듬직하게 생겼구나."

"네 허벅지는 참 튼실해서 보기 좋다."

미모에 목숨을 거는 여중생, 여고생들이 그 말을 듣고 울 집에 오겠냐고요. 그래도 친구들은 이해해 주었다. 만두의 부실함이 워낙 빤히 보이고 만두의 두 배나 되는 자신들의 덩치를 아는 까닭에.

만순이 친구들…… 옛집에 살 때 만순이의 친구가 왔다가 도망간 적이 있다. 이유는 하나. 천장에는 쥐 오줌과 빗물로 그린 추상화가 가득하고, 쥐들은 난리 브루스를 추고, 왕따시만 한 바퀴벌레가 시도 때도 없이 기어 나왔기 때문이다. 만순이 친구들은 무서워서 도망을 갔다. 상상이 안 되면 '러브하우스'를 떠올리면 된다.

만돌이 친구들…… 사실 만돌이의 친구들은 만돌이가 못 오게 했다. 이유는 만순이랑 나 때문이다. 언젠가 일곱 살 연하남과 사는 여자 이야기가 기사에 났는데 그걸 보고 내가 그랬다.

"흐흐흐…… 만돌아, 나도 일곱 살쯤은 극복할 수 있어."

옆에 있던 만순이까지 거들었다.

"나는 네 살까지 가능해."

얼굴이 사색이 된 만돌이는 그 뒤부터 친구들을 데려오지 않았다. 그렇다고 자식이…… 우리가 아직까지 싱글인 건 네 책임이야, 인마. 아무렴 우리가 네 친구들을 어떻게 하겠니? 아니, 어쩌면 할 수도 있는 거지…… 이리하여 우리 집에는 친구들이 오지 않게 되었다.

넘어지기의 달인   내가 넘어지는 경지는 거의 달인 수준이다. 어려서부터 그랬다. 길을 걷다가 내가 없어지면 땅만 보면 됐다. 그대로 넘어진 거니까.

비 오는 날의 비탈길, 많은 남학생이 보는 앞에서 미니스커트를 입은 채 두 다리를 쫙 벌리고 넘어졌다. 나는 웃었다. 그럼, 울리? (그래서 여태 혼자인가?) 겨울에 눈이 와서 빙판길이 된 횡단보도, 왕복 12차선을 건너면서 넘어져 봤다. 버둥버둥하다 결국 못 일어났다. 신호는 깜박깜박, 차들은 부릉부릉…… 다급해진 울 엄마, 내 뒷덜미를 잡고 질질 끌고 가셨다. 넘어진 것도 쪽팔리고 못 일어난 것도 쪽팔렸지만 엄마 손에 질질 끌려간 게 제일 쪽팔렸다. 그래도 웃었다. 흐흐흐……. 그리고 엄마한테 맞았다. 나보다 더한 사람 있음 나와 봐!

만순이가 방학이라 요즘은 매일이 일요일 같다. 사실 만순이는 무지 착하다. 성질은 더럽지만 하는 게 곰살맞고 너무 예쁘다. 모든 것을 제 마음대로 하는지라 말릴 수도 없고, 극과 극을 달리는 성격 때문에 변덕이 죽 끓듯 하지만 맘씨가 정말 곱다. 텔레비전을 보고 있다가 아귀찜이 나오면 나도 모르게 무심코 이럴 때가 있다.

"에고, 아귀찜 먹어 본 지도 오래됐네."

그러면 며칠 있다 만순이가 아귀찜을 사 온다. 왜 사 왔냐고 물으면 "언니가 그때 먹고 싶다고 했잖아. 지나다 아귀찜집이 보이길래 사왔어."라고 한다. 사람을 감동시키는 재주가 대단하다.

길거리를 지나다가도 아버지가 사탕을 잘 드시는 게 생각났다고 하면서 사탕을 사 온다. 옷 살 때 남자 옷이 보이면 만돌이 것도 같이 사고, 엄마 화장품이 떨어질 만하면 사 오는 아이다. 하여간 우리 집에서 제일 착하고 예쁜 짓을 많이 한다. 하지만 성질, 그놈의 성질만 아니면 참 나무랄 데가 없을 텐데……. 화가 나면 꼭 종로에서 뺨 맞고 한강에서 화풀이 한다고 집에 와서 화를 푼다. 보이면 저 웬수 하다가도 없으면 보고 싶고, 싸울 때는 시집이나 가라고 하다가도 막상 진짜로 가면 어쩌나 하는 생각도 들고……. 착한 만순이 성질 고칠 약은 어디 없나…….

이번에 보약 먹고 그 성질 좀 고쳤으면 좋겠다. 웬 보약이냐면, 이게 유통기한 지난 화장품을 아깝다고 발랐다가 부작용이 생겼다. 여드름으로 15년이나 고생하고 피부 트러블이 심해 아무거나 안 썼던 것이 여드름용이라 비싸게 샀다면서 발랐다가 결국 약값만 더 들어갔다. 아, 만순이의 아줌마 근성도 좀 고쳐졌으면…….

그나저나 그리 매운 순두부찌개를 나 때문에 사 왔다고 하더니 맵다고 하면서 나는 못 먹게 하고 지가 다 먹는 건 무슨 경우냐.

청춘의 끝　　　　　　이십 대 후반에는 삼십이 끝이라고 생각했다.

그런데 막상 삼십 대 후반에 접어드니 사십이 기다려진다. 이상하다. 아마도 청춘의 끝에 대한 불안과 성숙, 안정의 차이 때문이 아닐까 싶다.

나의 이십 대가 가장 불안했던 이유는 그때 내 병을 처음으로 알았기 때문이다. 어떤 기분이었을까…… 그때는 딱 하나의 감정만 있었다. 어떤 사람은 병에 걸리면 화가 나고 슬퍼지고 좌절하게 된다는데 그런 감정은 없었다. 단 하나 있다면, 진지하게 자살을 생각했을 뿐이다. 여기서 말하는 자살은 죽고 싶다는 얘기가 아니다. 삶과 죽음 중 하나만 선택하라고 하면 나는 죽음을 선택할 인물이다. 상징적인 의미일 뿐 죽고 싶다거나 살기 싫다거나 하는 것과는 아무 상관이 없다. 이때 죽지 않은 걸 나중에 나이 들어 후회하게 되면 어쩌나, 그뿐이었다. 막상 시간이 흘러 그 시점이 다가왔는데도 그런 생각이 들지 않아 다행이다 싶지만…….

누구나 분기점에서는 불안하다. 누구나 살면서 굴곡을 겪게 마련이다. 누군가 말했다. 넘어져도 다시 일어설 땅이 있어 좋다고. 이 말이 맞나 모르겠지만 나도 그렇게 생각한다. 산을 넘어도 또 다른 산이 보이는 게 인생이다.

넘어져도 일어설 땅이 있어 좋은 사람은 일어서기를…… 일어설 수 없는 사람은 그 땅이 늪이 아님에 감사하기를…… 설사 늪이었다 하더라도 똥통보다는 낫다고 생각하기를.

내게는 몇 가지 좌우명이 있다.

1. 인생사 새옹지마다.

2. 세상에 공짜란 없다.

3. 뿌린 대로 거둔다.

4. 넘치면 모자란 것만 못한 법이다.

지금 분기점에 있는 사람은 그 분기점을 넘으면 쉬어 갈 그늘이 있음을 기억하기를…… 잠깐 쉬었다 갈 수 있음에 만족하기를…… 넘어야할 산이 높으면 높은 대로, 낮으면 낮은 대로…….

인생은 생각하기 나름이다. 원효대사가 해골 물을 마시고 깨달음을 얻었듯이 한 치 앞도 못 보는 우리가 미리 걱정하고 불안해할 필요가 뭐가 있을까. 나락으로 떨어지는 자도 그 나름대로 살아가고 있음을 기억하기를……. 쉽게 온 삶은 쉽게 가고 어렵게 온 삶은 그만큼 오래 머무르는 법이니 부디 스스로의 삶을 잘 헤쳐 나가시길.

사랑합니다   내가 무슨 복에 여러분을 만났을까…… 이런
        생각이 든다. 내가 전생에 무슨 좋은 일을 했
기에 이렇게 좋은 곳에서 어쩌면 못 만났을지도 모를 분들을 만나게 된
것일까. 참 신기하고 기분 좋은 일이다. 행복하다.

사회생활을 한 번도 해본 적이 없어 동료들을 가져 보지 못했기에 어

쩌면 여러분을 동료로 생각하는 건지도 모르겠다. 얼굴을 마주 대하고 만났다면 말도 못 붙였을 테지만……. 다른 사람들은 인터넷을 어떻게 생각하는지 몰라도 나는 내 인생의 축복이라고 생각한다. 미래를 차곡차곡 준비하는 동안 인터넷이 생겨 얼마나 다행인지 모른다. 전자책이 생긴 것도 그렇고…….

내게 남은 건 내리막길뿐인데 어쩌면 나는 오리처럼 날기를 꿈꾸고 있는지 모르겠다. 이런 만남도 언젠가 힘에 부치면 못할지 모른다. 댓글을 다는 일도 장난이 아니다. 벌써 댓글을 다는 데 소홀해지고 있는 나를 발견한다. 그래서 내 댓글은 거의 단답형 한 줄짜리뿐이다. 사는 방식도 다르고 생각도 다른 사람들 사이에서 고요한 평화를 느낀다. 내가 늘 원했던 '광장에서 군중 속의 고독 즐기기'가 이곳에서도 실현되고 있음을 이제야 깨달았다. 여러분이 고맙다.

가끔 안 보이는 분들이 있어 걱정을 하게 된다. 강릉댁님은 꽤 오래 안 오신다. 잘 계시리라 믿을 뿐이다. 이 더위에 책을읽읍시다님은 군대에서 훈련 잘 받고 계시는지…… 만돌이는 여름에 가는 게 낫다고 했지만 그래도 걱정이 된다.

실수도 애교로 봐주시고, 어이없는 글도 재미있게 읽어 주시고, 형편없는 리뷰에도 추천을 눌러 주시고…… 알라딘 마을에는 마음 따뜻한 분들만 있어 좋다. 그래서 오늘은 여러분 모두에게 사랑한다고 말하고 싶다.

파란여우님의 전화   우와! 너무 놀랐다. 파란여우님이 전화를 주시다니……. 내게 걸려 오는 전화라고는 서점,

카드 회사뿐인지라 너무 반갑고 또 고맙다. 흑흑……. 그런데 내 목소리가 좀 이상하다고 느끼셨으리라.

고백한다. 나, 요즘 목소리도 가고 있다. 어쩜 언젠가는 목소리를 못 내게 될지도 모른다. 뭐, 그땐 컴퓨터에 저장된 목소리를 내게 되겠지만……. 서서히 나빠지는지라 종잡을 수 없다. 목소리가 이상해져도 난 신경 안 쓴다. 내 목소리를 못 알아듣는 사람은 아버지뿐이고 다들 눈치로 때려 맞추니까.

혹시 파란여우님이 이상하게 생각하셨을까 싶어 적는다. 정말 고마워서……. 목소리가 이상해도 놀라지 마시길…… 발음이 안 좋으려니 하시길…… 아직까지 눈치를 못 채고 계셨다면 만두의 커밍아웃으로 하지요. 흐흐흐……. 파란여우님 정말 반가웠어요. 감사드려요.

지금 내가
할 수 있는 것

지금 내가
할 수 있는 것
엄마가 나를 일으키는 횟수가 하루에 보통 열
다섯 번 이상이다. 엄마의 허리에 무리가 오는
것 같다. 그렇지 않아도 전에 한번 다쳤던 허리라 걱정된다. 그렇다고
하루 종일 가만히 있을 수도 없는 노릇이고⋯⋯.

만순이가 영화 〈아이 로봇〉에 나오는 로봇이 실제로 세상에 나오면
적금을 털어서 내 전용 비서로 사주겠다고 했다. 속상하다. 가끔은 내가
어떻게 걸어 다녔을까, 생각할 때가 있다. 보통 사람들은 이런 생각 안
하고 산다. 왼발, 오른발, 어떻게 뻗고 구부리고 한 발씩 어떻게 떼어야
하는지 같은⋯⋯.

나는 예전에 내가 어떻게 걸었는지 생각이 나지 않는다. 보통 사람들
처럼 걸었을 텐데 기억에 없다. 어떤 발을 먼저 움직였는지, 얼마만큼의
보폭으로 걸었는지⋯⋯.

아침에 일어났는데 여전히 부어 있는 발을 볼 때, 저녁 무렵 앉아 있

기 힘들 만큼 퉁퉁 부은 발의 통증을 느낄 때, 가끔 내가 앞으로 얼마나 걸어 다닐 수 있을지 생각하게 된다. 식구들은 벌써부터 나 때문에 문턱을 없애야 한다고 논의하고 있다. 화장실도 높여야 하고 거실 소파를 침대 겸용으로 바꿔야 하지 않나 하고 있다.

당신 허리 아픈 건 걱정도 안 하시는 엄마. 내 발을 살피며 단백질 부족인지, 전보다 더 나빠졌는지, 어디에 이상이 생겼는지 고민하신다. 발이 붓는 건 문제가 아니다. 오래 앉아 있는 것도 괜찮다. 자고 나도 빠지지 않는 붓기는 특히 왼발이 심하다. 어떤 날은 전혀 안 부을 때도 있다. 이 정도 일은 고민거리도 아니다. 문제는 보이지 않는 데 있으니까.

휠체어를 진지하게 고려해야 할 때 같다. 비데도 생각하고 있는데…… 어쩌면 내가 탈 운반용 도르래를 달아야 할지도 모른다. 다가올 미래를 준비한다는 게 어떤 것을 의지해야 하나, 라는 고민이라니. 참 서글프지만 이만한 게 다행이다 싶다. 적어도 나는 의지할 가족이 있으니까.

지금은 엄마가 쓰러지시면 큰일이라는 생각뿐이다. 이런 이기심은 왜 없어지지 않는 건지…… 세상에 나처럼 한심하고 쓸모없는 인간이 또 있을까 싶다가도 이런 내가 없어지면 슬퍼할 가족이 있어 나는 오늘도 힘을 낸다. 힘을 낸다고 해서 나올 힘도 아니지만 그래도 우울하게 지내지 않으려고 애를 쓴다. 내게는 우울도 사치다. 감히 나를 위해 애쓰는 사람들 앞에서 기운 빠진 못난 모습으로 그들을 걱정시키고 싶지 않다. 지금 내가 할 수 있는 게 이것뿐이기 때문에…….

목욕 　　　　　새벽별을보며님이 보내 주신 요술 비누로 목
　　　　　　　욕을 했다. 기념으로 사진도 찍었다.

　그런데 또 속았다. 사진을 찍고 엄마가 "우와, 우리 딸 예쁘네." 하셔서
봤더니 에잇, 그때 그 사십 대 남정네의 모습이다. 머리를 잘랐을 때 큰
이모도, 만순이도 모두 잘 잘랐다고 해서 그런 줄로만 알았는데 만순이
너마저…….

　어디 이게 잘 자른 머린감? 머리에 핀만 안 꽂았으면 남정네로 오해받
기 딱 좋은 사진이다. 거기다 귀퉁이 머리가 잘못 잘려서 삐쳤다고 목욕
전에 다시 한 번 잘랐다. 으…… 울 엄마, 다음에는 파마에 도전하신단
다. 엄마아! 나는 오늘도 울부짖으며 참는다.

　그뿐만이 아니다. 내가 초점이 안 맞았다고 하니 "그럼 어때, 찍어 주
는 게 어디냐." 하시며 내 어깨를 때리셨다. 하지만 거기는 통뼈 부위. 때
리는 엄마 손만 아팠다. 흐흐흐…… 웃다가 또 맞았다. 에잇!

　눈 사이가 빨갛다. 얼굴에 때 나온다고 엄마가 무지막지하게 박박 미
셨다. 얼굴을 때수건으로 밀면 주름 생긴다는데…….

　그건 그렇고 때가 많이 나왔어요. 새별님. 벗긴 때 모아서 사진 찍으
려고 했으나 그 말까지 하면 목욕탕에서 물볼기를 맞을 것 같아 참았다
우. 젖은 등 맞으면 더 아프다는 거 아시나? 어릴 때 만순이랑 엄마 따라
서 목욕탕 갔다가 시끄럽게 떠든다고 맞고 나서 그 후로 다시는 엄마랑
목욕하러 안 갔답니다. 얼마나 아프던지…… 손이 매운 엄마라서. 전신
사진이 아니라서 죄송해요. 하지만 제 몸이 한 몸 하는지라 행여 문란을
일으킬까 저어하여 얼굴만 찍어 올렸습니다. 호호호…….

요즘은 약에 취해 일찍 잔다. 어제는 9시 반부
터 거실에 나와 버텼는데 결국 10시 반에 끌
려 들어갔다. 텔레비전으로 〈생로병사〉를 보는데 고관절괴사라는 병에
대한 내용이었다. 그게 뭐냐 하면, 엉덩이뼈가 달아서 통증이 심하고 걷
는 데 지장이 생겨 결국 수술로 관절을 깎아 내고 쇠로 만든 관절을 심
어야 하는 병이다. 그런데 그 병의 원인이 스테로이드 과다 복용이라네.
이런…… 내가 지금 먹고 있는 약인데. 안 그래도 요즘 엉덩이뼈가 아프
다. 에잇!

일정량 이상을 복용하면 안 된다는데 나는 처음부터 열두 알씩 무지
막지하게 먹었더랬다. 그때도 많이 먹으면 치매를 유발한다는 말에 그
병원과 아듀를 했는데, 이게 내 발목을 잡으려나? 물론 내 경우에는 엉
덩이 관절이 아프다고 해도 혹 고관절괴사라고 해도 걸을 수 없으니 수
술할 리는 없겠고, 그렇다고 약을 안 먹을 수는 없으니 이런 고민 하나
마나일지도 모르겠고……. 그래도 걱정은 된다. 성질나고 기분 나쁘다.
자다 깨다 하면서 봤는데 기분이 아주 꾸리꾸리하다. 눈 수술도 하나 마
나였는데…… 아, 머리 아프다. 생각 스톱!

만돌이가 회사에서 추석 선물을 줬는데 냄새
가 심해 버스가 승차 거부를 한다고 만순이를
불렀다. 하얀 상자를 들고 들어오며 만돌이는 아주 당당하게 말했다.

"킹크랩이야."

"우와…… 킹크랩을 다 먹어 보네, 너희 사장님이 크게 쏘셨구나."

가끔 누구나 마녀가 되고 싶을 때가 있지. 나도 그래.

누군가의 마음이 알고 싶을 때,

누군가가 보고 싶을 때,

누군가가 그냥 그리울 때

수정 구슬이 있었으면 해.

하지만 아무리 닦아도 보이지 않는다면 아무 소용이 없을까?

아니, 그래도 있었으면 해.

언젠가 닦다 보면 보일지도 모른다는 희망을 가질 수 있으니까……

그래서 난 때론 마녀가 되고 싶은가 봐……

2004.09.16

상자를 열었다…… 그런데…….

"이게 뭐야?"

"어? 이게 뭐야?"

"뭔데?"

"야, 너는 한글도 못 읽냐? 킹크랩이랑 킹크릴도 구분 못해? 어휴 이걸……."

그렇다. 킹크랩이 아니라 어묵처럼 뭉쳐 있는 킹크릴 덩어리 두 개였다. 그럼 그렇지, 우리가 무슨……. 한 글자 때문에 모두 울었다.

"그래도 김치볶음밥에 넣어 먹으면 맛있다네."

역시 만순이다. 그 상황에서 먹어야 한다는 의지를 불태우다니…….
그래, 킹크릴 김치볶음밥이나 먹자. 에헤라디여!

기가 막히고
코가 막혀서

방금 국민연금공단에서 편지가 왔다. 나더러 연금을 내란다. 하 참…… 내가 돈을 벌어, 가진 돈이 있어? 뭐가 있어 다달이 9만 8천 원씩 내냐고. 받아도 시원찮을 판에. 이런 거 하나 제대로 조사가 안 되나?

그동안 나는 납부 예외자였다. 이유는 실직이었지만…… 실직은 무슨 실직, 직장도 한번 안 다녀 봤구만. 컴퓨터에 주민등록번호만 치면 죄다 나올 텐데. 아니, 세금 받을 때는 잘도 써먹더니 지금은 왜 못해 사람 염장을 지르나 몰라……. 나 원 참, 더럽고 치사해서…… 이게 복지 국가로 가는 길인가? 사람 염장이나 지르는 게. 화창한 토요일에 기분만 더러워졌다.

별 다섯 인생

어제 밥을 먹는데 엄마가 조그만 소리로 노래
를 부르셨다. 자세히 귀를 기울이니 허걱!

"언니는 좋겠수. 형부가 코가 커서……."

이게, 이게 무슨 해괴한 노래여.

"엄마, 무슨 노래가 그래? 망측하게……."

"뭐가 망측하냐? 엄연하게 있는 노랜데."

아, 너무 웃어 지쳤다.

아침에 화장실 앞에서 넘어졌는데 쿵 소리도 아니고, 철퍼덕 소리도
아니고, 쩍 하는 소리가 났다.

"야, 네 엉덩이 깨졌나 보다."

내 엉덩이가 항아리인감? 쩍 소리가 뭐야…… 더 억울했던 건 문 앞
에 깔린 푹신한 깔판을 코앞에 두고 장판 깔린 시멘트 바닥에 넘어졌다
는 거다. 내 운도 여기서 끝이란 말인가. 지금도 오른쪽 엉덩이가 아프
다. 배도 아프다. 그런데 엄마가 부르는 희한한 노랫소리가 날 더 웃기
고 있다. 아, 웃자! 세상이 두 쪽 나더라도 이미 쪽 난 엉덩이보다 더 큰
수난은 없을 테니까. 심심할 때 내 옆에서 웃음을 선사하는 엄마가 계시
니 이 얼마나 행복할소냐…… 흐흐흐. 오늘은 아침 일찍부터 아자, 아자
파이팅을 하련다!

아침 먹고 국민연금공단에 전화했다. 정말 기도 안 차서…… 내가 어
디 취직한 걸로 되어 있다나. 이 인간들을 그냥…… 평생 납부 예외자로
해달라니까 그런 법은 없단다. 1년에 한 번씩 이 난리를 치러야 한단다.
연금법 시행되고 나서 이런 쪽지는 처음 받아 본다. 그래 놓고 무슨 1년

에 한 번씩이냐고. 뭐, 나는 봐줘서 3년까지 연장해 준다고? 뭐야……
당신들 뭐하는 인간들이야!

1급 지체장애인이라고 했더니 장애인증 보여 달라고 하면서 팩스로
넣으란다. (엄마가 지금 팩스 넣으러 가셨다.) 팩스 넣는 데는 돈 안 드나?
우편으로 이런 거 보낼 때는 돈 안 드냐고. 국민 돈은 돈으로도 안 보이
는 건지. 내가 3년 뒤에 죽을 건데 어쩔 거냐고 했더니 그래도 법은 법이
라서 안 된단다. 법 좋아하시네. 그러면서 뭐, 좋은 하루 되십쇼? 당신들
때문에 오늘 하루 잡쳤다고. 으…… 아까운 팩스비, 복사비. 정말 국민들
피나 빨아먹으려고 하는 드라큘라가 따로 없다. 어디 두고 보자.

엄마가 거금 1500원을 들여서 팩스를 넣고 오셨다. 넣었다고 공단에
전화했는데 담당자가 자리에 없단다. 이씨…… 전화 왔다. 팩스가 안 들
어왔다고 자기들이 동사무소에 연락해 알아서 처리하겠단다. 으…… 열
받아! 그럼 진즉에 그런다고 할 일이지…… 장난하나! 아주 속에서 불이
난다, 불이 나…… 후하후하.

하도 이상해서 음식점을 하는 사촌 언니한테 전화를 했다. 연금공단
에서 내가 근무했다는 곳을 들었는데 언니네 음식점 이름 같았기 때문
이다.

헉…… 이런 걸 적반하장이라고 하나. 언니가 벌금 물게 생겼다고 성
질을 부렸다. 엄마가 내 주민등록등본을 떼어 줬다면서 생떼를 썼다. 말
도 안 되는 소리다. 내가 아픈 게 한두 해냐고. 자기도 뻔히 알면서, 세
금 좀 줄여 보겠다고 나한테 매달 90만 원씩 월급 준다고 신고를 했
다니…… 참, 기가 막히고 코가 막혀서…… 친척이 사기를 치다니. 이

별 다섯 인생

런 걸 뭐라고 해야 하는 건지. 아픈 사촌 동생 팔아서 그러고 싶은 건지…… 세상에 믿을 사람 정말 하나도 없구나. 너무 기가 막혀 말도 안 나오고 무지 화가 나서 집에 오신 큰이모한테 퍼부었다. 큰이모 딸이니까. 정말 혈압 오른다.

만돌이가 변리사를?   어제 만순이가 샤갈전을 보고 와서 갑자기 이런 말을 꺼냈다.

"언니, 나랑 만돌이랑 변리사 시험을 보면 어떨까?"

"너는 되겠지만 만돌이는 가능성 없다."

"만돌이도 변리사 시험에 합격하면 좋을 텐데……."

"좋기는 하겠지만 택도 없다. 한번 물어나 보든가."

물론 시험을 보나 마나라고 생각한다. 우리 부모님은 자식 공부에 대해서는 나 몰라라 하시는 편이다. 그 정도가 좀 심했다. 만돌이가 고등학교 3학년 때 이사한 것만 봐도 알 수 있다. 물론 공부를 못했던 나는 그 덕분에 혼나는 일 없이 편하게 학창 시절을 보낼 수 있었지만.

초등학교 때부터 고학을 하신 아버지는 공부는 스스로 알아서 하는 거란 생각이 뿌리 깊으신 분이다. 혼자 힘으로 동생들 공부시키고 말년에는 후회를 하신 터라 그 여파가 우리에게까지 미쳤다. 엄마는 치맛바람이 뭔지도 모르는 무관심의 대가다. 일없이 학교에 찾아가신 적이 없는 분이다. 내가 아팠을 때, 대학교 입학원서 쓸 때(만순이는 원서도 자기가 다 알아서 썼다), 만돌이네 학교에서 입학원서 안 써준다고 해서 따지러 갔을 때만 빼고.

내가 중학생 때부터 부모님은 등산을 다니셨다. 몸이 약한 엄마를 건강하게 만들자는 일념으로 빨간 날을 몽땅 산행에 투자하셨다. 우리는 빨간 날마다 고아 삼 남매가 되었다. 고등학교 3학년 때 아버지가 지방 발령을 받는 바람에 주말에 못 올라오시면 엄마가 내려가셨다.

나는 공부를 못했으니 딱히 할 말이 없고, 만순이는 성격상 지는 걸 못 참아서 공부하는 인간이었고 만돌이는 게임에 빠져 공부를 안 했다. 만돌이가 3학년 때 만순이가 단기 집중 공부를 시켰다. 일요일마다 부모님은 안 계시고 두 놈이 싸우는 통에 나는 소주 두 병을 마시고 아예 드러누웠더랬다. 부모님은 모르신다. 그때 내 속이 얼마나 썩어 들어갔는지…… 만순이가 엉덩이로 겨우겨우 대학에 밀어 넣은 게 만돌이다. 그런 만돌이가 변리사를? 만순이도 내 말에 수긍하는 눈치였다.

"언니, 아무래도 만돌이는 힘들 것 같아."

더 이상 '사' 자 바람 좀 안 불었으면 좋겠다. 하고 싶은 일 하면서 마음 편히 살게 놔뒀으면 싶다. 살면서 저 하고 싶은 것만 다 할 수도 없겠지만 굳이 하기 싫은 일 하면서 살 필요도 없지 않을까 싶다. 보여 주며 사는 것보다 맘 편한 것 하나로도 최고인 세상이 빨리 왔으면…….

나, 돌아갈래   요즘, 생활 리듬이 팍 깨져서 아침에 일찍 일어난다. 저녁까지는 별 변동이 없지만 밤에는 거실에 나와 있어야 한다. 엄마가 만순이 방에서 책 읽는 걸 금지했다. 꼴 보기 싫다고 하셨다. 아니, 왜 나를 우울증 환자 취급하나 몰라.

내가 저녁에 거실에 안 나오는 이유는 명백하다.

내가

　　지금

　하고 싶은 것들.

　　풍신한 소파에 방석 하나 더 놓고 싶다...... 엉덩이가 아파서......
누군가에게 사랑의 편지도 쓰고 싶고......
　　　거품 목욕도 하고 싶고......
　　　　　내가 했던 바보 같은 일들 몽땅 지우고......
　　　　스스로 위로도 하고 싶고......
예쁜 옷을 골라 입고 구두를 신고
누군가를 만나 요런 짓 한번 해보고 싶다.

아, 외로워라......

역시 가을은 가을인가 봐......

나까지 싱숭생숭해지니. 하지만 지금의 나는 이런 모습일 뿐.
책에 치여 살면서 또 사고 싶어....... 책 읽으러 가야지.

2004.10.05

1. 원래 텔레비전 보는 거 안 좋아한다.

2. 책 읽을 시간도 모자란데 무슨…….

3. 나 나름대로의 규칙적인 생활을 지향한다.

그런데 엄마는 내가 방 안에서 책 읽는 걸 아주 싫어하신다. 어쩔 수 없이 거실에 앉아서 텔레비전 소리와 엄마가 컴퓨터로 고스톱 치는 소리를 들으면서 책을 읽다가 만순이랑 얘기하다가 이따금 텔레비전 보는 걸 반복해야 한다. 이러니 책을 볼 수가 있나. 그렇잖아도 요즘 보는 《4의 규칙》이 재미없어 죽겠는데……. 아, 설경구가 한 말이 생각난다.

"나, 돌아갈래……."

그래도 뭐, 이래야 엄마가 안심이 된다니 할 수 없다. 나의 독서의 길은 이리 멀고도 험하여라.

용돈   나는 매달 용돈을 받는다. 아버지께서 연금에
                내 수당이 포함되어 나온다며 3만 원씩 주마,
하시더니 정말 매달 주신다. 나는 그때마다 헤헤 웃으면서 "감사합니다." 하고 넙죽 받는다. 주는 아버지도 민망하고 받는 나도 뻘쭘하지만 그래도 받는다. 아버지의 마음을 알기 때문이다. 아버지께 용돈을 드려도 시원찮을 판이지만 사정이 사정이다 보니 지금 해드릴 수 있는 건 밝게 웃으며 받는 것뿐이다. 그 돈으로 뭘 하는 것도 아니다. 사는 거라고는 책밖에 없는데 그건 서점 적립금으로 몽땅 해결하고 아버지한테 받는 용돈은 그냥 통장에 넣어 둔다.

지금처럼 부모님 옆에 있어 드리는 것만으로도 다행이라고 여기자,
생각하면서도 가끔 가슴 한쪽이 뻐근해 온다. 누구에게나 세상은 제 맘
대로 안 되는 법. 자식은 부모 마음대로 안 되고, 부모는 자식 마음대로
안 된다.

누구나 영화 같은 삶을 꿈꾼다. 내가 가진 로맨틱한 사랑에 대한 환상을 제일 먼저 깨뜨린 영화가 〈바람과 함께 사라지다〉였다. 비비안 리가 빨간 카펫이 깔린 계단을 우아하게 뛰어올라가는 장면에서 우습게도 결코 그럴 수 없으리란 생각을 했다. 울 엄마에게도 꿈이 있다. 커다란 정원 딸린 집에 사는 꿈…… 열두 가지 탄생석이 박힌 반지를 마련해서 삼 남매에게 하나씩 나눠 주는 꿈…… 말년에 아버지랑 크루즈 여행가는 꿈…… 에베레스트를 등반하는 꿈…… 하지만 하나도 이루지 못했다. 저번에 서재에 보석 사진을 올리는데 엄마가 그걸 물끄러미 보시면서 "예쁘다." 하시는데 가슴이 아려 왔다. 사실 그 정도는 이룰 수 있는 꿈인데 못난 자식들은 그거 하나 못해 드린다.

꿈은 꿈이라서 아름다운 걸까? 작은 거라도 이루며 사는 게 아름다운 걸까? 엄마는 지금 무슨 생각을 하실까?

아마 〈로렌조 오일〉 같은 꿈을 꾸시겠지…… 엄마가 살아생전에 꿈을 이루시기를 바랄 뿐이다. 그래서 마지막 순간에 "그래도 잘 살다 간다."고 하시기를, 그 말씀을 듣게 되기를 빌어 본다.

2004.10.13

엄마,
미안해

엄마, 미안해 매일 오후 3시에서 4시 사이에 엄마는 한 시간씩 뒷산에 다녀오신다. 오늘은 다녀와서 이런 말씀을 하셨다.

"나갈 때는 나 없을 때 네가 화장실 가고 싶어지면 슬그머니 일어나 다녀올지도 모른다고 생각한다. 그런데 돌아올 때는 네가 혹시 꾹 참고 있지 않을까 싶어서 막 빨리 오게 돼."

"……."

그 말을 들으며 아무 말도 못했다. '엄마 미안해.' 소리도 못했다. 그러면 엄마가 더 슬퍼할까 봐. 지금 새삼 그 말이 생각났다. 여기에나마 적고 싶다. 엄마 정말 미안해. 어쩌면 언젠가 엄마 말처럼 그런 일이 일어날지도 몰라. 누가 알아? 내게도 기적이 일어날지…… 로또에 당첨되는 사람도 있는데…… 그러니까 조금만 참아 보자구. 지금도 그리 나쁜 건 아니잖아……. 엄마, 정말, 정말 미안해.

나도 짜증이 날 때가 있다. 그저 아닌 척, 모르
는 척 애써 담담한 척 외면하고 있어도 슬플
때가 있다. 모든 고독과 외로움은 이렇게 시작되는 것이리라.

아침에 일어났는데 다리가 아파 화장실 문턱을 넘지 못한다는 사실에
절망했다. 저 문턱을 없애야 할 날이 올 것 같다. 으…… 대대적인 공사
가 되겠군. 쓸쓸해하는 엄마 때문에 눈물이 나고, 내가 나를 위로할 힘
이 없어 속상하다. 이러다 언제 그랬나 싶게 다리가 괜찮아져서 며칠간
은 또 별일 없이 지나가겠지만 나도 내 다리를 안 믿은 지 오래되었다.
자기 자신을 더 이상 믿을 수 없다는 것만큼 비참한 게 또 있을까? 아마
있겠지. 세상에는 이보다 힘든 일이 더 많을 테니까.

우울한 아침을 맞이한다. 좀 있으면 조증이 발동하겠지만. 가을이 가
고 겨울이 가고 또 봄이 오면 그때의 나는 어떤 모습일까? 사실, 안 봐도
빤하다. 또 한 계단 추락했을 뿐인데 좀 아프다. 아직 한참 더 떨어져야
하는데도 벌써 아프다. 그 사실이 나를 슬프게 한다. 내가 요정이 아닌
인간이라는 사실이 나를 슬프게 한다.

야, 아직 끝이 아니야. 힘내자. 뭐, 이제는 힘도 없지만 이 정도면 양
호한 거라구…… 그렇게 생각해. 좋은 아침에 얼굴 찌푸리지 말고 아자,
아자, 파이팅! 내가 나에게 주문을 걸어 다시 한 번 마음을 붙잡아 본다.
사랑한다, 사랑한다, 사랑한다!

재래식 화장실만 쓰다가 스물여섯에 비로소
수세식 양변기를 사용하게 되었는데 적응하

물만두를 한자로 한번 써봤다.

曶脘敠

새벽 물   싹틀 문   펼 두

"새벽에 새싹이 나서 펼친다."

음..... 이게 맞는 건지는 모르겠지만 나도 하나 갖고 싶어서.

헤헤헤...... 요즘 별짓을 다한다.

그래도 재미있는 걸 어쩌랴......

그런데 글자가 너무 작다. 포토샵 배우고 싶은데 참.

2004.10.18

기가 쉽지 않았다. 남들은 이상하게 보겠지만 그 전에도 불편했다. 결국 졸업 여행을 가서 못 보일 꼴을 보이고 말았다. 볼일을 보고 양변기에 앉아서 뒤처리를 하는 게 어색해서 전처럼 했다가 친구가 문을 벌컥 열고 들어오는 바람에 딱 들키고 말았다. 어떻게 했냐고? 바닥에 쭈그려 앉아서 했다.

돌이켜 보면 수세식 화장실이 편하긴 하지만 별 재미는 없다. 재래식 화장실은 불편하고 지저분하고 냄새나지만 색다른 재미가 있다. 물론 이런 나도 남의 집 화장실에는 못 갔다. 좀 다르더만.

만순이와 나는 화장실도 함께 다녔다. 우리 집이 좀 넓었는데 화장실이 집의 제일 끝에 있는 바람에 어쩔 수 없었다. 참고로 우리 집은 6·25 전쟁 이후 날림으로 지어진 하꼬방 주택이었다. 요즘 사람들은 본 적이 없어서 잘 모를 거다. 집 짓는 사람이 방 다섯 개짜리 집을 짓고 옆 공터에 방 열 개짜리 이층집을 만들어 버렸다. 그래서 우리 집은 방만 열다섯 개에 화장실이 두 개나 됐다.

밤에 화장실 가는 게 얼마나 무서웠는지 모른다. 엄마가 전기세를 아낀다고 촉수 낮은 전구 하나로 두 개의 화장실을 동시에 밝혔기 때문이다. 그래서 우리는 앞뒤로 나란히 앉아 볼일을 봤다. 그러다 만순이가 가끔 내 뒤를 적시기도 했지만 그 나름대로 재미가 있었다.

겨울이면 휴지는 기본이고 신문지와 초, 성냥을 함께 챙겨 갔다. 불붙인 신문지를 똥통 속에 떨어뜨리고 그 위에서 볼일을 봤다. 가져간 촛불은 바닥에 세워 놓고 그 온기에 차가운 손을 녹였다. 엉덩이도 따뜻하고 손도 따뜻하고, 만순이랑 주거니 받거니 얘기를 나누는 그 맛, 추운 겨울에 화장실 가는 맛이 그 맛이었다.

요즘 화장실은 재미가 없다. 엄마랑 나는 문을 열어 놓고 볼일을 본다. 그 모습을 본 만순이가 문 열어 놓고 뭐하는 짓이냐고 하지만 문을 닫으면 갑갑하니 어쩔 수 없다. 예전 화장실은 지금의 반의반도 안 될 만큼 작았지만 훈훈함이 있었다. 하지만 이제는 추억이라는 이름으로 포장된 옛 기억에 불과한 게 아닌가 싶다. 어디 지금도 화장실에서 만순이랑 얘기를 할 수 있냐고요. 아마 그런 재미 때문에 가끔 그때가 그리운 게 아닌가 싶다.

고통의 무게

언젠가 본 만화 중에 이런 책이 있었다. 시한부 인생을 선고 받고 입원 중인 남자와 우연히 만난 여자. 남자는 여자에게, 죽을 시간을 안다는 건 고통이라고 말한다. 하지만 여자는 삶을 정리할 시간도 없이 죽는 사람이 더 고통스러울 거라고 말한다. 그 후 길을 건너던 여자는 교통사고로 갑작스럽게 죽음을 맞는다.

어느 쪽이 더 혹은 덜 고통스러울까 생각했다. 내가 보기에 고통의 무게는 똑같은 것 같다. 고통은 상대적이다. 고통은 누구나 느끼고 똑같이 고통스럽다. 병들지 않은 사람은 고통스럽지 않을까? 아니다, 그들도 고통스럽다. 나는 언제나 세상이 공평하다고 생각한다. 불공평해 보이지만 알고 보면 공평하다. 왜냐하면 부자는 부자라서, 가난한 사람은 가난해서, 아픈 사람은 아파서, 건강한 사람은 삶에 지쳐 고통스럽기 때문이다.

세상 어느 누구도 자신의 삶에 만족하지 않는다. 세상 누구나 지금보다 더 나은 삶을 꿈꾼다. 더 행복해지기를, 더 많이 갖기를, 더 성공하기를, 꿈이 이루어지기를……. 하지만 그 과정에는 좌절과 슬픔이 있기에 고통스럽다.

한평생을 살면서 넘어지지 않는 사람은 아무도 없다. 평생이 행복한 사람도 절대 없다. 행복은 불행 가운데 생기는 감정이다. 불행은 인간의 필요악이다. 불행한 사람도, 행복한 사람도 똑같이 고통스럽다. 지금 당신에게도 어떤 고통이 있을 것이다. 어젯밤 마신 술로 쓰린 속도 고통이다. 시험에 떨어진 것도 고통이다. 지인의 죽음도 고통이고 병든 것도 고통이다. 그러니 어쩌면 좋을까?

고통은 끌어안고 사는 것이다. 끌어안고 보면 고통도 그다지 고통스럽지 않을 때가 있다. 그러니 오늘 하루도 누군가의 고통에 슬퍼하고 자신의 고통을 서글퍼하며 살기를…… 왜 사냐고 묻거든 웃어 보자구. 산다는 게 별거냐구. 고통이 우릴 속일지라도 그저 한 번 웃고 넘겨 보자구. 그럼 누가 알아? 고통과도 친구가 될지…… 설마 친구가 나쁘게야 하겠어? 나쁘게 해도 할 수 없지. 친구니까. 내가 뭔 말을 하는 건지 참……. 지우고 싶지만 쓴 게 아까워 그냥 둔다.

만순이 방   알라딘 서재에 만순이 방을 따로 마련할 생각이다. 거기에 만순이가 싸게 산 물건들과 그동안 받은 사은품들을 올릴 생각이다. 물론 엄마의 촬영 협조가 절대적으로 필요한 일이다. 만순이한테 책을 쓰라고 종용 중인데 만순이는 책상에 앉아서 만화책 삼매경이다. 요즘 들어 '천 원으로 밥상 차리기', '짠돌이 재테크' 같은 게 많이 나오니 이참에 싸게 옷 사는 방법을 책으로 쓰

내가 요즘 재미있어 하는 일.

서재 지붕 만드는 일, 만드는 방법을 조금 알게 돼서 자꾸 만드는 중이다.

또 하나는 동영상 올리기,

요거는 숨은아이님이 가르쳐 주셔서 재미에 푹 빠졌다.

모르는 걸 배우는 게 재미있다는 사실을 왜 이제야 알게 되었을까.

한창 공부할 때 재미를 느꼈다면 더 좋았을 텐데…… 하지만 지금도 괜찮다.

언젠가 울 아버지가 그러셨다.

로라 잉걸스 와일더는 일흔 나이에 글을 썼다고.

늦었다고 생각되는 건 세상에 없다고……

나이가 들수록 엄마, 아버지의 말씀이 맞는다는 걸 깨닫는다.

역시 나이보다 좋은 스승은 없는 모양이다.

2004.10.30

라니까 만순이는 안 한단다. 밑져야 본전인데 참. 단비님도 만만치 않지만 9만 6천 원짜리 카디건(이렇게 비쌀 필요가 있나 싶지만)을 1만 5천 원에 사 오고 못하는 영어로 물건값을 깎아서 사 오는 실력이 아깝다.

아무튼 결혼 비용으로 억을 들였다, 모피코트를 산다, 5백만 원짜리 예물 시계를 산다, 양복 한 벌에 백 몇 십만 원을 줬다 하는 말을 들으면 이 사람들이 제정신인가 하는 생각이 든다. 물론 돈이 썩어날 만큼 많다면야 그러거나 말거나 하겠지만.

만순이가 어제 "언니, 내가 로또에 당첨돼도 이렇게 살까?" 하고 물어서 "어, 돈 아까워 못 쓴다고 본다."라고 대답했다.

사실 아깝지 않은가. 몇 십만 원을 옷 한 벌에 쓰고 반지 하나에 몇 백만 원, 신발에 또 몇 십만 원…… 울 부모님은 누구나 다 갖고 있다는 무스탕 한 벌도 없다. 만순이가 싸게 사드린다고 해도 싫다고 하신다. 참고로 만순이의 무스탕은 5만 원짜리다. 부모님은 몇 번 입지도 않을 테고, 무엇보다 실용적이지 않아서 싫다고 하신다. 세탁비가 더 든다며.

남이야 어떻게 살든 내가 신경 쓸 필요 없지만, 없는 사람은 절약이 미덕임을 알고 누가 좀 가르쳤으면 좋겠다. 아이들이 50만 원 넘는 휴대폰을 갖고 다닌다는 게 말이 되는지 참. 그 아이들이 자라서 나중에 어떻게 될지 걱정스럽다. 돈 버는 방법보다 어떻게 쓸지도 좀 가르쳤으면 싶다. 만순이가 모범이라는 건 아니다. 요즘 아이들이 너무 사치스럽다는 생각이 들어서 그렇다. 물론 어른들도. 또 옆으로 샜다. 에잇.

아침에 반찬 투정을 조금 했다.

"빵 먹을래."

"밥 먹어."

"반찬이 뭐야?"

"고등어조림이랑 김치찌개."

"달랑?"

"그럼 꽃 무쳐 줄까?"

"꽃이라니?"

"고춧잎 무쳐 준다구."

"그거랑 꽃이랑 같아?"

"요즘은 줄이는 게 유행이야. 그런 줄 알아."

만순이는 어젯밤 〈환경스페셜〉을 보면서 엄마의 진가를 알았다.

"일본이네."

만순이가 어이없어 하며 말했다.

"엄마, 한국 말 안 들려? 어떻게 일본이라고 생각할 수 있어?"

"일본에도 한국인 산다."

"한국이라니까."

"어, 다다미도 보이네."

"저게 다다미야? 대나무 돗자리지. 엄마, 아니 언니, 엄마 왜 저래?"

"원래 저래. 같이 뉴스 한번 봐봐. 짜깁기하는 엄마의 진가를 알 수 있
어. 악성 루머를 마구마구 뿌리신다."

엄마는 원래 그렇다. 우기기의 달인에 누가 말을 하면 중간은 없애고
이어 붙여서 희한하게 만들고 남의 말 듣고 와서 부풀려 얘기하는 전형

스무 살...... 처음으로 남자 친구를 사귀었다. 내가 두 달 만에 찼다. 군대 가는 그놈한 테는 미안했지만 이유는 그게 아니었다. 첫 남자 친구니까 첫 키스도 했다. 첫 키스의 낭만? 낭만은 무슨 낭만...... 둘 다 어리바리해 느낌도 없고, 침만 잔뜩 묻히고, 그 와중에 더듬기는 어딜 더듬어...... 훅. 그날 이후 팍, 스파크가 없어 차 버렸다. 아니, 그 전에 집 앞에서 살짝 입맞춤만 했을 때는 설레더만. 아무튼 영 아니었다. 그래서 그랬다. 정이란 게 붙으면 무서운 거라 재빨리 떼어냈다.

가끔 그놈 생각이 난다. 그냥, 그놈 만난 때가 가을이어서...... 그러면서 나 혼자 생각한다.

그때 내가 너 차준 거 고마워해라. 그때 나랑 정들었음 네가 쎄 빠지게 고생할 뻔했다. 그래도 내 생각나면 무지 욕하겠지. 욕해라. 욕먹으면 오래 산다더라. 난 그래도 네가 지금쯤 나보다 더 좋은 여자 만나 결혼해서 자식 낳고 알콩달콩 재미나게 살길 바란다. 내 몫까지 잘 살기를 바란다.

그놈을 다시 만날 일도 없겠지만 아마 만나도 못 알아보겠지.

그래도 네가 처음이라는 이유로 내 맘 한구석에 있는 널 가끔 꺼내 보고 집어넣고 한단 다. 이렇게 비 오는 날이나, 바람 부는 날, 그 추억의 냄새가 싸하게 코끝을 스치는 날 이면 네 생각을 한다.

지금쯤 중년의 아저씨가 되어 있을 텐데 이놈, 저놈 해서 미안하다만 우리가 스무 살 에 만났으니 그 정도는 봐주라. 네 기억 속에는 내가 없기를 바란다. 더 좋은 기억만 갖고 살렴. 그때 네 전화 매정하게 끊어서 미안했다. 17년이나 지난 일을 너도 모르 게 사과하는구나. 하지만 나, 사실 많이 사과했다. 네가 보낸 편지 버리면서도 사과하고, 어느 여름엔 어떤 노래를 들으면서도 사과하고 그랬다. 그냥 잘 살아라. 행복해라. 그때 사랑이 전부가 아니란 걸 알았다면 우정이라도 쌓았을 텐데...... 하지만 어리바리했던 우리 둘 다 너무 어려서 아무것도 모르는 철부지 애송이들 아니었냐. 난 내 맘속에 우정이라는 이름으로 널 간직하고 있다. 네 얼굴, 네 이름, 하나도 기억에 없지만......

2004.11.05

적인 아줌마······. 이제 우리는 그런가 보다 한다. 그 정도의 우기기는 당연한 것. 나이 먹은 사람의 특권이다. 그리고 대들면 맞는다.

그래도 좋다 감동, 감동, 감동! 동생들한테 선물 하나 못 받고 엄마한테 선물 달랬다가 맞았는데 알라딘 님들이 꽃도 보내 주시고 축하 메시지도 주시고 내 맘도 받아 주시고. 아······ 이렇게 버벅대는 알라딘에 그래도 내가 꿋꿋하게 남아서 이리 글을 쓰는 건 모두 님들이 있기 때문이다.

사랑받는 것보다 사랑하는 게 행복하다지만 둘 다 같은 무게의 행복을 선사한다. 나는 알라딘에서 그걸 배웠다. 내가 "힘들어요." 하면 모두 오셔서 "힘내세요."라고 위로의 말씀을 해주시고, 내가 "아파요." 하면 "아프지 마세요."라고 해주시고, 별로 웃기지 않은 얘기에도 웃어 주신다. 그런 님들을 하루라도 안 보면 못살게 되었기에 아침에 눈만 뜨면 알라딘에 접속한다. 님들이 잘 계시나 하는 마음으로······. 가끔은 알라딘을 떠난 님들 생각이 난다. 로렌초의시종님과 군대 간 책을읽읍시다님, 또 소식이 없는 강릉댁님······.

벌써 11월로 접어들었다. 이제 눈 오고 크리스마스가 지나면 또 새해가 오리라. 그래도 알라딘에서 변함없이 살 수 있기를 바란다. 기운이 더 떨어지면 컴퓨터를 업그레이드해서라도 들어오련다.

님들 고마워요. 사랑해요. 가끔 알라딘이 버벅대서 속상하고 짜증 나지만 다 함께 당근과 채찍을 쓰며 나아가자구요. 저는요, 기능이 업그레이드되는 것보다 님들이 있어 알라딘이 더 좋다구요.

어린 시절 단 한 번도 엄마 따라 시장에 가본 적이 없다. 아니 딱 한 번 갔다. 엄마가 데려간 게 아니라 몰래 따라갔다. 엄마는 우리를 데리고 다니기 싫어했다. 편찮으셔서 그랬던 것 같다. 딱 한 번 따라간 시장에서 망사로 만든 어린이용 슬리퍼를 봤다. 그게 너무 갖고 싶었지만 엄마 신발도 못 사 신는 걸 일찍 알아 버린 나는 조르지도 못했다. 엄마한테 들켜서 혼만 나고 집으로 왔다. 그 뒤로 단 한 번도 엄마랑 시장에 못 가봤다.

엄마가 편찮으셔서 엄마와 함께 목욕탕에 가본 적도 거의 없다. 남자아이들은 초등학교 때까지 엄마 따라서 여탕에 다녔다는데, 나는 초등학교 1학년 때까지 아버지를 따라 남탕에 다녔다. 좀 더 자라서는 일요일마다 목욕 가는 아줌마의 뒤를 따라다녔고 고학년으로 올라가서는 만순이랑 둘이 다녔다.

엄마와의 추억은 우리 식구가 빼먹지 않고 다닌 여름휴가와 크리스마스이브에 명동에 가서 돈가스를 사 먹은 게 전부였다. 나이 들어 엄마랑 미장원에도 같이 가고 쇼핑도 다니고 해서 엄마가 무척 좋아하셨는데, 그것도 잠깐이었다. 나랑 엄마랑 사이클이 안 맞았는지 얼마 못 갔다.

엄마에 대한 기억은 내가 어려서 엄마가 많이 편찮으셨다는 것(목욕탕도 못 갈 만큼), 가게를 하느라 고생하셨다는 것, 연탄불에 쥐포 구워 주시던 것, 이게 전부다. 몇 개 안 되는 추억인데 그게 무척 대단하게 느껴지는 건 그마저도 고맙기 때문이다. 하마터면 돌아가실 수도 있었는데 지금까지 우리 옆에 계신 것만도 다행이다. 지금 엄마의 모습을 보는 것만으로도, 몇 가지 추억만으로도 감사하다. 단지 미안하고 속상할 뿐이다. 감기로 열이 나는 엄마의 팔을 붙잡고 일어설 때 전해지는 뜨거운

체온⋯⋯. 내가 "엄마, 열나?" 하고 물으면 "이 정도 열도 안 나면 내가
변온 동물이냐?" 하시는 우리 엄마⋯⋯. 엄마의 감기가 빨리 낫기만 바
랄 뿐이다.

맏이와
막내

관계에 대하여 뒤렌마트의 《혜성》을 읽었는데 서평을 아직 못 쓰고 있다. 뭐라고 써야 할지 난감하다. 역시 내겐 너무 어려웠던 게야. 이래서 사람이 안 하던 짓을 하면 안 되는 건데…… 그래서 어제는 하루 종일 《미스터리 민속탐정 야쿠모》만 봤다.

"재밌냐?"

"네."

아버지 눈에는 만화책을 보는 다 큰딸내미가 어찌 보였을까? 우리 삼 남매가 모두 이 모양이다. 만순이도 만화책, 만돌이는 만화책 아니면 게임.

언젠가 아버지가 만돌이 방에 들어오셨다.

"애, 이거 언제 치운대냐?"

만돌이의 게임 CD와 게임기를 두고 하시는 말씀이다.

"냅두세요. 얼마 안 남았어요. 나이 삼십에 저도 이제 체력이 달려 못해요."

말하는 거 하고는…….

아버지는 말없이 나가셨다. 얼마 뒤에 아버지가 또 한 말씀 하셨다.

"만돌아, 게임이 그렇게 재미있으면 나도 좀 가르쳐 줘라. 나도 좀 해보자."

"……."

아버지의 압력에도 굴하지 않는 20년 경력의 게임보이 만돌이…….

관계란 일방통행이 아니다. 언제나 쌍방통행이어야 한다. 그리고 배려와 이해와 믿음이 있어야 한다. 아버지는 언제나 우리에게 그걸 보여 주셨다. 만약 아버지가 권위적인 분이었다면 우리와 많은 대화를 나눌 수 없었을 것이다. 아버지가 엄마한테 잘하지 않으셨다면 우리가 가정의 화목과 평화를 배우지 못했을 것이다.

우리는 모두 어떤 관계를 맺고 산다. 부모와 자식 간의 관계, 부부 관계, 형제 관계, 친구 관계, 이웃 관계 등등……. 그 관계를 맺기 위해 그리고 좋은 관계를 유지하기 위해서 배려와 이해는 필수다. 가끔 충돌도 하지만 단단한 관계는 충돌 몇 번에 깨지지 않는다. 그런 관계를 만들기 위해 항상 노력해야 한다. 더 많이 가진 사람, 더 많은 사랑이 있는 사람이 먼저 이뤄야 한다. 올 아버지 말씀이 내리 사랑은 있어도 치사랑은 없다고 하셨다. 어디에서나 어른들의 이해와 배려, 믿음이 가장 중요하다. 가정에서도, 사회에서도, 나라에서도…….

요즘 들어 어른 없는 가정, 어른 없는 사회, 어른 없는 나라가 되어 가는 것 같아 안타깝다. 권위를 버리고 아낌없이 격려하고 보듬고 밀어 주는 어른……. 아버지도 언제나 좋은 어른은 아니었지만 좋은 어른이 되려고 노력하셨다. 그런 모습을 보여 주셨기에 가끔 아버지가 마음에 안 들거나 조금 이해 안 되는 일을 해도 아버지를 사랑하는 마음은 변하지 않았다. 단단한 초석 위에 쌓은 집은 태풍에도 무너지지 않는 법이다. 관계란 그래야 한다. 우리 모두 이런 관계에 대해 생각해 봤으면 하는 마음이다. "내 탓이오." 하고 말하는 어른이 없다. 모두 권위적이다. 아랫사람은 어른 탓을 한다. 우린 지금까지 모래성을 쌓은 것이다. 이제라도 허물고 단단한 초석을 마련해야 하는데 무엇부터 해야 하는지 사람들은 모른다. 답답하다. 생각 좀 하고 행동하자. 이해와 배려가 담긴 행동 좀 하자. 가정에서도, 사회에서도, 나라에서도…….

그나저나 또 뭔 얘기를 한 거냐…… 꼭 이리 이상하게 써진다. 이러고도 이주의 리뷰에 뽑히기를 바라다니 나부터 반성할 일이다. 알라딘과의 관계에서…….

감나무   우리 아파트 감나무에는 해마다 이맘때 감이 열린다. 경비원 아저씨가 감을 따서 집집마다 두 개씩 나눠 준다. 빼빼로데이에 엄마가 심심할 때 드시라고 경비실에 빼빼로를 가져다 드렸더니 마침 감을 나누고 계시던 아저씨가 제일 큰 놈으로 주셨다. 아직 안 먹었다. 물러야 먹지. 이 감은 무를 때까지 기다렸다 먹는 뾰주리감이다.

엄마한테 좀 더 예쁜 접시에 담아 사진을 찍자고 했더니, 예쁘다고 하면서 내놓은 접시는 아버지가 콘플레이크 살 때 딸려 온 어린이용이다. 흐흐흐…….

감을 보니 가을도 다 갔구나 싶다. 서울의 어느 동네, 어떤 아파트에서 감을 따다 이웃끼리 나눠 먹을까? 우리 아파트가 제법 살 만하다는 생각이 든다. 겨우 감 두 개가 사람 기분을 이렇게 좋게 만들 수도 있다니……. 그러고 보면 사람 사는 게 별거 아닌 것 같다. 이렇게 자그마한 것에 기뻐하며 살 수 있기를 바랄 뿐이다.

수상한 만순이

흠…… 수상하다. 얼마 전 만순이가 소개팅을 했는데 오늘 그 사람이랑 콘서트에 간다고 하더니 미장원에서 드라이를 하고 왔다. 흠…… 수상해…… 진짜 수상해. 전에 없던 일이다. 만순이 말로는 앞머리 자르는 김에 했다지만 머리 아프다고 일찍 와서 드러누워 있다가 나가다니…… 진짜 냄새가 난다.

아, 잘되어야 할 텐데. 동갑이라니 나이는 일단 만족. 외모는 못 봤으니 뭐라 할 말은 없지만 싫으면 두 번 안 보는 만순이가 다시 만나는 걸 보면…… 글쎄, 만순이 말로는 좋은 친구를 만난 느낌이라나. 어찌 됐든 친구로라도 만나다가 잘되었으면 싶다. 엄마는 빨리 치우자고 하시지만 알아볼 건 알아봐야지. 그래도 이게 어딘가. 또 결혼 좀 안 하면 어떤가. 살면서 좋은 남자 친구라도 있으면 좋지.

만순아, 잘 사귀어 인생을 좀 더 꽃피우렴. 남자 고르는 네 취향이 고급이라 고생은 좀 하겠지만…….

그 사람이 만순이를 재미있다고 했다는데 그건 무슨 뜻일까? 아, 정말 잘되어야 할 텐데…….

겨울밤   가끔 나도 모르게 하루 종일 입가에서 어떤 노
래가 맴돌 때가 있다. 지금은 이 노래를 흥얼
거리고 있다.

> 초여름 산들바람 고운 볼에 스칠 때
> 검은 머리 큰비녀에 다홍치마 어여뻐라
> 꽃가마에 미소 짓는 말 못하는 아다다여
> 차라리 모를 것을 짧은 날의 그 행복
> 가슴에 못 박고서 떠나 버린 님 그리워
> 별 아래 울며 새는 검은 눈의 아다다여
>
> 문주란, 〈백치 아다다〉

　가끔 이럴 때 내가 나이 들었다는 생각을 한다. 요즘 사람들은 이 노
래를 잘 모르지 싶어서. 나는 이 노래가 좋다. 나이 들면 옛 노래가 좋아
진다더니 그 말이 맞나 보다. 하긴 어렸을 적에도 좋아하긴 했다. 이 노
래를 부르면 가끔 눈물도 난다. 흑백 영화가 떠오르기 때문이다. 문주란
의 허스키한 저음이 가슴을 저미기도 하고……
　밤이 깊다. 겨울이 문밖에 성큼 서 있다. 이 겨울을 맞이하고 나면 또
새봄을 맞이하고. 세월이 화살같이 간다고 하시던 아버지, 하얗게 서리
내린 아버지의 뒷머리를 보니 또 한 번 가슴이 아프다. 요즘 들어 자꾸
눈이 이상하다고 하셔서 걱정이다. 병원 가는 걸 무지 싫어하는 분이라
참을 수 없을 정도가 되어야 가시는데, 눈이라니 더 걱정이다. 별일이
아니기만 바랄 뿐.

그래서 이 노래가 생각난 걸까? '검은 머리' 부분을 반복해서 흥얼거리게 된다. 아버지의 머리가 눈에 밟혀 그런가? 요즘 유독 아버지 얘기가 많은데 겨울이라 그런 모양이다. 벼랑에 우뚝 서 외롭게 눈보라를 맞고 있는 말라비틀어진 나무가 우리 시대의 아버지를 닮은 것 같다.

셋째 이모

내게는 또 다른 엄마가 있다. 셋째 이모. 엄마는 칠 남매의 막내이고 위로는 오빠 셋과 언니 셋을 두었다. 큰외삼촌과는 스무 살 차이, 셋째 이모랑은 네 살 차이가 난다.

우리 집안은 친가, 외가 모두 늦게 결혼을 했다. 집안들이 대개 그런 것 같다. 일찍 결혼하는 집안의 자손들은 대부분 일찍하고 늦게 결혼하는 집안의 자손들은 늦게 결혼하고. 올해 일흔다섯이신 큰이모는 스물여섯에 결혼을 하셨고 가운데 외삼촌은 서른다섯에 하셨다. 울 아버지도 서른에 하셨으니 우리 집안은 늦게 결혼한 편이었다. 외가에서는 막내인 엄마가 셋째 이모를 제치고 사고를 치는 바람에 먼저 결혼하셨다. 스물여섯에……. 그때 서른이었던 셋째 이모는 서른둘에 하셨으니 당시에는 아주 늦은 셈이었다.

셋째 이모는 엄마가 돌아가실 뻔 했을 때 나를 키워 준 분이다. 시집도 안 간 처녀가 조카딸을 업고 다니면서 동생의 병수발까지 했다. 그래서 나와 이모는 서로에게 각별한 사이다. 이모는 내게 또 다른 엄마고 나는 이모에게 딸이나 마찬가지다. 아들들을 모두 장가보내고 며느리를 둘이나 맞으셨지만 며느리한테도 못하는 말씀을 조카인 내게는 하신다.

"만두야, 이모한테 손가방 하나 줘라."

"네."

내 얼굴을 보면 이모는 언제나 눈물을 글썽거리신다. 11년 전에 암으로 돌아가신 이모부도 "내가 죽으면서 네 병도 함께 가져갔으면 좋겠다."고 하셨다.

우리 집에 이모가 오시면 어릴 적 엄마가 저지른 비리는 물론이고 부모님의 연애 비화, 결혼 후의 비화까지 모두 밝혀진다. 알고 보니 이모 없이는 두 분의 연애와 결혼은 있을 수도 없는 일이었다. 또, 이모가 없었다면 오늘날 내가 살아 있을 수도 없었다. 이제는 나이가 들어 지병인 허리병 때문에 거동도 자유롭지 못하면서 1년에 몇 번은 꼭 나를 보러 오신다. "내가 너 안 보고 어찌 사니." 하시면서…… 그런 이모께 내가 해드릴 수 있는 일이 아무것도 없다는 사실이 속상하다.

올 여름에 이모가 이사를 하셨는데 아직 가보지도 못했다. 내년 여름 만순이가 방학하면 꼭 가봐야겠다. 더 늦기 전에 꼭 한 번이라도 휴지사 들고 가야겠다. 이모도 무지 좋아하시리라.

맏이와 막내

우리 집에는 맏이 한 명에 막내만 두 명이다. 비리비리한 맏이와 막내라고 우기는 둘째 그리고 장남보다 막내이기를 원하는 아들까지, 부모님은 2녀 1남을 낳으셨는데 이렇게 되어 버렸다.

어제 진짜 막내가 아팠다. 막내가 아프다고 집안 식구 모두가 아파하는 걸 보니 막내의 힘이 대단했다. 막내는 역시 막내다. 그런데 따지고 보면 둘째 만순이도 막내딸이다. 내가 아프기 전까지 손에 물 한 방울 안 묻히고 살았다. 지금도 집에서 쫓겨나는 걸 제일 무서워하는 비독립적인 인간⋯⋯. 34년을 살면서 밥이라고는 딱 한 번 해본 게 전부인 우리 집 막내딸.

내가 맏이라는 사실이 지금은 좀 그렇지만 한때는 무척 자랑스러웠다. 맏이라서 어릴 때 어리광을 부려 본 적도 없지만 (사실, 성격상 안 되는 일이다.) 부모님은 내가 맏이라고 모든 걸 나와 의논하셨다. 그 믿음이 좋았다. 우리 집에서 소풍이나 여행 때 카메라를 공식적으로 들고 갈 수 있는 사람은 나뿐이었다. 기계치였는데 말이다. 동생들은 당시의 내 나이만큼 자랐어도 걱정이 된 부모님이 못 가져가게 하셨다.

동생들이 말썽을 부리면 맏이인 나를 더 혼내셨지만 엄마, 아버지의 의논 상대는 항상 나였다. 아버지가 다단계에 이어 아파트를 산다고 하실 때도 나랑 먼저 의논하셨다. 내가 뭘 안다고.

"엄마 심장이 멈추면 어떻게 하라고 했지?" "칼로 엄마 허벅지를 찌른다." 엄마가 많이 편찮으셨던 초등학교 시절 내내 이런 무서운 교육을 받았다. 집에 아버지가 안 계실 때 심장 때문에 응급실에 실려 가던 엄마가 믿을 수 있는 자식은 나뿐이었다. 맏이라고 해봤자 15킬로그램밖에 안 나가던 어린애일 뿐이었지만. 그래서 내가 피도 눈물도 없는 인간이 되었는지 모른다. 어린애가 인공호흡을 할 수 있나, 조막손으로 심폐소생술을 할 수 있나. 그때는 119도 활성화되지 않았던 때라 엄마의 자구책은 비장함 그 자체였다.

한번은 고등학생인 만순이가 울면서 대든 적이 있다. 엄마랑 언니가 자기를 어리게 보고 너는 몰라도 된다면서 따돌리기만 한다고. 그 뒤로 지금까지 나는 엄마가 내게만 하시는 말씀을 만순이에게 모두 해주고 있다. 이제 엄마가 믿어야 할 자식은 내가 아니라 만순이와 만돌이기 때문이다.

이를 악물고 한 팔을 싱크대에 기댄 채 마지막으로 엄마를 도와 설거지를 할 때 이제 나 아니면 누가 엄마를 도울까 하면서 걱정했다. 이런 일도 앞으로 더는 못하겠구나 생각하니 나 자신이 원망스럽고 미웠다. 이제는 손에 물 한 방울 안 묻히고 자란 만순이가 엄마를 돕는다. 만돌이도 돕는다. 그리고 아버지를 위로해 드린다.

요즘은 내가 막내처럼 행동을 하고 만순이와 만돌이가 맏이처럼 의젓한 행동을 한다. 가족 간에 형식이나 지위 같은 틀에 얽매이지 않고 서로의 자리를 메워 주는 것…… 이게 가족의 힘 같다.

나는 지금부터 맏이 같지 않은 맏이가 되려고 한다. 내 동생들도 막내 같지 않은 막내가 될 것이다. 맏이여서 행복했고 내가 보살펴 줄 동생들이 있어 좋았다. 그 사실은 지금도 변함이 없지만 이제 그만 내가 지고 있던 맏이의 짐을 동생들에게 넘겨주련다. 하지만 짐이라고 생각하지 않을 내 동생들…… 고맙다, 고생들 해라.

새 옷

만순이가 또 반코트를 사왔다. 이번에는 인조 무스탕이란다. 전에는 무지 비싸서 못 샀는데 마침 그게 땡처리에 나왔단다. 아무리 그래도 5만 9천 원이라니…… 점점 단가가 올라가고 있다.

만순이가 새 옷을 사 올 때마다 엄마는 그 옷을 내게 입혀 보고 싶어

하신다. 귀찮아서 싫었지만 엄마가 좋아하시니 그냥 입었다. 집 안에서 입고 있으니 무지 더웠다. 죽는 줄 알았다. 그리고 역시 내 뼈대가 굵다는 걸 다시 한 번 느꼈다. 옷이 작다! 내친김에 그 옷 입고 사진도 찍었다. 세수도 안 하고 이도 안 닦았는데……. 그래서 가능하면 얼굴이 흐릿하게 나오는 방법을 썼다. 원래는 고개를 숙이고 찍으려고 모자를 쓴 건데 엄마가 "고개 들어!" 하시는 바람에 그만.

하도 오랜만에 겉옷을 입어서 그런지 무지 갑갑했다. 역시 내겐 찜질방 패션이 최고다. 사진에 안 나온 바지는 주황색 고쟁이였다. 흐흐흐!

좀 전에 엄마가 아미노산을 뜨겁게 만들어 와 내 입에 들이붓고 가셨다. 으…… 목 안을 데였다. 하지만 엄마의 마음이란 좀 뜨거운 게 아니겠는가. 목 안 좀 데이고 땀 좀 흘려도 이 정도도 못해 드리면 인간도 아니지. 아…… 내 보답은 이리 작고 초라하다.

첫눈   나도 모르는 사이 첫눈이 내렸네. 스무 살 적에는 첫눈 오면 만나자는 유치한 약속도 했건만, 이제는 눈이 오는지 비가 오는지 관심도 없다. 메마르다 못해 푸석푸석한 먼지만 휘날리는 인간이 되었다. 엄마는 첫눈이란 게 밤사이 내려와 아침에 소복하게 쌓여 있어야 제 맛이지 대낮에 이게 뭐냐고 하신다. 나보다 엄마가 더 감성적이라니……. 눈발이 날리는 사진이라도 올리고 싶었지만 현재 알라딘이 비협조적이다.

나는 만순이가 며칠 전부터 찾아 달라고 한 걸 오늘도 잊을까 봐 이러고 앉아 있다. 책이 세 꾸러미나 왔다는데 뭔지 알아볼 생각도 안 하고……. 이정석의 〈첫눈이 온다구요〉라도 올리고 싶지만 역시 알라딘은 무지 비협조적이다. 우띠……. 눈 오는 날 누군가와 팔짱을 끼고 덕수궁 돌담길도 한번 걸어 보지 못하고 지나 버린 세월…… 새삼 아쉬울 것도 없지만 쪼매 허전하기는 하다. 추억이 없는 인간이란 그리움도 없는 인간일 테고, 그리움도 없는 인간에게는 기다림도 없을 테지. 내가 다시 첫눈을 기다릴 리 만무하다마는 너, 왜 그러고 사느냐고 한번 물어보고는 싶다. 어쩌면 나는 먼지와 눈도 구별하지 못하는 인간일지 모른다. 그러면서 쓸쓸해하기는…….

별 다섯 인생

12월 1일…… 눈도 내리고 도로는 많이 미끄러워지리라. 나는 변함없이 출근부에 도장 찍듯 알라딘에 출석할 것이다. 제야의 종소리가 울리고 2004년이 가고 2005년이 와도 그건 변하지 않으리라. 벌써 12월이라니, 조금은 싱숭생숭하구나. 바람이 차다고 해서 내가 걱정할 일은 하나도 없다. 그저 님들이 따뜻하게 보내시길…… "감기 걸리지 마세요." 하던 인형처럼 이 말만 할 수밖에. 그리고 길 조심하세요. 눈길에 낙상할 수도 있는 달이니.

서른일곱 번째의 12월을 맞이하지만 12월은 그저 12월일 뿐…… 앞으로 얼마나 더 맞이할지 두고 보자구.

2004.12.01

최면이
풀릴 때

조증일 때는 무지 밝아지고 아무것도 아닌 일에 무척 즐겁다. 하지만 울증이 되면 갑자기 슬퍼지고 가슴이 답답하고 괴롭다. 나는 조증과 울증을 하루에도 몇 번씩 넘나들고 있다. 날씨나 날짜에 관계없이……

아버지가 등이 가렵다고 하면서 내게 등을 보여 주셨다. 내가 못 긁어 드릴 걸 아시면서 얼마나 가려우면 그러셨을까. 아버지의 등에 생겨난 검버섯들…… 갑자기 너무 속이 상했다.

"목욕은 이틀에 한 번만 하세요. 하루에 두 번씩 하면 더 가렵대요. 그리고……"

피부과에 가보시라고 말씀 드리려다 말았다. 해보나 마나한 소리인 줄 알기 때문이다. 갑자기 기운이 없어지고 무언가가 답답하게 가슴을 내리누르는 것 같았다. 또 우울해졌다.

서재에 들어와 수암님 이벤트에서 1등을 하고 다시 으헤헤헤 웃었다.

만순이에게 자랑까지 했다.

"언니 그러다 왕따 당한다. 주책이라고. 사람들이 싫어하겠다."

그 말에 다시 울증…… 스텔라님과 진/우맘님의 선물이 도착하고 다시 조증…….

가끔 나는 내 자신이 바보탱이라는 생각이 든다. 미쳤다는 생각도 든다. 하지만 내가 온전한 정신으로 세상을 살 수 있을까 생각해 보니 그럴 수 없을 것 같다. 조증이면 어떻고 울증이면 어떠랴. 그냥 오늘 하루 이리 넘기고 말자. 좋은 일도 있고 나쁜 일도 있고 마음 한 번 바꿔 먹으면 된다고 하지 않던가.

그래, 난 바보다. 바보 만두…… 그럼 어떠랴. 그리 살아도 나만 좋으면 그만이지! 그러면서 아버지한테 또 용돈 3만 원을 받고…… 가끔 누가 나를 좀 때려 줬음 싶기도 하다. 대체 뭐라고 쓰는 거냐. 말이 되게 좀 써라. 지금은 조증과 울증 사이…….

최면이 풀릴 때   엄마가 병원에 약 타러 가셨다. 겨울이면 혼자 가신다. 올해 내가 병원에 간 횟수는 딱 한 번이었나? 내내 엄마 혼자 가신 것 같다. 의사 선생님이랑 맹숭맹숭 앉아서 딱히 할 말도 없고 약도 위안 삼아 먹는 거라 크게 의미를 두지 않으니 사실 내가 갈 일이 없다. 움직여 봐야 엄마만 힘드시고…….

그런데 그런 일이 자꾸만 힘들어진다. 갑자기 울컥하고 가슴을 죄어 온다. 아직도 추스를 마음이 남아 있나? 혼자 있으면 이리 청승을 떨게 된다. 딸내미 약 타러 가는 엄마의 심정이 어떨까 생각하니 또 속상하다. 그럴 수도 있지, 괜찮아! 하고 최면을 걸어도 가끔 그 최면이 풀릴 때가 있다. 아무리 너스레를 떨어도 갑자기 떨어지는 눈물을 막을 수 없는 것처럼.

슬픈 것보다 더 나쁜 건 뭐가 있을까. 눈물을 흘리는 것보다 더 나쁜 건…… 가끔은 나도 술에 취해 내 정신이 아닌 채로 푸념도 늘어놓고 목 놓아 울고 싶을 때가 있다. 그러고 싶지만 참는 게 지금 내가 할 수 있는 유일한 일……. 하지만 조증으로 복귀했다가도 다시 금방 울증이 되어버리니 참…… 한심하다. 이런 내 마음을 피카소의 그림 〈압생트를 마시는 사람〉으로 달래 본다.

좌절 금지   만두의 아침. 모닝커피는 만순이가 싱가폴 여행 때 사온 자바 커피. 벌써 1년이 다 되어 가는데 떨어질까 봐 엄마랑 둘이서만 아껴 먹는다. 웬 원두커피냐, 귀차니즘에 위배된다고들 생각하겠지만, 이건 물 붓고 내리기만 하면 된다. 그리고 토스트 한 쪽…… 원래 잼을 안 좋아해서 딸기 잼도 별로인데 내가 좋아하는 마멀레이드가 떨어져서 어쩔 수 없다. 만순이까지 딸기 잼으로 연명해야 한다. 흑.

오전 9시에 아침을 먹는다. 더 먹어야 한다고, 밥을 먹어야 한다고 생각은 하지만 넘어가야 먹지. 요즘은 자고 일어나 뭘 먹기가 점점 힘들어진다. 언젠가 밥 먹을 날이 오겠지.

어제는 좀 우울했다. 내 서재를 즐겨찾기 해놓은 분들 가운데 두 분이나 나갔지만 꼭 그 때문은 아니다. 12월에는 부모님의 부부동반 모임이과 만순이의 모임이 많은데 오늘따라 두 개가 겹쳤다. 엄마가 집에 계시고 아버지와 만순이가 나가는 걸로 해결을 봤다.

사실 조금 속상하다. 2년 전만 해도 식구들이 전부 집을 비워도 상관없었는데, 이제는 누군가 지키고 있어야 안심이 되는 인간이라니…….아예 날 짊어지고 가라고 우스갯소리를 했지만 속으로는 아팠다. 이런 상황에서 속상하지 않을 인간도 아니지. 그랬다. 그래서 우울했다. 토요일이라 만돌이가 일찍 오면 어떻게 할 수 있을 텐데……. 그래도 어쩌랴…… 점점 더 나빠질 텐데 지금부터 이러면 안 되지 하며 마음을 다잡는다.

오늘도 씩씩하게 토스트 먹고 우울해하지 말자! 좌절 금지! 조증으로의 업을 위하여! 좋은 아침에 하소연이라니. 죄송하지만 만두의 우울한 기분을 이해해 주시와요. 가끔 그럴 때가 있잖아요.

김장하는 날   예전에 김장하는 날에는 집 전체가 떠들썩했다. 방만 열다섯 개짜리인 집에 살 때라 무척 시끌시끌했다(우리 집은 보통 방 하나당 한 가구씩 살던 하꼬방 주택이었다). 김장 날이면 펌프 앞에 있던 커다란 고무통을 배추절임 통으로 썼다. 제일 먼저 우리 집 배추가 고무통에 들어간다. 엄마는 주인집인 우리가 먼저 소금물을 풀어야 한다고 생각하셨다. 소금이 귀한 시절이었던 만큼 우리 집 형편이 좀 더 나으니 소금을 많이 쓰는 게 당연하다는 이유에서였다. 우리 집 배추를 절이고 나면 차례로 다른 집 배추를 절였다. 다른 집들은 소금을 조금씩만 더 넣으면 되니 자연스레 소금값을 아낄 수 있는 방법이었다.

오늘 담글 김치는 겨우 열 포기지만 그때는 김장을 보통 오십 포기나 백 포기씩 담갔다. 사이좋게 웃으면서 품앗이를 하고 김장 김치를 나눠 먹었다. 우리 집 김치가 떨어지면 옆집에서 얻어다 먹고 하면서 재미나게 살던 그 시절……. 김장은 아이들한테도 재미난 놀이였다. 요즘 아이들은 김장하는 재미를 알까?

우리가 떠난 후 그 집은 철거되었다. 지금은 따뜻한 방바닥에 앉아서 김장을 하지만 예전 같은 재미는 없다. 떠들썩함도 없다. 추억이 없다. 모두 한식구였는데…… 그때 우리 집에 함께 살던 식구들은 뭐하고 있으려나…….

아무튼 우리 집은 오늘 김장한다. 나는 애거서 크리스티의 〈오리엔트 특급 살인 사건〉을 보려고 한다. 그런데 만순이가 〈브릿지 존스의 일기〉 1편을 보자고 한다. 잇, 그런 영화는 싫은데…… 2편을 보려고 보기 싫은 영화를 1편부터 봐야 하다니…… 흑. 만순이가 무 썰 때 나는 잽싸게 〈오리엔트 특급 살인 사건〉이나 봐야겠다.

우리 집에서 나는 맛보기 담당이다. 김치 맛은 늘 내가 본다. 제일 잘 보니까. 캬캬캬…… 입이 작아져서 쌈은 못 먹겠지만 아쉬운 대로 굴하고 김치 속이나 많이 먹어야겠다. 배는 좀 아프겠지만…….

후일담   우려가 맞았다. 김장 김치 먹고 배탈이 났다.
                        으…….

"언니, 매우니까 먹지 마."

"그래도 맛은 봐야지."

맛보는 수준이었다. 정말……. 하지만 간이 안 맞는 걸 어찌하랴. 계속 먹다가 결국 탈이 났다.

"언니, 내가 먹지 말랬지."

지금도 배가 아프다. 올해도 역시나 엄마 혼자 김장을 했다. 만순이가 마늘 빻는 걸 보고 설거지랑 청소만 시켰다. 만돌이 이놈은 김장이 끝날 때까지 일어나지도 않았다. 나쁜 놈. 그래도 밤에 엄마를 주물러 드렸다.

"여보, 내가 뭐 도와줘?"

아버지는 이렇게 물으시더니 배낭을 메고 산에 가셨다. 점심 때 밥이 없었다. 마침 잘됐다는 생각에 만순이를 불렀다.

"만순아, 밥 좀 해라. 네가 그렇게 많이 했다면서. 네 밥하는 솜씨 좀 보자."

"우리 집 밥솥이 안 좋아서……."

이것이…… 우리 집 밥솥은 전기밥솥인데 안 좋기는 뭐가 안 좋아. 결국에는 자장면을 시켜 먹었다. 그리고 저녁에는 피자…… 흑. 그리고 〈브릿지 존스의 일기〉를 봤다. 역시 재미없었다. 내가 재미없다고 하니까 만순이가 "언니가 낼 모레 사십이 돼서 그래."라고 했다. 으헉! 우띠.

"내가 낼 모레 사십이면 나만 나이 먹냐? 너는 글피에 사십이다."

내 배앓이가 김장 때문만은 아닌 것 같다. 이 말을 들은 후부터 갑자기 배가 아팠으니까. 만순아, 네가 진정 내 동생이냐? 어쨌든 우리 집도 김장 열 포기 했다! 내년부터는 사 먹던지 해야지…… 하지만 울 엄마 김치가 맛있는 걸 어쩌랴. 만순이를 단련시켜야겠다. 만순아, 특훈이다. 내년 김장은 네가 하는 거다…… 반드시!

자신을 찾는다는 게
얼마나 어려운 일인가.
내가 나임을 지켜내는 일도 얼마나 힘든 일인가.
변하지 않음과 변함의 갈림길에서
어떤 게 옳고 그른 줄도 모르면서
변하기도 하고 변하지 않기도 하는 나.
오늘 그런 나를 발견한다.

내가 찾은 나는 어떤 나인가.
네가 진정 내가 찾고 원하던 그 나란 말이냐?
너도 나인 것을
알 수는 없지만 알지도 못하면서 버리는 것보다
더한 덧없음은 없으리니.
오늘 찾은 나로 만족하련다.
나, 나를 찾다!

2004.12.03

줄기세포를 이식 받은 척추마비 환자가 걸을 수 있게 되었다니 참 다행이다.

"언니도 저거 할 거야?"

"안 해."

"왜?"

"임상실험도 안 한 데다가 너무 상업적이야."

그냥 실험 대상자가 필요하니 자원 바란다고 하면 할 것이다. 늘 생각해 왔던 거니까. 하지만 이것만이 희망이라고 생각하는 사람들에게 마치 만병통치약을 팔 듯 억대의 돈을 받고 팔아 대는 도덕 불감증이 싫다. 그 돈이 있어도 차라리 이대로 앉아서 씹어 먹고 말지, 나는 전혀 할 생각이 없다.

만약 내 주치의가(지금은 육 개월간 미국에 가서 안 계시지만) 권하면 우리 식구들은 하자고 할지도 모른다. 이모부가 돌아가실 때 셋째 이모가 말씀하셨다.

"그래도 뭔가 더 할 수 있을 것 같은데 못해 준 것 같아 너무 가슴이 아파……."

아마 내 가족도 같은 마음이리라.

하지만 한 고집 하는 나는 안 한다. 예전에 미국에 가려고 여권 사진까지 찍어 놓고 가만 생각해 보니 미국에 돈 퍼주는 게 아까워서 그만뒀다. 미국의 의료 기술이 발전하면 여기서도 알 수 있을 테니까. 아님 내 팔자고.

너무 돈, 돈 한다. 우리나라에서 돈 없는 사람은 병들지도 말아야 한다. 그렇게들 하고 싶은지…… 사람의 마지막 희망을 돈으로 갈취하고 싶은지…… 묻고 싶다. 당신들에게도 똑같이 부모 형제와 자식이 있을 텐데 입장 한번 바꿔서 생각해 보라고. 무료로 해줘도 시원찮을 판에 누군가를 두 번 울릴 수 있는 이런 급박하고 중대한 문제를 앞에 두고 도대체 정부는 뭘 하는 건지……. 하긴 아침에 보니 맥아더 동상은 재빠르게 철통같이 지켜 내더군. 동상은 지켜도 살아 있는 국민은 못 지킨다? 아, 크리스마스도 다가온 마당에 이런 얘기 좀 안 하려고 했는데. 갑자기 열이 난다. 에잇!

크리스마스이브의   남들은 크리스마스이브라고 하면 연인과의 추
추억   억을 떠올릴 텐데 우리 삼 남매는 그런 추억
하나 없다. 참 한심한지고…….

우리에게 크리스마스이브의 추억은 아버지의 직장이 있던 무교동에 돈가스를 먹으러 간 것이다. 엄마랑 우리 세 남매는 버스를 타고 그 사람 많은 시내로 나가서 퇴근하신 아버지를 만나 근처 경양식집을 찾았다. 바가지 상술이 기승을 부리던 때라 그런 날에는 백이면 백, 거의 모든 집에서 돈가스 손님을 사절했다. 하지만 울 아버지가 누구신가. 기어코 자리 하나를 차지하고 식구들을 앉히셨다. 우리는 돈가스를 주문해 후다닥 해치우고 후식까지 든든하게 챙겨 먹고 나왔다. 돌아오는 길에는 보리수 제과점에 들러 내가 좋아하는 건포도 식빵을 하나 사 들고 버스를 탔다. 크리스마스이브에 치르는 우리 가족만의 의식이었다.

그때 버스 차창 너머로 보이던 백화점 불빛이 얼마나 휘황찬란하던지…… 백화점에 못 들른 게 못내 아쉬웠지만 늘 즐거웠다. 그때만 해도

나는 세상의 모든 아버지가 우리 아버지 같은 줄 알았다. 아버지가 특별히 자상하진 않았지만 다른 아버지들도 이 정도는 다 하는 줄 알았다. 한참 후에 크고 나서 그게 아니란 걸 알았다. 그때 아버지는 가족을 위해서 참 많이 노력하셨다. 이런 추억, 내 친구들은 없다…….

하지만 이것도 중학교 2학년 때 막을 내렸다. 부모님이 산에 다니게 되면서 빨간 날은 물론 그 전날도 무조건 산에 가셨다. 그렇다고 크리스마스이브에 돈가스를 먹는 의식이 완전히 끝난 건 아니었다. 엄마가 동네에 있는 카페 하나를 물색해 주인에게 부탁을 해놓으셨다. 이 아이가 크리스마스이브에 동생들을 데리고 돈가스를 먹으러 와도 어리다고 쫓아내지 말아 달라고……. 덕분에 나는 중학생 때부터 대학생 언니, 오빠들로 가득한 카페에 출입했다. 동생들을 데리고 으쓱거리면서……. 일부러 멋 내느라 돈가스 대신 스파게티를 먹고 동생들이 후식으로 콜라마실 때 나만 커피를 마셨다. <u>흐흐흐</u>…… 그 시절의 대장놀이는 정말 좋았다.

지금은 나이 들고 귀찮아서 크리스마스이브에도 텔레비전만 끼고 지낸다. 삼 남매가 멀뚱거리면서 방 안에서 뒹굴고 있다. 어떻게 나이가 들수록 크리스마스가 꾸리꾸리해지는지 참……. 아, 그때 그 경양식집의 돈가스가 먹고 싶다!

내년에는　　　　　　올해는 참 다사다난했다. 무척 시끄러웠고 또 무척 암담한 한 해였다. 하지만 그 와중에도 행복했다. 행복했다고 말하면 안 되는 걸까? 하지만 난 행복했다. 책도 많이 못 읽고 연초에 계획했던 일에도 차질이 생겼지만 그건 뭐 늘 있는 일이니, 이 나이에 송구영신한다고 푸념할 것도 없고 그저 난 행복하다.

더 불행하지 않아 행복했다.

더 슬프지 않아 기뻤다.

더 외롭지 않아 즐거웠다.

올 한 해도 무사히 넘겼다. 그러므로 행복했다.

알라딘에서 님들을 만나 더욱 행복했다. 11년간 겨울잠을 자다 깨어 보니 세상이 더 좋아졌더라, 그랬으면 더 좋았겠지만 그게 아니더라도 일상이 좋았으니 나는 좋았다. 그저 좋았다. 여기서 지난 일을 얘기하면 입만 아프니 지난 일은 그저 흘려보내련다. 그리고 내년에는 '나는 좋았다.'도 아닌 '나는 행복했다.'도 아닌 '우린 모두 행복했다.'로 2005년을 맞이했으면 하고 바라 본다.

올해 나는 저렇게 열심히 처절하게 살았는가?

토슈즈가 닳도록 노력한 발레리나의 일그러진 발처럼
나의 인생은 아름다운가?

나의 인생은 처절하지는 않았으나 좌절하지도 않았고, 노력하지는 않았으
나 절망하지도 않았다. 누군가에게 아름답게 비치지도 않았지만 내가 살
아 있음을 고마워하는 사람들이 있으니 올해 나는 잘 살았다.

내년에도 이리 살지는 못하겠지만 이렇게 나를 지탱해 줄 사람이 있음을
감사한다. 기꺼이 나를 사랑하는 사람들…… 그들이 있음을 감사하며 내년
도 잘 보낼 것이다.

저 든든한 손이 있지 않았다면 발레리나의

저 아름다운 모습이 어찌 있을 수 있으랴.

나는 아름답지 않지만 저리 든든한 손이 있음에
세상을 향해 웃어 본다. 잘 살았노라고…….

2004.12.30

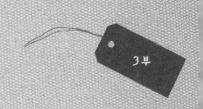

3부

사랑한다, 사랑한다,
사랑한다

2005년 1월~6월

그 남자

우리 집 지킴이　　　905호 아줌마가 오셔서 엄마더러 동 대표를 하라고 했다. 이런…… 안타깝구려. 우리 집에 비장의 무기 만두가 있음을 모르셨구만.

"우리 큰딸 때문에 안 돼요."

"아……."

내가 아픈 건 우리 동에서는 다 아는 일이다. 나는 우리 집의 비밀 무기였던 것이다. 음하하하! 모임에서 돌아가며 대표를 할 때도 우리 집만 열외다. 나 때문에……. 뭐, 내가 일조한다 생각해야지.

울 엄마 요즘 말할 때마다 안어벙 흉내를 내신다.

"자, 게장에 빠져 봅시다."

"푸하하하하!"

"엄마, '빠져 봅시' 그리고 '다'는 약하게 해야지."

"빠져 볼랑가."

절대 시키는 대로는 안 하시는 울 엄마!

당연하지   내 이럴 줄 알았다. 만두 이야기의 소재가 다
              떨어졌다. 으, 어제 찍은 과자 사진은 만돌이
가 디지털카메라를 가져가는 바람에 못 올리고…… 깜찍한 울 아버지를
찍으려고 했건만. 외출한다고 방에서 나오시는 아버지의 모습이 너무
귀여웠다. 모자를 푹 눌러쓰고 겨울 잠바에 등산용 겨울 바지를 입고 등
에는 배낭을 메셨는데 그 모습이 아이처럼 너무 귀여웠다. 아…… 생각
났다!

중학교 1학년 때였다. 마지막 교복 세대였던 우리는 각지고 네모난 교
복 가방을 들고 다녔다. 나한테는 너무 무거웠다. 아버지도 안쓰러우셨
던지 학교에 가서 물어보라고 하셨단다. 만두만 배낭 메고 다니면 안 되
겠냐고.

그 얘기만 나오면 만순이는 지금도 그런다. 아버지가 언니를 더 사랑
한다고. 하지만 우리 만순이가 누구인가. 실제로 아버지가 그러셨다면
아마 가출했을 인간이다. 그래서 "너, 소설 쓰냐?"라고 한마디 했다.

아버지는 만순이를 더 사랑하신다. 만순이는 아버지를 빼닮았을 뿐
만 아니라 하는 짓도 귀엽고 모든 면에서 아버지의 코드에 맞아떨어지
는 딸이기 때문이다. 나야 뭐, 맏딸이니까 그 첫정으로 사랑하시는 거
고…… 물론 내가 만순이보다 3년이나 더 일찍 태어났으니까 그만큼 더
사랑받는 건 당연한 거지.

울 아버지, 이 추위에 도서관 앞뜰로 책 보러 가셨다. 방에만 있으니

자꾸 잠만 자서 안 되겠다고 하시면서. 으…… 빨리 들어오셔야 할 텐데. 그리고 나, 드디어 오늘 파마한다. 으헤헤헤 기대하시라. 개봉박두!

게찌개   엄마가 몇 년 만에 게찌개를 했다. 우와! 행복했다. 우린 토요일 아침부터 주책을 떨었다. 밥상 앞에 앉았는데 만순이가 엄마한테 물었다.

"어, 만돌이 거에는 왜 게가 두 개야?"

"어제 못 먹었잖아."

만돌이가 게를 발라 먹다가 살점 부스러기를 바닥에 떨어뜨렸다. 그런데 머리를 숙이고 그걸 주워 먹는 게 아닌가. 그걸 보고 내가 말했다.

"엄마, 게찌개 좀 자주 해줘. 애 거지 만들지 말고……."

"알았다."

"엄마, 근데 게에 알이 없네."

"수게니까 그렇지. 만돌아, 엄마가 비싼 암게를 사셨겠냐?"

으…… 만돌이가 떨어진 게살을 또 주워 먹었다.

"야, 추접스럽게."

"언니, 땅을 파봐. 게살 한 점이 나오나."

어흑…… 그래도 너무 심하다는 생각이 들었다. 덕분에 음식물 쓰레기 처리가 좀 더 쉬워졌지만(우리 엄마는 쓰레기봉투를 아끼려고 분리수거를 하신다). 어젯밤에 찌개 국물에 밥까지 볶아 먹었다. 아, 언제 또 게찌개 맛을 볼까나…….

" 너 보다

하루만

더

살고 싶다. "

장애아를 가진 모든 부모의 마음이다. 〈사랑의 집〉에 나온 엄마도 그랬고, 조승우가

주연한 영화 〈말아톤〉의 실제 모델인 어느 자폐아의 엄마도 그렇게 말하며 울었다.

그런 말은 하지 않지만 아마 울 엄마도 같은 마음이시리라.

매일같이 하시는 말씀이 "네가 낫는 거 보고 내가 죽어야 하는데……."이다.

그럼 난 이렇게 대답한다.

"엄마, 30년은 더 살 거면서. 30년 안에 설마 안 낫겠어?"

그때 우리는 속으로 같이 운다. 엄마는 아픈 자식 때문에 울고 난 불효자식이라 운다.

세상의 어느 자식이 자기 입으로 효자라고 말할까마는 건강한 자식, 안 아픈 자식은

무조건 효자다. 그것 하나만으로 충분하다. 그러니 모두 건강하시길…… 부모 마음 아

프지 않게 건강하고 씩씩하게 사시길…… 그리고 부모님은 자식 마음 아프지 않게 건

강 돌보시길…… 건강하다는 건 세상에 나와 이미 한 가지 복은 받은 셈이니까.

그래서 가끔 나는 부럽다. 부러워하는 사람이 있다는 걸 잊지 마시길.

충분히 행복한 사람들이여……

2005.01.31

오늘 홍콩에서 올리브님이 보낸 선물이 도착
했다. 안방에 계시던 울 아버지, 홍콩에서 왔
다는 말에 후다닥 거실로 나오셨다. 올리브님은 항상 과자를 챙겨 주시
는데 그 과자는 아버지 차지다.

"아버지, 사진 먼저 찍어야 해요. 사진 찍고 나서 드릴게요."

"아버지, 아직 사진 안 찍었다니까요……."

"과자 가지러 온 거 아니다."

아버지, 쓸쓸히 도로 방에 들어가셨다. 잠시 후, 살그머니 나오셨는데
우리가 모른 척하고 있으니까 이번엔 만순이 방으로 쓰윽 들어가셨다.

만순이가 왔다.

"어? 누가 내 과자 먹었어?"

그때 방에서 나오신 아버지를 보고 만순이가 물었다.

"아빠, 내 과자 먹었지?"

아버지는 가만히 계셨다. 어린애 같은 천진난만한 표정을 하고 '들켰
구나'가 빤히 보이는 그런 얼굴로 입술만 쪼끔 내밀고 계셨다.

"아빠가 먹었죠?"

"그……래."

아니. 과자 드시는 거 누가 뭐라고 하나……. 수행 중이라 스스로 금
하시고 그걸 참지 못해 슬쩍하시는 울 아버지. 그냥 포기 하시고 편하게
드시지 참……. 과자의 유혹은 아버지에게 너무 과하다. 아버지…… 이
제 도는 그만 닦으시고 맘대로 드세요, 제발! 밤마다 부스럭대는 소리
다 들린다구요.

1월도 다 갔다.

마치 라푼젤이 창가에 앉아 긴 머리카락을

드리웠을 것 같은 창문을 바라보고 있다.

이제 햇살이 저리 비추는 날들이 오겠지.

나는 서른여덟, 아버지는 예순여덟……

내가 나이 먹는 것보다 아버지가 나이 드시는 게 더 두렵다.

서글퍼지는 일요일……

일찍 일어나 보니 나보다 일찍 일어나 계신 아버지가 물으신다.

"왜 일찍 일어났니?"

내일 모레, 나는 마흔…… 아버지는 일흔……

좁힐 수 없는 간극…… 그 사이로 저 빛이 비추기를……

아버지가 오래오래 사시길 기원한다. 건강하게…….

2005.01.30

하지 말아야 할 말을 하고 말았다.

"엄마, 사람들이 파마 잘 나왔대."

"호호호……."

여기까지는 분위기가 좋았다.

"그럼 이번에는 쌍꺼풀 해줄게. 엄마가 성형외과에도 있었잖니. 꿰매기만 해도 예뻐질걸."

헉…….

"만순아, 무면허 의료 행위 하는 사람 고발하면 현상금 주냐? 내가 엄마 고발한다."

으…… 엄마가 내 눈을 주시하고 있다.

"엄마, 내 눈은 해도 안 커져. 쌍꺼풀도 눈 길이가 어느 정도 돼야 한다구."

친구의 사촌 형부가 성형외과 의사였다. 그 친구는 이 기회에 쌍꺼풀 수술을 공짜로 해보겠다고 형부를 찾아갔다. 그 형부가 그랬단다.

"음, 처제는 눈이 너무 작아서 안 돼. 눈이 어느 정도 길어야 하거든."

이 말에 좌절한 친구는 (저만 좌절하면 됐지) 나한테 와서 이렇게 말했다.

"만두야, 너도 안 되겠다."

그런 거짓말을 믿었다니, 요즘은 양옆으로도 짼다는데…….

아무튼 파마 한 번 하고 눈 조심하게 생겼다. 으…… 엄마는 자기 머리도 신정환 머리처럼 만들었다. 앞머리를 너무 많이 잘랐다. 이제 엄마는 사진도 못 찍게 됐다. 아침에 내 머리를 본 만순이가 또 한마디 던졌다.

"언니, 아톰에 나오는 박사 머리 같아."

좌절…… 내 머리 지금 폭탄 맞았다.

그 남자

언제였던가. 갑자기 생각이 났다. 병원에 간 이맘때였나? 병원에서 한 남자를 만났다. 나보다 열 살도 더 어려 보이던 그 남자. 이제 막 청춘의 시작을 즐기려던 그 남자. 나와 병원 진찰실에서 마주친 그 남자…… 나를 보던 그 안타까운 눈빛…… 그리고 그 남자가 내뱉은 말 한마디.

"저도 저렇게 되겠죠."

그 말에 참 가슴이 아팠다.

복싱을 했다는 그 남자, 태권도도 배웠다는 그 남자, 시간이 지나면 그것들은 아무것도 아닌 게 된다고 생각한 그 남자, 지금은 어디쯤에 있을까? 잘 참고 견뎌내고 있을까…….

병원에서 만난 많은 사람들, 특히 나보다 어린 사람들을 보면 더 안타까웠다. 문득문득 생각이 난다. 잘 살고들 있을까? 나보다 더 잘 견디고 있겠지……. 아무렇지 않은 듯 그 한마디를 건네고 다시 일하러 가야 한다고 했던 그 남자. 지금도 어디에선가 일하고 있기를……. 그 뒤 단 한번도 만나지 못했으니 어찌 되었을지 모르지만 내가 그를 생각하듯 그도 가끔 내 생각을 하리라. 그녀는 지금 어떻게 지내고 있을까…… 하고. 그에게 말해 주고 싶다. 나는 잘 있으니 너도 잘 있으라고…….

권투는 못하겠지? 태권도도 못할 것이다. 하지만 세상에는 다른 이유로 권투나 태권도를 못하는 사람들도 많다. 그러니 주어진 삶이 나쁘지만은 않다는 걸 알기를…… 나이가 그걸 가르쳐 주기를 바란다.

별 다섯 인생

다시 한 해가 왔고 우린 조금 가라앉았다. 그래도 남은 생이 있어 잘 살 수 있다면 좋지 않은가…… 부디 이리 생각하기를. 오늘은 그를 떠올리면서 그를 위해 간절히 기도해 본다.

소중한 것

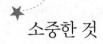

돈내기　　　　　　　　　어제 컴퓨터를 주문했다. 왕소금, 울 아버지
　　　　　　　　　　　산책하러 가시면서 "내가 40만 원 낼 테니까
나머지는 당신이 내." 하고 후다닥 나가셨다. 그 모습을 보고 엄마가 한
말씀하셨다.

"내가 뭐랬니? 으……."

그래서 싼 놈으로 하나 샀다. 비싼 놈 사면 뭐하랴. 그러고 나니 기운
이 하나도 없다. 컴퓨터 사는 데 너무 신경을 썼나 보다. 만순이가 내 혈
압을 쟀다.

"언니, 쇼하지 마. 정상이야."

잇…….

"엄마, 내 몸에 열나나 봐."

"야, 이 정도 열도 없으면 네가 개구리냐?"

만 원 내기에도 졌다. 작년 12월, 만돌이가 빌려 간 돈을 한 달 안에

갚을까 하는 내기를 했더랬다. 안 갚았다. 하긴 회사까지 그만둔 놈이니. 지금 방에서 고치놀이 하고 있다. 이불을 둘둘 말은 채로 계속 잠만 잔다…… 으.

나는 시치미를 뗐다.

"기억이 안 나는데……."

엄마가 만순이 편을 들었다.

"내기한 거 맞다."

으…….

"언니, 돈 내놔."

"DVD 살 때 거기서 만 원 까."

"그건 그거고 내기에서 진 건 진 거지. 얼른 내……."

"못 내! 아마 네가 나한테 안 갚은 돈이 있을 거다. 기억은 안 나지만……."

"웃기지 마. 그렇게 따지면 오늘 먹은 떡볶이도 내가 샀어. 그 모양 그대로 게워 내."

"좋아. 우웩…… 엄마 요강 좀……."

"으하하하! 언니는 토할 때 요강에 하냐? 좋아, 그럼 내가 먼저 쉬한 뒤에 하시지."

으…… 더러운 기집애.

"후하하하! 위로 하는 게 힘들어서 밑으로 뽑아내려고 그런다."

"그럼 더 좋은 게 있지. 뚫어뻥. 자, 대셔."

흐흐흐, 이렇게 웃으면서 은근슬쩍 넘어갔다. 만 원 굳었다. 흐흐흐, 내 작전에 말려든 불쌍한 만순이.

대단한 자매   우리는 늘 말한다.

"엄마 때문이야. 엄마 때문에 우리 키가 작은 거라구."

"무슨 소리. 엄마 때는 이 정도가 표준이었어."

"149가 표준 키야? 그러면서 엄마가 우리보다 크다고 우긴 건 어떻게 된 일이야?

"야, 나이 들면 키도 줄어드는 법이야."

"골다공증도 없으면서 무슨……."

이러다 엄마한테 맞는다.

그저께 이모가 집에 오셨는데 엄마가 갑자기 까치발을 하더니 손을 위아래로 돌리면서 다리 한 쪽을 뒤로 쭉 뻗었다.

"엄마 뭐해?"

"발레."

푸하하하하!

"왜?"

"이 키에도 된다는 걸 보여 주려고."

갑자기 현관에서 으악 하는 소리가 들렸다. 만순이가 재빨리 나갔다.

"으하하하."

엄마가 웃다가 쓰러지셨다. 안 보여서 답답했다.

"이모, 거기서 뭐해?"

"아니, 네 엄마가 발레를 하길래 나도 다리가 벌어지나 해보다가 문틀에 끼었다."

현관, 그 작은 공간에서 이모는 다리를 벌리다가 양발이 끼여 꼼짝할 수 없게 된 것이다. 으흐흐흐, 안 봐도 훤하다. 엄마보다 더하면 더했지, 덜하진 않는 우리 큰이모. 형제는 정말 이리 닮는 것일까? 아무래도 외가 쪽에 코미디언의 피가 흐르는 모양이다.

직업병

만순이가 통장 정리를 하러 은행에 갔더랬다. 은행에 들어선 순간 들려오는 목소리.

"선생님 안녕하세요."

"으헉…… 누구신지……."

"저, ○○ 학교 나왔어요."

"어, 언제 졸업했니?"

"□□년에요."

"그럼 나한테 배운 거 맞네. 반갑다."

그리고 후다닥 나와 버렸단다. 다음 날, 만순이는 소득공제를 받기 위해 적금을 하나 더 붓기로 했다. 그런데 은행에는 엄마가 가셨다.

"창피해서 못 가. 얼마나 쑥스러운데……."

예전에 만순이가 만돌이와 같이 집 앞 편의점과 만화책 대여점에 간 적이 있다. 추리닝에 모자만 쓰고 갔는데 거기서 만순이네 학교 학생을 만났더랬다.

"야, 너 여기 왜 왔어?"

다짜고짜 이랬다나. 그때의 충격으로 만순이는 집 밖에 나갈 때도 화장을 하거나 아예 변장을 하고 나간다. 선생님도 참 피곤한 직업이라는 생각이 든다. 이거 직업병 아닌가 모르겠다.

죽고 사는 건 자기 맘이다. 아님 신의 맘이든지. 그래도 젊은 나이에 요절한다는 건 자살이든, 타살이든, 사고사이든 안타까운 일이다. 엄마는 오죽하면 죽겠냐고 말씀하시면서 "아무리 그렇다고는 하나 개똥밭을 굴러도 이승이 좋은 법."이라고도 하신다.

왜 그랬냐고 묻고 싶지는 않다. 다만 누군가의 아픔을 자기 아픔보다 조금만 더 생각할 마음의 여유가 있었더라면 하는 생각뿐이다.

죽어야 가는 그곳이 편하다면 편한 곳 찾아가야지…… 남은 사람들은 그래도 살아갈 테니까. 생목숨 끊은 사람보다야 맘이 덜 아프겠지…… 그래도 당신 나빴어. "엄마, 사랑해."라고 쓰고 나서 죽으면 당신 엄만 어쩌라고…… 그냥 참고 살지, 그냥…… 세상살이 그거 별거 아닌데. 그래도 이왕 갔으니 잘 가시게나.

부디 그곳에서는 행복하기를……

2005.02.23

소중한 것
　　　　　　　내게 가장 소중한 것 말고 세상에 가장 소중한
　　　　　　　것…… 그게 뭘까?

어제 헌법재판소의 판결로 이제 호주제는 종지부를 찍게 되었다. 다수가 소중히 생각하는 게 가장 소중한 걸까? 국민투표를 하자고 하는 유림에게 묻고 싶다. 누군가 고통받고 있다면 그 고통을 덜어 주려고 하는 것도 중요하지 않을까 싶다. 측은지심 말이다.

지율 스님이 단식을 중단하셨다. 감사하다. 하지만 공사가 다시 시작되면 스님은 또 단식을 하시겠지. 묻고 싶다. 천연기념물은 왜 지정하는 것이며 공약은 왜 하는 것이냐고…… 부자만이 소중하고 개발만이 소중한 거냐고.

모두를 소중하게 생각할 수는 없는 걸까? 그럴 수 없다면 똑같이 하찮게 여겨야 공평하지 않을까. 나를 없애고 나면 좀 더 마음 편할 텐데…… 항상 '나'란 놈이 문제다. 세상에서 가장 소중한 것, 우리 모두가 지켜야 할 것은 정말 무엇일까? 나도 모르겠다. 나이가 들면 들수록 더 모르겠다.

마지막 액땜
　　　　　　　저녁 먹으러 가는 길이 구만리도 아닌데, 거실
　　　　　　　소파에서 식탁까지 큰 걸음으로 두 발짝이면
가는데 도중에 갑자기 매운 돼지고기볶음 냄새를 맡고 재채기를 하다
그 반동으로 넘어졌다. 엄마랑 만순이가 붙잡고 있었지만 순식간에 당
한 일이었다.

"만돌아, 누나 넘어졌다."

"나, 화장실에 있어."

도움 안 되는 놈.

"언니, 왜 넘어진 거야?"

"일으키기나 해라. 엉덩이 아프다."

엄마랑 만순이가 낑낑대며 내 몸을 일으키는데 갑자기 엄마가 내 왼팔을 어깨에 둘러메시는 게 아닌가.

"엄마, 뭐해?"

그 모습을 보고 만순이가 웃었다.

"웃지 마."

나는 이를 악물고 웃음을 간신히 참으면서 식탁 의자에 앉았다. 그런 다음 맘껏 웃었다.

"야, 거기서 웃으면 어떻게 하냐. 매운 고춧가루 때문에 재채기했잖아."

"그게 재채기였어?"

칫…… 우리 집 고춧가루 잘못 샀다. 맛은 없고 맵기만 하다. 이젠 냄새만 맡아도 재채기가 나온다. 마지막 액땜이라고 생각하자. 오늘이 바로 '까치, 까치 설날'이 아니던가.

부녀의 연

만순이가 벼르고 별러서 거금 5천 원짜리 떡 두 개를 사 왔는데 아무도 몰랐다. 이놈의 기집애가 숨겨 놓고 저 혼자 먹을 생각이었다. 아껴서 먹으려고 귀퉁이만 떼어 먹고 냉장고 깊숙한 데 숨겨 놨다고 했다.

별 다섯 인생

다음 날, 만순이가 냉장고를 뒤졌는데 떡이 자취를 감추고 말았다. 범인은…… 딱 한 분, 울 아버지. 새벽 3시에 "이게 웬 떡이냐." 하면서 드신 게 분명하다. 울 아버지, 그 전에도 라면 한 젓가락 때문에 만돌이랑 싸운 분이다. 그걸 기억하는 만순이는 아무 말 못했다. 그저 하염없이 아버지만 바라봤다.

"언니, 내 떡이 없어졌어."

"언제 떡 사 왔냐?"

"응…… 근데 없어."

"아버지가 드셨겠지."

"그치. 그런데 아빠한테 뭐라고 하면 안 되겠지?"

"그럼 아마 부녀의 연을 끊자고 하시겠지."

"그러시겠지?"

"아마 호적에서 네 이름 파 가라고 하실걸."

"으……."

그러게 처음부터 하나는 아버지를 드리고 남은 하나라도 구제했어야지. 욕심하고는…… 뭐, 누구 딸이겠냐마는. 아버지도 참, 그걸 다 드시다니……. 그래도 분이 안 풀린 만순이가 결국 한마디 했다.

"아빠, 나는 약식 딱 두 개만 먹고 말았는데 남은 게 하나도 없거든. 어떻게 생각해?"

"……."

아버지는 입술을 조금 내밀고 묵묵부답이시다. 아무튼 만순이는 그쯤에서 만족하고 지난밤 자취를 감춘 떡 얘기는 묻어 두었다.

아침에...... 가만히 맘속으로 외쳐 본다.

사랑한다,
사랑한다,
사랑한다.

내 외침은 지금 누구에게로 가고 있을까......

2005.03.04

고민　　　　　　　　아무래도 울 삼남매는 결혼을 안 할 팔자인가
　　　　　　　　보다. 부모님도 신경을 안 쓰시고 우리도 안
쓴다. 드디어 만돌이 놈까지 결혼이 별로라고 했다.

　우리야 결혼을 해도 안 해도 상관없다고 생각하지만 부모님을 빼닮
은 손주 하나 세상에 남기지 못하는 게 참 죄스럽다. 대를 이어야 한다
는 게 아니라 우리 부모님처럼 좋은 분들께 결혼해서 잘 사는 모습을 보
여 드리거나 예쁜 손주들을 안겨 드릴 수 없다고 생각하면 가끔 나도 내
가 한심스럽다. 형제는 맏이 하기 나름이라고 하지 않던가. 맏이가 재수
하면 줄줄이 재수한다는 소리도 있으니 내 죄가 크다. 내가 아파서 신경
쓰지 못한 것도 있지만 그런 나 때문에 부모님도 동생들까지 신경 쓰지
못하신 것이다. 동생들도 경황이 없었으리라.

　이제 우리 집에서 꽃다운 이십 대가 사라졌다. 만돌이라도 가주면 좋
으련만 쉽지 않을 것 같다……. 고민되고 씁쓸하다.

상한 엉덩이　　　　　　저녁 9시쯤, 오른쪽 엉덩이의 뼈가 또 아팠다.
　　　　　　　　으…… 여전히 넘어진 후유증에 시달리는 만
두. 엉덩이에 찜질팩을 하면 좀 나을까 싶어 방에 누워 찜질을 하고 있
는데 아버지가 들어오셨다.

"쟤 뭐해?"

"넘어질 때 다친 엉덩이가 아프다고 찜질해."

　안방에 들어가서 옷 갈아입고 다시 나오신 아버지.

"상한 거 아냐?"

으…….

"(누워 있으니 발음이 안 됐다.) 아어지 무은 마으…….

"이히히히히…….

갑자기 엄마가 웃기 시작했다. 못살아. 침까지 튀겨.

"이히히…… 흑흑…… 여보, 애 엉덩이 썩어서 쉰내 나. 으흐흐흐흐.

"푸하하하! 이제는 엉덩이에서도 쉰내가…… 흐흐흐.

아버지는 순식간에 내 엉덩이를 썩은 엉덩이로 만들어 놓고 만순이가 사 온 깨강정을 들고 방으로 획 들어가셨다. 아버지, 너무해요!

찜질한 효과가 하나도 없다. 내 엉덩이는 짝궁둥이란 말인가. 왜 오른쪽만 아픈 거냐구. 아, 아파도 위로받지 못하는 내 신세…… 어, 가만 생각해 보니 만순이가 괘씸하네. 깨강정을 네 봉지만 사 왔잖아. 누구 걸 빼고 사 온 거야?

효녀 만순이　　　　새벽에 갑자기 만순이가 방에서 후다닥 뛰어
　　　　　　　　　나오더니 엄마를 불렀다. 그 소리에 잠이 깼
다. 아버지가 1박 2일로 호스피스 모임에 가서 엄마는 거실에서 주무시고 있었다.

"왜?

"엄마, 어디 아파? 끄응 했잖아.

"방귀 꼈다. 자라.

으…… 만순이는 방에서 끄응 하는 소리에 놀라 엄마가 아픈 줄 알고 튀어나온 것이다. 엄마, 자다가 무슨 방귀를 그리 뀌시나이까? 그런데

거실에서는 내 방이 더 가까운데, 나는 못 듣고 자면 업어 가도 모르는 만순이가 듣다니…… 만순이는 정녕 효녀인가.

딜레마   나의 딜레마는 책을 많이 읽게 되면 가족과의 얘기 시간이 줄고 얘기를 많이 하다 보면 책 읽는 시간이 준다는 것이다. 내게 남은 시간이 그리 많지 않은데……. 죽는다는 얘기가 아니라 내 사정이 그렇다는 거다. 종이책을 못 읽게 되면 전자책을 읽으면 된다고 하지만 그게 그리 쉬울까 하는 생각도 들고…… 하루 종일 마주 앉아 얘기만 할 수 있는 것도 아니고…… 언젠가 사라질 목소리라 녹음해 둘까 싶기도 하지만 그것도 참 그렇다. 거기다 이제는 서재 관리까지…… 자판을 언제까지 두드릴 수 있지……. 마우스를 움직일 수 있을 때까지 하다가 그 다음에는 컴퓨터의 진화를 바랄 수밖에…….

이래저래 가끔 싱숭생숭…… 집에 아무도 없는 이런 날에는 이런 생각이나 하고 있다. 아, 그래도 햇살은 눈부시게 밝구만. 바람이 분다지만 방 안까지 들어오지 않으니 이 또한 좋고…… 좋게 생각하자구. 긍정의 힘을 믿는다잖아. 나도 힘! 딜레마가 있는 것도 행복한 거야. 그리 생각하자구.

추리소설 많이 나오니 좋고, 만순이가 라자냐 사 온다니 좋고, 부모님과 형제들이 건강해서 좋고, 서재의 지인들 모두 잘 계시니 좋고. 좋은 게 좋은 거니 어쨌거나 좋게 생각하자. 가늘고 길게 누가 누가 오래 버티나 한번 해보자구.

살아 있기
때문에

누군가 내게 이런 말을 했다. 물과 만두가 합체해서 리뷰를 쓴다는 말이 항간에 떠돈다고. 나는 확실한 알바 리뷰족이다. 책을 읽고 리뷰를 써서 서점마다 올린다. 물론 모두 다르게……. 시간은 남고 할 일은 없고 할 수 있는 일이 이것밖에 없다. 이 일에 매달린 지도 벌써 6년이 다 되어 간다. 서점마다 발도장을 무진장 찍었는데…… 정작 잘 쓴 리뷰는 없다. 그게 슬픈 건 아니다. 난 언제나 질보다 양이니까.

그런데 이따금 내가 쓴 리뷰를 보면 낯 뜨거워진다. 밖에 안 나가는 게 얼마나 다행인지……. 어제 읽은 《800만 가지 죽는 방법》의 리뷰를 정말 잘 쓰고 싶었다. 개인적으로 좋아하는 작가이고 탐정물이라서. 하지만 평소보다 더 못 썼다. 컴퓨터에 새로 단 키보드에 적응이 안 돼서 못 썼다. (참, 변명도 가지가지다.)

만순이가 하루 종일 인터넷만 하고 있지 말라고 했는데, 램프를 켜놓은 셈 치고 종일 컴퓨터를 켜놓은 채 이러고 있다. 자, 책 읽자. 책⋯⋯.

투명 만두

나, 상처 입었다. 내 서재를 즐겨찾기 해놓은 분들 중 오늘 하루 만에 네 분이나 나가셨다. 나도 즐겨찾기를 비밀로 해놨다. 기분이 너무 안 좋다. 그게 인생의 전부는 아니지만 누군가 나를 삭제했다고 생각하니 내가 조금씩 사라지는 느낌이 든다. 뭐 이런 일로 이러냐고.

하루 종일 기분이 안 좋았다. 기분을 업 시키는 자체 모드를 가동해서 좀 나아지려고 했는데 방금 한 분이 알라딘을 탈퇴했다. 그분들은 모르시겠지. 무심코 누른 삭제 버튼 하나에 누군가가 울고 있다는 것을⋯⋯.

그게 그리 중요하냐고? 사실 누군가에게는 하나도 안 중요할 수 있다. 물수제비를 뜨는 게 중요하지, 그 돌에 개구리가 맞거나 말거나 신경이나 쓰겠냐고. 흔히 세상이 삭막하다고 말하는 건 사람들이 이런 사소한 일을 무심하게 넘기기 때문이다. 차라리 이런 거 하지나 말지. 하긴 내 기분이 좋든 말든 무슨 상관이겠어. 피차 남남인 것을⋯⋯. 나도 그를 모르고 그도 나를 모르니⋯⋯ 그래서 나는 투명 만두. 절대로 즐겨찾기 한 거 안 가르쳐 주겠어. 지우진 않을 테니 걱정 마시길⋯⋯. 귀찮아서라도 안하니까.

후회

만돌이가 지하철을 타고 다녀서 다리가 아프다고 할 때 나는 이렇게 말한다.

아프고 나서 한 가지 깨달은 게 있다면

'언젠가'라는 시간은 없다는 것이다.

나도 무수히 많은 '언젠가'를 외쳤다.

언 젠 가 는 해 야 지.

언 젠 가 는 되 겠 지.

언 젠 가 는 가 봐 야 지.

언젠가는, 언젠가는...... 하지만 그런 언젠가는 없었다.

그래서 나는 더 이상 언젠가를 외치지 않는다.

그때그때 하고 싶은 게 생기면 바로 한다.

할 수 없는 건 "언젠가 해야지." 하면서

묻어 두지 않고 미련 없이 버린다.

어차피 언젠가라고 하면 또 못할 게 뻔하니까.

갑자기 므스티슬라프 도부진스키의 그림 〈더 키스〉를 보고 생각이 났다.

2005.03.05

"하고 싶어도 못하는 사람도 있다. 복이라고 생각하고 다닐 수 있을 때 걸어 다녀."

난 지금까지 무언가를 해보고 싶었던 적이 없다. 꿈 많은 여고 시절에는 사는 게 지겨웠고, 아버지 회사에서 내주는 대학 등록금이 아까워서 대학에 갔다. 가끔 생각한다. 그때 대학에 가지 말고 취직했으면 직장 생활이라는 걸 해봤을 텐데……. 하지만 그때 직장엘 다녔다면 지금은 그 반대되는 생각을 하고 있으리라.

내가 좋아했던 건 가끔 서점에 들러서 책을 산 다음 근처 카페에 앉아 책을 읽는 것. 정작 지금은 할 수 있는 게 그리 많지 않다. 그 전까지는 전혀 없던 여행 생각도 나고, 이때까지 한 번도 해본 적 없는 '친구랑 수다 떨기'도 해보고 싶다. 사람이란 참 미련한 동물이라서 할 수 있을 때는 정작 하지 않고, 할 수 없게 되면 마냥 가슴을 친다.

그렇다고 진짜로 하고 싶은 건 아니다. 아무때나 스윽, 밖으로 나가 꽃 향기를 맡을 수 있는 일상조차 없다는 것이 가끔 아쉬울 뿐이다. 누가 감히 앞날을 장담할 수 있으랴. 많이 할 수 있을 때 하고 싶은 걸 미루지 말고 하시길…… 나중에 도 닦지 말고. 산이 있어 산에 간다고 하지 않던가. 하고 싶으니 한다, 이렇게 밀고 나가시길. 후회는 언제나 하게 마련이니까…….

일지매 　　　　　　교내 일진 문제로 텔레비전에서 난리가 났다.

　　　　　　　　　"학교에 웬 일지매가 있니?"

"일지매? 일지매라니?"

알바 서재 헌장

나, 물만두는 알바 리뷰의 절박한 사명을 띠고 이곳에 터를 잡았다.

주급의 달콤함을 무조건 쟁취해, 안으로 양적 팽창의 자리를 확보하고,

밖으로는 스포일러 주시에도 무너지지 않을 때다.

이에, 알바의 나아갈 바를 밝혀 리뷰의 지표로 삼는다.

무대포 정신과 남아도는 시간으로 리뷰와 서재질을 배우고 익히며,

타고난 저마다의 꼼수를 계발하고, 알바의 처지를 리뷰의 발판으로 삼아,

무대포의 힘과 안면 두께를 넓힌다.

알바와 주급을 앞세워 리뷰와 페이퍼를 밑천으로,

서재질에 뿌리박은 이벤트의 전통을 이어받아

명령하고 찌르는 날카로움을 북돋운다.

알바의 투자와 성공을 바탕으로 서재가 발전하며,

서재의 융성이 알바의 발전의 근본임을 깨달아,

자유와 권리에 따르는 책임과 의무를 다하며 스스로 서재 건설에 참여하고

이벤트 하는 만두 정신을 드높인다.

알바 리뷰 정신에 목숨을 건 리뷰 서재질이 내 삶의 길이며,

서재 세계의 페인이 되는 지름길이다.

길이 후손에 물려줄 영광된 서재질 달인의 앞날을 내다보며,

BGR(배째라)과 긍지를 지닌 근면한 알바족으로서,

블로거의 재미를 모아 줄기찬 노력으로 새 페인을 양성하자!

2005.03.07

"일지매가 문제라며?"

"엄마, 일지매가 아니라 일진회, 일진…… 불량한 애들."

"아, 난 또 학교에 웬 일지매가 나타났나 했지."

이상이 어젯밤 만순이와 엄마가 나눈 대화다. 만순이 방에서 이 얘기를 듣다가 웃겨 뒤집어지는 줄 알았다. 일지매라…… 하긴 요즘은 학교에 일지매라도 상주해야 하지 않을까 싶을 정도로 학교 폭력이 심각하단다. 어쩌면 엄마의 말이 맞을지도 모르겠다. 학교에 일지매를 두는 건 어떨까? 그런데 누가 일지매를 하냐고……. 정말 격세지감을 느끼게 하는 요즘 아이들이다.

살아 있기 때문에

흔들리고 아프고 외로운 것은
살아 있음의 특권이었네

살아 있기 때문에 흔들리고
살아 있기 때문에 아프고

살아 있기 때문에 외로운 것
오늘 내가 괴로워하는 이 시간은
어제 세상을 떠난 사람에겐
간절히 소망했던 내일

지금 내가 비록 힘겹고 쓸쓸해도
살아 있음은 무한한 축복
살아 있으므로 그대를 만날 수 있다는
소망 또한 가질 수 있네

만약 지금 당신이
흔들리고 아프고 외롭다면
아 아
아직까지 내가 살아 있구나 느끼라

그 느낌에 감사하라

   이정하의 〈살아 있기 때문에〉라는 시다. 시의 제목인 '살아 있기 때문에'라는 말은 아주 흔히 쓰이는 말이다. "지금 내가 지루하게 살고 있는 오늘은 어제 죽은 이가 간절히 바라던 하루였음을 기억하라."고 했던 D 백작의 말이 생각났다. 살아 있다는 그것만으로 족할 때가 있다. 단지 그것만으로……. 하지만 생각해 보라. 단지 그것만을 바라는 게 전부인 사람의 삶을…….

   식물인간이 된 아내의 안락사를 신청한 남편 때문에 미국이 떠들썩하다. 그 아내는 그렇게 살다가 어느 날 깨어나서 단 한순간만이라도 예전처럼 살다 가길 바랄까, 아님 차라리 이번 생을 마치고 하루라도 빨리 다음 생을 맞이하길 바랄까? 그건 아무도 모르는 일이다. 남편도 모르고 가족도 모르고 그 누구도 모른다.

                      별 다섯 인생

내가 그 입장이었다면 어떨까, 라고 생각하기 쉽지만, 막상 그 입장이 되어 보면 또 달라지는 게 사람이다. 그러니 그냥 살자. 어떤 삶이 더 낫다, 못하다 저울질 말고 그저 내 삶이 제일이려니 생각하고 살자.

누구든 살면서 남보다 우위에 놓이길 원하지만 그렇다 한들 그게 그리 중요한가. 내 삶은 이생에서 단 한 번뿐이고, 그 삶이 어떤 모습일지라도 소중하고 존중받아야 하며 스스로가 아름답게 생각해야 한다. 다른 삶을 살 수 없기 때문에, 선택의 여지가 없기 때문에…….

"햇빛 따스한 아침 숲 속 길을 걸어가네."

CF에서 들은 이 노래를 오늘 종일 흥얼거렸다. 나는 햇빛도 숲 속도 걷지 않았지만 그 좋은 느낌은 잘 알고 있다. 살아 있어서 좋다는 건, 백 번의 불행이 닥쳐와도 단 한 번의 행복이 그 백 번의 불행보다 찬란하기 때문이다. 삶이 아름답게 빛나기 때문이다. 그래서 '오 해피데이'라고 하는 건가.

나도 가끔 우울해지고 자학할 때가 있다.

특히 안 좋은 일이 생기거나 하면…… 스스로 마음을 다스리는 편이지만 그래도 화날 때가 있다. 내 자신에게…….

내가 아픈 건 분명 누군가에게 누가 되고 짐이 되는 일이다. 아니라고 말해도 엄연한 사실이다. 짐이 된다는 사실을 알면서 멀쩡하기란 쉽지 않은 일…… 그래서 자학한다. 달라지는 건 하나도 없지만 때론 좌절도, 실망도, 후회도 필요한 법이니까. 이러고 나면 내 얼굴 두께는 또 한 겹 두꺼워진다. 사람마다 사는 방식이 다르듯이 이건 내가 사는 방식이다.

어제는 그래서 온종일 우울했고 마침내 울고 말았다.

그런데 울면서도 데메트리오스님의 퀴즈를 풀었다. 자학은 자학이고 이벤트는 이벤트니까. 독특한 인간, 특이한 인간…….

지금도 가슴이 무겁고 이대로 며칠은 갈 것 같지만

그런 모습도 내 모습이려니 하고 이리 보이며 살련다.

2005.03.18

아침에 까치가 울었다.

까치가 울면 반가운 소식이 있다더니 옛말이었나 보다.

서재에 들어오니 데메트리오스님이 훈련소에 입소하신단다.

잘 다녀오소.

나나님은 인터넷 불통으로 잠깐 못 들어온다고 하고.

까치, 네 와 울었노?

오늘은 책이나 기다려야겠다.

책이 님인 양 기다리는 이 내 마음……

아, 아침부터 슬프다.

배고프다. 밥이나 먹자.

엄마, 하늘만큼 땅만큼 사랑해!

그리고 너무 고마워.

2005.03.28

아버지의
라디오

귀울림   하루 종일 귀울림 때문에 아프고 우울했다. 귀
울림은 내 몸의 이상 신호다. 부실한 몸이 더
부실해지는 것을 알리는 신호……. 그 신호에 응하지 않기 위해 책을 읽
다가 팽개치고, 여기저기 인터넷 세상을 기웃거리다가 울림이 멈추지
않아 말소리조차 웅얼거리게 돼 다시 만화책을 보다가, 어쩔 수 없다는
걸 알고 시집을 꺼내 읽었다.

  그 시들이 내 귀울림을 단숨에 빨아들였다. 귀울림이 멈추고 나는 평
온을 되찾았다. 벌써 밤 10시……. 그놈의 귀울림이 돌아올 때를 대비해
시집이나 잔뜩 들여야겠다. 이해도 못한 채 술술 읽어 내려가는 게 미안
하지만 그래도 어쩌랴. 이렇게라도 귀울림을 묻고 싶은 것을…….

          별 다섯 인생

무조건 얌전히 있어야 한다. 우리 집 제삿날이다. 오늘은 할아버지 제사, 그리고 월요일에는 할머니의 제사가 있다. 조용히 있는 게 엄마를 도와드리는 길이다.

오늘도 일하려는 아무도 안 오겠군. 제사 지내러 또 남자들만 오겠지. 우띠…… 뭐, 어제 오늘의 일이더냐. 엄마도 후다닥 혼자 하는 게 편하시다니. 제사는 한 번만 지내기로 했는데 엄마는 맘이 안 내켜 그냥 지내신단다. 안 내키는 일을 하면 탈 생긴다고, 행여 자식들이 안 좋게 될까 봐 전전긍긍하는 울 엄마. 산소를 이장해서 외갓집이 망했다고 생각하시니, 하긴 웬만한 어른들이라면 이런 생각 다 갖고 계시겠지만.

그래도 내 눈에는 나이 들어서까지 혼자 일해야 하는 울 엄마가 오늘따라 더 불쌍해 보인다. 내가 이런 말을 하면 울 엄마는 "네가 더 불쌍하다. 그리고 불상은 절에 있다." 하시겠지만. 그런데 이런 말을 거리낌 없이 하는 거 보면 울 엄마, 불교 신자도 아닌 것 같다. 뭐, 평소에도 믿긴 뭘 믿어! 하는 분이지만…….

얌전히 책이나 읽자. 만돌이 놈 일어나서 일 좀 하지. 나쁜 놈!

제사 경력 37년 만에 엄마가 최대 위기를 맞았다. 다른 집과 다르게 우리 집은 제사상에 꼭 닭을 올린다. 상에 올리는 닭은 모양이 온전해야 하는데 그만…… 꽁지 부분이 떨어져 나간 닭을 사 오는 바람에 조상님들이 닭 똥구멍을 보시게 생겼다. 아버지는 점심을 드시다가 웃음이 터져 콘플레이크를 엎으셨다.

"여보, 아무래도 테이프를 붙여야겠어."

으하하하…… 오늘 우리 집 제사상에 사상 초유의 테이프 치료를 받은 닭이 올라간다. 이 글을 쓰면서도 나 역시 웃음이 멈추질 않는다. 아이고, 엄마의 코미디는 도대체 그 끝이 어디란 말인가…… 흐흐흐, 눈물이 앞을 가린다. 아, 닭의 똥구멍을 그대로 두고 볼 것이냐, 테이프를 붙인 닭을 볼 것이냐 그것이 문제로다.

도저히 수습할 수 있는 상태가 아니었다. 엄마가 보여 준다고 했지만 나는 밥 먹고 나서 보겠다고 했다. 예상적중! 푸하하하! 게다가 똥구멍에 닭 모가지를 꽂아 놓다니. 흑…… 닭 모가지를 비틀어도 새벽은 온다고 했지만 닭 모가지를 꽂는다고 감춰질 구멍이 아니었다. 크기가 닭 만 했다. 우째 이런 일이…….

발단은 닭의 배만 갈랐다는 정육점 아저씨의 말만 믿고 다듬은 엄마의 순진함이라고나 할까. 배만 가르기는……. 엄마 말만 믿고 밤을 까서 넣으면 어떨까? 메추리알은? 밥을 먹으면서 이런저런 의견을 내놓았는데…… 결국 우리는 테이프로도 안 된다는 결론을 내렸다. 바늘로 꿰매기로 했다. 삼계탕처럼 위장하는 거다. 티가 나면 안 되니 창호지를 오려서 살짝 붙이기로 했다.

흑…… 티가 안 나야 하는데. 티 안 낼 방법은 도저히 안 보이니…… 엄마 혼자 제사상을 차리는데 다시 사다 삶을 수도 없고, 그럼 만순이 말대로 통닭을 배달시켜? 아, 사진은 차마 못 찍겠다. 제사상에 오를 음식인지라……. 조상님…… 돌아가신 할아버지, 부디 용서하시길. 그래도 혼자 제사상 차리기 싫어서 화내는 며느리보다 웃으며 일하는 맏며느리가 좋잖아요.

오늘 아침 엄마가 통장 하나를 잃어버렸다면
서 당황해 하셨다. 알고 보니 엄마가 착각한
거였다. 이미 폐지된 통장을 들고 계셨다. 난 화가 나서 마구 소리쳤다.
울 엄마가 누구시던가. 세상 무서울 게 없는 분 아니던가. 그런데 이제
는 통장 하나에도 벌벌 떠신다. 며칠 전에는 은행 직원의 꼬임에 넘어가
신용카드를 하나 만드셨는데 그것 때문에 또 전전긍긍하신다. 엄마는
그 카드를 한 번도 사용하지 않으셨다. 영화 〈8월의 크리스마스〉에서 한
석규가 아버지한테 비디오 사용법을 가르쳐 드리면서 화를 내던 장면이
떠올랐다. 너무 슬펐다.

가끔 아버지의 얼마 안 남는 뒷머리가 차라리 검은 머리카락을 찾는
게 빠르겠다 싶을 만큼 세어 있는 모습을 볼 때 우울하다. 엄마가 자꾸
만 움츠러드는 모습을 보일 때 서글퍼진다. 에잇, 어제 만순이한테 그렇
게 일렀건만. 오면 죽었어…….

자식은 평생 자식으로만 남고 싶은데 부모님은 더 이상 자식에게 울
타리가 되어 주지 못한다. 이제는 자식된 내가 울타리를 쳐드려야 한다.
예전 같으면 이게 뭐 대수냐 하실 걸 끙끙 앓는 듯 걱정이라니…….

엄마가 제사상을 차리다가 팔을 데셨다. 내가 늘 잡고 다니는 팔이었
다. 무심코 잡은 곳의 감촉이 달라 아, 지난번 덴 자리구나 싶었지만 놓
으면 내가 넘어지는지라 그대로 잡고 걸었다. 엄마는 아팠을 텐데도
아무 말씀 안 하셨다. 벌겋게 달아오른 그 자리를 세게 움켜쥐었는데
도……. 쓰린 상처보다 그 팔을 잡고 걸어야 하는 딸내미를 보는 게 더
맘 아프실 우리 엄마……. 오늘은 그런 엄마에게 소리를 질러 미안하고
속상하고 아무것도 해드리지 못하는 내 자신이 너무 싫다.

언제부턴가 나의 독서는 의무가 되어버렸다. 그걸 이제야 깨달았다.

이제 나는 그 의무에서 벗어나려 한다.

쉬엄쉬엄 책 읽고 쉬엄쉬엄 하련다.

시간이 없다는 강박관념에 사로잡혔다.

하지만 시간이란 상대적인 것……

그 누구의 시간이 더 많다고 할 수 있으랴……

내 마음 가는 대로 이제는 한 박자 쉬어 보련다.

물론 나중에 가서 쉬지 말걸 하면서 후회할지도 모르지만

그건 그때 가서 생각할 일…….

나의 독서가 의무가 아닌 예전처럼 기쁨이 되게 하기 위해서라도

나는 천 천 히 가련다.

2005.04.14

나와 너

영화 〈봄날은 간다〉에서 유지태는 "사랑이 어떻게 변하니?"라고 말한다. 사랑은 움직이는 거라던 광고 카피도 있었는데 그걸 여태 몰랐남.

방금 여진이 부른 노래 〈그리움만 쌓이네〉를 들었다. "아, 나는 몰랐네 그대 마음 변할 줄."이라는 가사에 문득 생각이 났다.

나는 변하지 않았는데 그의 마음만 변했을까? 나는 변하지 않았다고 생각하지만 그가 보는 나도 변하지 않았을까? 그가 변했다고 생각하는 나처럼…….

우리는 언제나 '내가'가 아니라 '네가'라고 말한다. "나는 안 변했어. 네가 변했지." 그런데 그 나란 뭘까……. 결국 '나'와 '너'는 같지 않을까? 둘이 마주 보고 있으니 서로를 가리키는 '너'는 또 다른 '나'일 수밖에 없다. 그러니까 그리움이 쌓이는 게 아닐까? 나도 모르는 사이에 내가 변한 걸 알았기에……. 내 사랑은 변하지 않는다고? 아니 변한다. 너의 사랑이 변하므로.

봄날은 이렇게 간다. 그리고 돌아온다. 오가는 봄, 오가는 사랑, 오가는 사람, 오가는 그리움과 추억……. 황무지에 쌓이는 먼지는 다시 황사가 되어 세상을 시커멓게 뒤덮고……. 알고 보면 저 황사도 우리 인간 탓이다. 황사가 무슨 잘못이 있으랴. 자연이 잘못이라는 인간의 생각이 잘못인 것을…….

선택

주말 아침부터 만순이 입이 부었다. 엄마가 누룽지 튀김으로 자기랑 만돌이를 차별한다고 집을 나간단다. 어휴, 정말 나이를 어디로 먹었는지…….

엄마가 만순이를 위해 두릅 튀김을 하셨다. 만순이는 금방 풀어져서 또 하하호호…… 튀김을 작게 잘라 와서 내 입에 연신 넣어 주고…… 이럴 때는 또 기특하단 말이야. 한 손으로는 커피 잔도 못 들기 때문에 나는 꼭 두 손으로 먹어야 한다. 그래서 컴퓨터를 할 때는 먹을 수가 없다. 그래도 행복하다. 행여 목에 걸릴까 봐 작게 잘라 입에 넣어 주기까지 하는 만순이가 옆에 있는데 무슨 걱정.

세상에는 열 가지 보따리가 있다. 그중 아홉은 불행 보따리고 나머지 하나만 행복 보따리다. 아홉에 억매일 것인가, 하나에 기뻐할 것인가…… 선택은 우리 몫이다.

꽃구경   라일락…… 아직 덜 폈다. 엄마가 아침부터 디
              지털카메라를 들고 아파트 단지를 다니니까
경비 아저씨가 뭐하시냐고 물으셨단다.

"우리 딸 꽃구경 시켜 주려구요. 아프잖아요."

"좋죠. 그럼, 여기도 있고…… 저기도 있고……."

아침부터 쓰레기를 버리러 나갔던 엄마는 활짝 핀 꽃이 눈에 띄어 집에만 있는 내게 보여 준다며 사진을 잔뜩 찍어 오셨다. 엄마는 아침부터 딸내미를 울리고 그래……. 울 엄마는 오늘도 나를 즐겁게 하는 나의 힘!

햇빛 따스한 아침

숲속 길을 걸어가네.

그리워라

우리의 지난날들······

우리가 지금 살고 있는 지금도 사실은 과거의 순간이란 걸 아시나요.

언제나 과거만을 사는 우리······

그래서 지난날들을 더 그리워하고

미래에 대해 더 많은 꿈을 꾸나 봅니다.

시간이 뭐라 하건 지금은 지금일 뿐······

소중한 지금을 모아 과거도 미래도 만들고 싶은 정말 햇살 좋은 일요일.

모두 즐거운 일요일 오후 보내시기를······

2005.04.17

　　　　　　　　모 사이트에서 2만 원 이상을 사면 만 원 쿠폰
　　　　　　　　을 쓸 수 있다고 해서 찜해 놨던 류시화 시집
과 함께 뭘 살지 망설였다.

"언니, 돈을 써. 도대체 얼마짜리 살 거야?"

"만 5천 원쯤……."

"그걸로 무슨 어버이날 선물을 사냐?"

우띠…… 뭔 화장품이 그리 비싼지.

"저기 속옷 어떠냐?"

야시시한 속옷이 쌌다.

"언니 미쳤냐? 으이그……."

"좀 그런가?"

그런데 울 엄마 그런 거 좋아하신다.

"선크림 어떠냐? 산에 갈 때 바르시면 되겠다."

"뭐가 있는데?"

"음…… XXX꺼."

"이거 사. 저번에 내가 사드린 거야. 이런 건 좋은 걸 사야지."

그래서 샀다. 그동안 적립한 캐시백을 쓰려고 봤더니 98원 남아 있었
다. 만순이 건 0원. 에고……. 인터넷뱅킹으로 부족한 522원을 넣는데
부들부들 손이 떨렸다. 엄마 화장품을 사는 게 아까워서가 아니라 마일
리지를 초과한 게 분해서. 그런데 만순이가 자고 일어나더니 갑자기 물
었다.

"언니, 선물 샀어?"

"네가 사라는 거 샀잖아."

"꼭 그거 안 사도 되는데……."

"이게……."

"넌 정말 안 살 거야?"

"나도 뭔가 사야지."

"그럼 아버지 건 네가 사."

"알았어."

그나마 다행이다. 아버지 선물이 훨씬 비싸니까. 흐흐흐, 역시 돈은 많이 가진 사람이 써야 한다니까. 만순이가 또 "내가 언제?" 하고 발뺌하기 전에 사라고 해야지!

만순이가 가장 잘 쓰는 말, "내가 언제?"에 당했다. 아까 분명히 자고 일어나서 카세트 라디오 산다고 해놓고. 우띠.

전에 카세트랑 라디오를 따로 사드렸더니 불편하다고 겸용을 사달라고 하셨다. 예전에 만돌이가 쓰던 게 있나 했는데 없었다. 내가 사드린다는 걸 그동안 잊어 먹고 있었다. 오늘 사드리려고 미리 봐둔 걸 만순이한테 말했더니 자기가 사겠다고 했다. 분명히…….

그런데 이놈의 기집애가 나한테 적립금 4만 원이 있는 걸 알고 뭐 하러 놔두냐며 그 돈부터 쓰라고 했다. 내가 별 반응이 없자 마지못해 신용카드를 꺼내는 척하면서 불쌍한 표정을 짓는 거다. 에잇 정말…… 그래서 내가 샀다.

"언니, 적립금 많잖아."

그 적립금 모으는 데 지가 뭘 했다고…… 으아! 동생들은 정말 다 웬수다.

이걸 어떻게 만회를 한다? 음…… 뭔가를 옴팡 씌워야 하는데. 아, 내 머리 위를 날고 있는 난장이 똥자루 돼지 만순이…….

아버지! 내 울부짖음에도 아랑곳 않고 울 아버지 주무시고 있다. 내일 부처님 오신 날 행사가 있다나……. 만돌이 이놈, 놀고 있다고 돈 한 푼 안 내놓고…… 내 노후에 잘만 안 해봐라…… 우띠.

아버지의 라디오 2　　　　　자다가 날벼락 맞을 뻔했다. 아침에 거실에서 졸고 있는데 아버지가 연등행사 보러 출타하신다고 방에서 나왔다. 엄마는 사우나 가시고. 그런데 잠결에 희한한 소리가 들리는 거다.

"아빠, 카세트 라디오 샀어요. 며칠 있음 올 거예요."

으헉.

"알았다."

엥? 눈이 번쩍 뜨였다.

"아버지, 그거 제가 샀어요. 만순이랑 만돌이는 한 푼도 안 보탰고요. 어버이날 선물로 제가 사드리는 거예요."

나는 울부짖었다.

"알았다. 흐흐흐……."

아버지가 나가시고 다시 울부짖었다. 모처럼 내가 사드렸는데 만순이, 그 뺀순이가 가로채려고 하다니……. 그동안 꼽사리 좀 꼈기로서니. 아, 믿을 사람 하나 없다더니……. 그런데 빤히 알면서 옆에서 말 한마디 안 한 이가 있었으니 만돌이, 네가 더 나빠, 인마!

　　　　　　　　　　　　　　　　　별 다섯 인생

벤지에게.

벤지야, 사실 나는 널 잘 모르고 너도 날 모르지. 네 아빠도 잘
몰라. 그래도 그냥 이 말이라도 하고 싶었어. 좋은 아빠가 있어
행복하지? 말 안 해도 난 알 것 같아. 나도 그렇거든. 아프다고
말 못하는 너나 말이라도 할 수 있는 나나 모두 혼자 인내하고 감
당해야 하는 일이지. 그래도 사랑하는 가족이 있어 우린 행복하
잖니. 너도 그러리라 믿어. 사는 날까지 아픔보다는 가족이 주는
따뜻함을 더 느끼고 싶잖아. 네 아빠는 아실 거야. 네 맘을……
그냥 이 말이 하고 싶었어. 아빠가 걱정하는 거보다 아프더라도
아빠 곁에 더 오래 있고 싶을 거라는 거…… 고통보다 큰 행복이
너와 함께 하기를 기도할게…… 우리 함께 파이팅! 아자!

2005.05.13

만순이가 마치 자기가 카세트 라디오를 산 것처럼 말했을 때 울 아버지의 관심사는 딱 하나였다. 라디오가 언제 오는지.

"어됐냐?"

"아니 그게 아니라 오늘 주문했다구. 그러니까 좀 걸리지."

"지금 없다고?"

"네."

힘없이 돌아서서 나가시는 아버지…….

그게 어제 일이었다. 그러고 오늘 드디어 카세트 라디오가 도착했다.

"만돌아, 이거 어떻게 하냐?"

"여기다 건전지 넣고 이렇게 저렇게…….."

"알았다."

아, 울 아버지는 작은 거에도 너무 좋아하셔서 가끔 우리가 민망해질 때가 있다. 남들이 백화점에서 기십만 원짜리 티셔츠를 사드렸다거나, 몇 십만 원씩 용돈을 드렸다고 할 때 뻘쭘하다. 우리가 사드리는 옷은 땡처리 할인 매장에서 산 단돈 만 원짜리, 용돈을 드리기는커녕 받기만 하는 처지……. 그런데도 아버지는 우리가 뭔가를 드릴 때마다 "야, 좋다! 비싼 건 사지 마라. 싸고 좋은 게 많다." 하신다. 물론 진심이시다. 비싼 거 사드리면 혼만 난다. 그저 고맙고 죄송할 뿐이다. 우리 아버지여서 늘 감사하다는 말은 안 해도 아시겠지.

어제 텔레비전을 보는데 사랑한다는 말 한마디가 중요하다고 아나운서가 말했다. 그 말을 듣고 내가 그랬다.

"엄마, 싸랑해."

"미쳤냐……."

으…… 그냥 이대로 편하게 살자. 아버지, 그리도 기뻐해 주시니 너무 고마워용.

당신이
장애인이라면

킹크랩 사건 　　　만순이가 마트에 갔다가, 다리 한 쪽당 만 원
　　　　　　　에 팔더라면서 킹크랩을 사 왔다. 이때 아니면
우리가 언제 먹어 보겠냐고. 킹크릴이 아닌 진짜 킹크랩이다.

킹크랩을 쪄서 먹었다. 기대가 너무 컸나? 맛은 그저 그랬다. 아무래
도 이런 거 먹을 팔자가 아닌 모양이다. 먹으면서 다같이 그랬다.

"꽃게가 킹크랩만 했으면 좋겠다."

으…… 그래도 소원 풀었다. 그런데 만순아, 밥 다 먹고 이거 먹인 경
우는 뭔 경우냐. 수상했다!

킹크랩 사건의 진상은 이렇다. 점심 때 마트에 다녀온 만순이. 조금 있
으니 먹으라고 했다. 만돌이랑 부엌으로 갔더니 식탁 위에 수북히 쌓인
뭔가가 보였다. 흐흐흐, 먹기 좋게 킹크랩 살까지 발라 놨군, 했는데 딱
앉았더니 허걱, 그건…… 전기구이 통닭이었다.

"이게 뭐냐?"

"전기구이 통닭이야. 언니 건 다리만 잘 발라 놨어."

"킹크랩은?"

"지금 찌고 있잖아. 날로 먹냐?"

으……. 통닭을 먹고 나니 속이 느끼해 할 수 없이 밥을 먹었다. 다 먹고 나자 5분 후에 만순이가 불렀다.

"언니, 킹크랩 먹어."

윽! 이것이…… 킹크랩을 먹는다고 또 나갔다. 그런데 이번에는 거실 소파에 나를 앉혔다. 만순이랑 만돌이가 킹크랩을 까는데 내 접시 위에는 달랑 다리 한 토막을 올려놨다. 흑, 그나마 맛이 없던 게 다행이지. 그런데 옆을 보니 허걱, 만순이가 커다란 킹크랩 조각을 들고 우적우적……

"뭐냐?"

"윗부분이라 맛은 없어."

대신 살은 많았다. 아…… 제발 우리 바다에서 킹크랩만 한 꽃게가 잡히게 해주시고 값이 무지 싸게 해주시옵소서…….

아카시아꽃   아카시아꽃이 피었다. 만순이는 라일락이라고
                  했다가 망신만 당했다. 으이그…… 작년엔 꽃
내음이 잘 나지 않았는데 올해는 흐드러지게 필 모양이다. 벌써 저리 하얀 걸 보면. 좀 자세히 찍으면 좋은데 엄마가 줌인을 못하신다. 이렇게 보니 우리 아파트에 꽃이 참 많다. 올해도 잊지 않고 피어 주니 고맙다.

나는 가끔 잊어도 꽃들은 잊지 않는다. 언제나 자연은 인간인 나보다 낫다.

어느 시사 방송 프로에서 장애인 문제를 다뤘다. 비장애인의 화장실은 남녀가 구분되어 있는데 장애인 화장실에는 구분이 없었다. 지나가는 시민에게 기자가 물었더니 그 사람은 이렇게 대답했다.

"별로 구분할 필요가 없다고 생각하는데요."

"만약 당신이 장애인이라면요?"

"어…… 그럼 좀 구분해야 될 것 같아요."

그렇지. 닥친 문제가 아니면 모르지. 자신한테는 절대 그런 일이 안 생길 거라고 생각하면서 살지.

이건 시작에 불과했다. 더 놀라운 건 어떤 여성이 척추 장애인이 되었는데 그 여성의 엄마가 병원 의사에게 딸이 생리를 안 하게 해달라고 했단다. 심지어 자궁을 드러내자고 했단다. 다른 사람도 아닌 엄마란 사람이……. 도대체 이해가 안 된다. 물론 스스로 생리대도 못 갈고 볼일 본 뒤처리도 못하니 그걸 챙겨 줘야 하는 가족은 당연히 힘들 것이다. 나 또한 그러니 말이다. 그래서 생리할 때 가끔 엄마한테 이런다.

"엄마, 생리 안 하면 좋겠어. 결혼할 것도 아니고 아이 낳을 것도 아닌데 귀찮기만 하잖아."

그럴 때마다 엄마는 화를 낸다.

"여자가 생리를 한다는 건 단지 여자이기 때문은 아니야. 그건 네가 건강하다는 증거야. 아프지만 그나마 생리를 규칙적으로 하니까 다행이다 싶은데 이게 못하는 말이 없어."

하면서 나를 때리신다.

자식이 아프면 자식보다 더 아픈 사람이 부모라고 한다. 나보다 엄마의 가슴이 더 아프다는 걸 안다. 그런데 그 엄마는 어떻게 그리 자식에게 모질게 구는 것인지…….

어찌 보면 사회적 문제만은 아니다. 우리나라의 장애인 문제는 가정에서부터 생긴다. 장애인 자식을 귀하게 여기면 사회 또한 그들을 귀하게 여길 것이다. 내가 내 자식을 홀대하는데 남이 내 자식을 귀하게 여길까?

그렇다고 장애인만의 문제도 아니다. 국가가 자국민을 홀대하는 것, 우리가 타국에 가서 제대로 대접받지 못하는 이유다. 가장 기본적인 것을 망각하면 모든 것을 잃게 된다.

장애인의 성에 대해서도 아무런 관심이 없다. 영화 〈오아시스〉에서 장애인 여주인공을 좋아하는 남자는 변태 취급을 당한다. 비단 장애인만 차별을 받을까? 아니다. 우리 누구나 모자란 점이 있기 마련이고 그것은 차별과 공격의 대상이 될 수 있다. 그걸 모르고 사는 사람들이 너무 많다는 사실이 가슴 아프다. 정말 내 손톱에 가시가 끼어야만 아픔을 느끼는 존재란 말인가.

15년 후

오늘은 엄마가 많이 흥분한 날이다. 황우석 박사님인가 하는 분 때문에.

얼마 전 만순이가 "언니, 15년이면 대부분의 병은 고칠 수 있대. 15년만 기다리자구."고 했다. 15년 후면 내 나이가 쉰셋이고 엄마는 일흔아홉이니 그때 낫는다 해도 좋을 것 같다. 수명도 늘어난다니까. 엄마가 백 살까지 사시면 된다. 기대가 희망으로, 희망이 현실로 이루어지기를 바라지만 이루어지지 않더라도 절망하진 않겠다. 아프지만 가난한 사람들이 비싼 치료비 때문에 작은 희망조차 가질 수 없어 또 다른 절망에 빠지는 일이 없길 바란다. 인간은 모든 걸 돈으로 살 수 있다고 생각하지만 돈으로 살 수 없는 게 더욱 가치 있다는 걸, 내가 끝까지 지킬 수 있게 되길 바란다.

님들이 있어 오늘도 좋은 하루였다. 다시 한 번 플라시보님의 생일을 축하하면서 늘 생일을 챙겨 주시는 하날리님도 복 받으시길. 주말 즐겁게 보내세요.

친구는
하느님이 하늘에서 보내 주신
천사라도 하더군요.
나의 천사님,
오늘 하루도 행복하세요.

이 글이 오늘따라 마음에 와 닿았다.
나의 천사님들, 늘 행복하세요.

뒷 베란다에서 조용히 혼자 피었다.

딱 한 송이만 피었다. 아름답다.

이렇게 아름다운 꽃을 피우기

위해 몰래 얼마나 고생했을꼬.

아름답다는 한마디가 차마 부끄럽구나.

2005.06.01

미국의 부시 행정부에서 황우석 박사가 연구하는 줄기세포 연구를 두고 부자 한 사람을 살리기 위해 다른 한 생명을 죽이는 일이라고 했다. 그럼 여자인 내가 매달 생리를 하면서 아이를 낳지 않으면 내가 가진 난자를 하나씩 죽이는 셈이 되나? 그러면 당신은 왜 가만있는 사람도 총으로 쏴 죽이지? 살인하는 게 무섭고 자신이 악마처럼 느껴져 탈영한 미군 병사들이 캐나다에 망명 신청을 했단다. 부시가 뭘 좀 알고 그런 말을 하는지 의심스럽다. 지금 누군가는 희망에 차 있다. 미국인 중 많은 수도 분명 그럴 것이다. 어느 누가 그들에게 그냥 지금처럼 살라고 말할 수 있는가? 한 사람을 살리기 위해 누군가는 저토록 애를 쓰는데…… 이게 될지 안 될지는 누구도 모르는 일이다.

예전에 어느 목사님께서 이런 말씀을 하셨다. 홍수가 났는데 한 남자가 지붕 위로 올라가 자신을 살려 달라고 하느님께 기도를 드렸다. 마침 소방 헬기가 나타났지만 남자는 하느님께서 자신을 살려 주실 거라고 하면서 구조를 거부했다. 결국 죽어서 영혼이 된 남자는 하느님 앞에 가서 따졌다. 왜 내 기도를 들어주시지 않았느냐고. 하느님께서 이런 말씀을 하셨다고 한다.

"그래서 내가 너를 도울 사람들을 보내지 않았느냐."

인간이 하느님의 뜻을 알까? 난 기독교인이 아니라 모르지만 적어도 부시가 생명에 대해 논할 처지의 인간이 못된다는 것쯤은 안다. 부시가 하느님 앞에 갔을 때, 하나님께서 내가 황우석 박사를 보내 인간의 고통을 덜어 주려고 했다고 말씀하신다면 그때 가서는 어쩔 텐가? 누군가에게 희망도 주지 못하면서 누군가를 죽이기만 하는 자, 그런 사람을 우리는 뭐라 불러야 할까…….

엄마랑 싸우고 엄마랑 무지 싸웠다. 나는 너무 화가 나서 밥을 안 먹고 농성을 했다. 엄마는 내 입을 마구 벌리려고 했고……. 나는 입을 꼭 다물었다. 무슨 애 같은 짓이냐고 하겠지만 정말 화가 나면 나도 어쩔 수 없다. 그러고 한 시간 만에 엄마랑 화해를 했다. 화해랄 것도 없이 그냥 풀린 거지만…….

며칠째 일진이 너무 안 좋다. 엄마한테 그러면 안 되는데…… 요즘 컨디션이 말이 아니다. 그런 데다 엄마는 엄마대로 만돌이 때문에 스트레스를 왕창 받는다. 만돌이 놈이 면접 본 회사에 전화해서 안 간다고 했단다. 자기가 원하는 분야하고 다른 분야라나. 이게 아직도 찬밥 더운밥을 가린다.

으…… 요즘 우리 집이 이래저래 분위기가 가라앉아 있다. 나도 기분을 바꿔 보려고 무진 애를 쓰는데 다시 울증이 되고 만다. 아무래도 만돌이가 취직해야 살 것 같다. 이놈아, 빨리 취직 안 하고 뭐하냐.

엄마, 미안해. 언젠가 무지개가 또 뜨겠지…… 아님 어제 산 로또가 대박 나기를 기대하자구. 2천 원으로 될지는 모르지만……. 맘이 편한 게 제일인데 그게 잘 안되네. 미안, 저녁은 다 먹을게요.

어떻게
태어난 인생인데! 엄마 배 속에서 내가 팔 개월째 되던 어느 여름날. 열 달을 몽땅 입덧을 하느라 영양실조에 걸린 엄마가 길을 가다 지하도에서 굴렀다고 한다. 드라마에서 보면 이럴 때 배 속의 아이가 유산되던데 나는 아니었다. 엄마는 찰과상만 입고 조산도 안 하고 열 달을 꽉 채워 날 낳으셨다. 산모가 열 달 동안 거의 아무것도 못 먹었으니 태아의 영양도 부실할 만도 했는데. 아마 나는 나 혼자 살겠다고 엄마의 살과 피를 빨며 생존했었나 보다. 인큐베이터를 간신히 면할 정도의 몸무게였다고 하니 말이다. 그때 형편으로 인큐베이터는 상상도 못할 일. 나는 살려는 의지가 강했던 모양이다.

집은 가난한데 모유가 안 나와서 묽게 탄 싱거운 분유를 먹었지만 초등학교 1학년 때의 몸무게가 15킬로그램까지 나갈 정도로 잘 컸더랬다. (지금은 아니지만.) 그래서 나는 나를 믿는다. 아무것도 모를 때도 살려는 의지가 그리 강했으니.

언젠가 아버지께서 이런 말씀을 하셨다. 수많은 정자 가운데 단 하나의 정자와 난자가 만나 태어난 것이 너라고. 그 많은 정자를 제치고 1등으로 달려 태어난 나. 그래서 나는 위대하다. 누가 뭐라 해도.

무인도에는
만순이와 함께

만순이에게 물었다.
"야, 너는 무인도에 책을 한 권 가져가라면 무슨 책을 가져갈래?"

"무인도에 책을 왜 가져가?"

"그러니까 네가 소중히 여기는 책을 말하라고."

"언니, 언니는 기본이 안 됐어. 무인도에 왜 책을 가져가? 무겁게시리. 연장을 가져가야지. 생존할 생각을 해야지. 거기서 책 읽다 굶어 죽을래?"

혁, 만순아. 너는 사막에서도 살아남을 거다. 아, 지금《미궁 시리즈》삼매경인데 이 인간한테 책 쌓아 놓는다고 매일 잔소리를 들어도 무인도에는 이런 책을 가져가야지 생각했건만. 생각을 바꿨다. 내가 무인도에 가져갈 필수품은 살려는 의지가 만땅인 만순이다. 만순이만 데려가면 굶어 죽을 염려는 없다. 아, 내 앞날은 너로 인해 찬란하다마는 왜 이리 찜찜하냐. 이 책을 가져가겠다는 일본 사람이 생각났다. 아마 머리가 아프고 싶었던 모양이다. 아니면 이 책보다 현실은 덜 복잡하다고 세뇌하고 싶었을지도.

세상에서
제일 좋은 냄새

만돌이와 담배 담배가 왔다. 우리 집에서 담배를 피우는 사람
은 만돌이뿐이다. 설문 조사에 응하면 마일리
지를 준다기에 내가 신청한 담배다. 만순이의 잔소리에도 만돌이는 담
뱃값이 5천 원으로 오르면 끊는다고 버티고 있다. 나는 피우거나 말거
나 상관 않는다. 나이 서른이 넘었으니 지가 알아서 할 일이다.

담배를 냉장고에 보관했다 피우란다. 이를테면 신제품 실험이다. 그걸
보고 엄마가 한마디 하셨다.

"마약 들었냐?"

"뭐?"

"왜 냉장고에 넣어?"

"마약은 냉장고에 넣나?"

"그건 모르겠지만 수상하잖아."

"신제품이래."

"그렇다고 동생한테 담배를 사주냐?"

"미쳤어? 내가 돈 주고 담배 사게. 공짜야."

"아무래도 수상해."

뭐 이런 누나가 다 있겠냐 싶겠지만 만돌이가 백수 주제에 피우는 담뱃값도 만만찮다. 사줄 사람은 없는데 끊지도 않겠다니 공짜라도 얻어 줘야지. 아버지도 칼같이 끊으셨거늘 아들인 만돌이도 그러겠지. 노는 놈이 담배까지 안 피우면 그 속이 오죽하랴 싶다.

건강 마니아

진작부터 건강 마니아였던 아버지 때문에 중학교 2학년 때부터 현미밥을 먹었다. 지금으로부터 23년 전이다. 그때는 보리 혼식을 검사하던 때였는데 나는 한 번도 걸린 적이 없었다. 심지어 담임 선생님께서는 "너는 쌀을 볶아 오냐?" 하셨다. 아무도 현미를 모를 때 우리는 현미밥을 먹었다. 우리 집은 지금도 대보름에 오곡밥을 안 먹는다. 평소에 5곡이 아니라 10곡도 넘는 잡곡밥을 먹기 때문이다. 처음엔 콩도 넣었으나 나의 결사항쟁으로 콩만은 뺐다.

그뿐이었을까? 자정수가 좋다고 밤 12시에 산으로 물을 뜨러 다니셨고, 텔레비전에 안 좋다고 나오는 건 무조건 못 먹게 했다. 나는 원래 군것질을 안 하니 과자 같은 건 줘도 안 먹는다. 그런데 현미를 끊은 이유는 현미에 농약이 더 많다는 발표 때문이다. 무공해, 무농약 현미가 아니면 백미보다 잔류 농약이 더 많을 수밖에 없는데 우리나라에서 무농약 현미는 찾기 힘들다.

나는 아프고부터 뭐가 몸에 좋다더라 하는 남의 말은 절대 안 듣게 되었다. 주변에서는 그리 유난을 떨었는데 딸이 왜 아프냐고들 했다. 먹을거리를 가려 먹는 건 좋은 일이다. 아토피가 있는 아이들은 음식만 가려먹어도 낫는다니 말이다. 물론 무조건 그렇다는 건 아니다.

가난한 사람들이 못 먹는 음식은 아무리 좋은 것이라고 한들 소용없다고 믿는다. 부자라서 먹는 음식도 다르다는 현실에 너무 열 받는다. 지금도 나는 몸에 좋다며 아버지가 뭔가를 사 오겠다고 하면 가격부터 묻는다. 비싸면 절대 안 먹는다. 이건 전적으로 내 경험담에서 나온 것이다. 특히 부모 입장에서는 아이들을 잘 먹이고 싶겠지만 아픈 사람일수록 먹을거리를 조심해야 한다. 먹어도 낫지 않는 준사이비 같은 음식을 비싸게 팔아 사기 치는 인간들이 있다. 이들이 있는 한 차라리 나는 내 병과 함께 살련다.

세상에서
제일 좋은 냄새

〈오마이뉴스〉의 기사를 봤는데 거기에 어떤 댓글이 달렸다. 어떤 것인지는 말하지 않겠다. 대신 예전에 아버지께서 하신 이야기가 생각나서 적는다.

지하철을 타셨는데 어디서 비릿하고 역한 냄새가 나더란다. 둘러보니 작업복을 입은 젊은이가 얼굴이 빨개져서 문 옆에 서 있었단다. 생선가게나 수산시장에서 일하는 사람 같았다고 한다. 아버진 코를 막고 싶었지만 그 사람이 불쾌할까 싶어 가만히 계셨단다. 이날 집에 오셔서 우리에게 이런 말씀을 하셨다.

"세상에서 가장 좋은 냄새는 화장품 냄새가 아니라 바로 그런 냄새다.

처음에는 역하고 속이 메슥거려서 코를 막고 싶었지만 그 젊은이를 보니 그 냄새야말로 세상에서 무엇보다 귀하고 우리가 사는 데 꼭 필요한 냄새라는 생각이 들더라. 매일 그런 냄새를 맡아야 하는 그 젊은이도 그 냄새를 싫어할지 모르지. 하지만 세상에 자기가 맡고 싶은 냄새만 맡고, 하고 싶은 일만 하고 사는 사람이 몇이나 되냐? 그 젊은이도 어쩌면 하기 싫은 일을 억지로 하고 있는지도 모르지만 그 냄새나는 작업복을 입고 당당하게 지하철을 탄 모습이 그렇게 좋아 보일 수가 없더구나. 세상에서 가장 좋은 냄새는 일하는 사람들에게서 자연스럽게 나는 냄새다. 나는 그 젊은이가 참 존경스럽더라."

여름에 지하철을 타면 땀 냄새에 발 냄새에 온갖 냄새가 다 난다. 하지만 그런 냄새 없이 세상은 존재할 수 없다. 화장품 냄새는 안 나더라도 사는 데 지장이 없지만 사람들이 열심히 살면서 흘리는 땀 냄새 같은 게 없다면 과연 세상이 제대로 굴러갈 수 있을까? 어떤 냄새에 인간이 열심히 살면서 흘린 땀 냄새를 비교할 수 있을까? 아니 비교하는 자체가 이상하다.

아버지께서 돌아오시면 양말을 벗겨 드리던 생각이 난다. 엄마는 꼭 우리한테 그 일을 시키셨다. 발 고린내 때문에 얼굴을 찡그리고 양말을 잡아 뽑아 던져 놓고 도망을 갔더랬다. 지금은 엄마가 왜 그 일을 우리더러 하라고 했는지 어렴풋이 이해가 된다. 그 발 냄새는 우리를 위해 열심히 일하신 아버지의 향기이자 고통이었다. 그걸 이제야 깨닫다니 참 한심하다. 인간이 꽃보다 아름답다고 하더이다. 그건 꽃향기보다 인간의 땀 냄새가 더 아름답기 때문일 것이다. 나는 그리 생각한다. 오늘따라 아버지의 발 냄새가 그립다.

집·집·집

어제 만순이가 집을 사겠다고 했다가 엄마한 테 호되게 혼났다. 그 돈이면 전세를 끼고 서 울 북쪽의 아파트 정도는 살 수 있다.

"나가 살 거냐?"

"그게 아니라 나도 집이 있어야 할 나이 같아서."

"까불지 말고 있어."

"힝. 내 친구 누구랑 아는 누구는……."

"나가 살려면 사고 아님 가만 있어라."

이놈의 기집애, 나한테 혼나고 또 이런다. 요즘 집값이 오른다니까 주 위에서 부추기는 모양이다. 요즘은 강남이나 판교처럼 비싼 곳만 아니 면 내 집 마련을 할 수 있다. 그런데 '빈익빈, 부익부'라고 미분양 아파트 가 셀 수 없이 많아도 그런 곳은 거들떠보지도 않는단다. 집값도 안 오 르고 팔 때도 잘 안 팔릴 집이기 때문이란다. 사람들 모두 집으로 한몫 잡겠다는 생각인 것이다.

집이 진정 편히 쉴 공간이고, 내 집 마련이 평생의 꿈이라면 왜 미분 양 아파트가 나오겠는가. 요즘 강남이나 판교에 사는 사람들, 소위 집값 이 오르는 곳에 사는 사람들도 맘이 안 편하단다. 이유는 자기들도 평수 를 넓혀 가야 하는데 집값이 올라서 이사하기가 만만치 않기 때문이다. 이것도 일종의 악순환이다. 우리나라에 주택 실수요자는 없다. 절대로! 집은 재산 증식의 수단일 뿐이다. 집을 집으로 생각하는 분들이라면 미 분양 아파트에 가보시라. 깎아도 준다.

빨대로 마시기 성공

빨대로 아이스커피 다 마시기 성공! 아는 분도 계시고 무슨 말인지 이해를 못하는 분도 계시겠지만 내게는 대단한 일이다. 아프고 나서 제일 처음 증상이 나타난 곳이 입이었다. 빨대를 빨 힘도 없게 되었다. 계속 연습해 봤지만 안 되는 일이었다. 그런데 오늘, 엄마가 아이스커피를 타주셨는데 책을 읽으면서 마시려고 빨대를 찾았다. 빨대를 꽂고 빨았더니, 흐흐흐, 빨린다. 뭐, 남들처럼 자연스럽진 않지만. 흐흐흐, 이러다 또다시 후퇴할지도 모르지만 이게 어딘가. 캬캬캬. 빨대로 아이스커피 다 마시기 성공!

남녀평등

진주님의 글을 읽고 생각이 났다. 예전에 알았던 친구의 언니가 공부를 아주 잘했다. 그런데 그 언니는 집안 사정으로 고등학교만 나와 취직을 했다. 남동생을 대학에 보내기 위해서였다. 하지만 그게 어디 마음대로 되나. 친구의 남동생은 공부를 못해서 대학에 못 갔다. 그때 그 친구가 "그냥 공부 잘하는 언니를 대학에 보냈으면 좋았잖아. 지금보다 더 잘살았을 텐데."라고 했다. 불쌍한 언니를 보고 느낀 바가 컸던지 그 친구는 자기가 벌어서 공부하겠다며 야간대학에 갔다.

이해가 안 됐다. 형편이 어렵다고는 해도 어떻게 부모가 자식에게 희생을 강요할까 싶었다. 내가 세상 물정을 모르는 것과 상관없이 우리 집에서는 상상도 못 할 일이다. '모두'는 있어도 '누구'는 없다. '능력 있는 자식을 대학에 보낸다'지 '남자라서 보내서 여자라서 안 보낸다'는 없다. 자라면서 한 번도 "기집애가……"라는 소리를 들어 본 적이 없다. 그래서 우리는 이모 댁에 가면 낯설고 싫었다. 가운데 이모랑 작은이모는 아들만 키워서 그런지 같은 여자를 대하는 방법을 모르는 건지 습관 때문인지 "여자가 어디 남자들 밥 먹는 데 끼냐."고 하신다. 그러고 보니 이모 혼자 부엌에서 밥을 드셨는데 아들놈들은 그걸 당연하게 여겼다. 이런! 그 뒤로 우린 이모 댁에 발길을 끊었다.

우리 집에서는 여자가 많아서 남자인 만돌이가 오히려 당하고 산다. 여자들이 남자들 눈치를 보는 경우도 없다. 아침 뉴스를 보니 요즘에도 태아 성별을 알고 싶어들 한단다. 남자아이 방은 남자답게, 여자아이 방은 여자답게 꾸미고 성별에 어울리는 아기 용품을 장만하고 싶어서라나. 아니, 갓 태어난 아기에게 남자답고 여자다운 게 왜 필요하단 건지.

세월은 흐르고 사람들이 변했다고 해도 내가 보기에는 여전하다. 왜 그렇게까지 성별을 구분하는지. 여자가 바지 입는 건 당연하고, 남자가 치마 입는 건 창피하다고 여기는 것도 거꾸로 보면 여성 비하가 아닐까? 여자는 남자를 따라 해도 되지만 남자가 여자를 따라하면 수치인가? 그럴수록 남자는 물론 여자도 살기 힘들어질 뿐이다. 만돌이는 여자 옷을 입고 자랐지만 별 탈 없이 잘 컸다. 그런데 내가 무슨 말을 하려 했지? 또 횡설수설했구나. 아무튼 남녀를 구분하려는 거, 진짜 싫다!

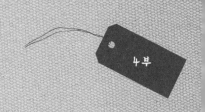

4부

그래도
잘했다고

2005년 7월~12월

진정한
친구

엄마 때문에 　　　　　　나는 토하는 게 싫어서 되도록이면 안 하려고
　　　　　　　　　　　한다. 멀미도 안 하는 인간인지라 그런지 체해
도 안 토한다. 어릴 때부터 그랬다.

　오늘은 유난히 가래가 끓었다. 계속 쿨럭쿨럭. 가래 때문에 기침을 하
니까 엄마가 뭐라고 하셨다.

　"차라리 뱉어라."

　"뱉어져야 뱉지."

　"그래도 해."

　고개를 숙였더니 나오라는 가래는 안 나오고 아침 먹은 것만 토했다.
잇, 내가 이럴까 봐 안 하려고 한 건데.

　"다 나왔지?"

　"나오긴 뭐가 나와? 아침 먹은 거만 나왔잖아."

　"그래도 섞여서 나왔어."

그래도 잘했다고　　　　　　　　　　　　　　　　　　　　　211

으, 우김의 달인. 지금도 가르릉, 쿨럭 중이다. 가래 뽑는 기계는 아직 없나 보다. 있으면 하나 사려고 했더니. 아버지가 예전에 드시던 용각산이 필요하다. 소리가 나지 않는다던 그거. 호기심에 먹었다가 입맛만 버린 그거. 아버지는 담배 끊으시고 나서 멀쩡하신데 '담배'의 '담'자도 모르는 딸내미가 가래라니. 으, 고통스럽다. 내 생각에 말로 하기 힘든 3대 고통은 치질의 고통, 설사의 고통 그리고 가래를 못 뱉는 고통이 아닐까 싶다.

요즘 아이들 어제 아침에 텔레비전을 보는데 삼순이 신드롬 얘기가 나왔다. 어떤 젊은 여자분이 "저는 《모모》가 드라마에서 만들어 낸 책인 줄 알았어요."라고 했다. 그 말에 기절할 뻔했다. 엄마가 옆에서 "모모는 철부지, 모모는 방랑자." 하면서 갑자기 노래를 부르셨다. 저녁에 만순이한테 그 얘기를 했더니 "어떤 모모?" 이러는 거다. 좋다, 노래도 있고 책도 있고 하니, 그렇다 치자. 그런데 창의력을 키워 준다고, 주입식 교육은 안 한다고 하면서 애들을 죄다 바보 만드는 거 아닌가 하는 생각이 들었다. 〈도전 골든벨〉에서 별 다섯 개짜리 문제, 특히 물리나 화학 문제가 나오면 만순이는 거품을 문다.

"저거 중학교 1학년 때 배우는 거라고."

애들이 모두 하향 평준화된 건가. 그래도 우리 때는 학생들이 책을 읽었다. 나 빼고. 내용은 잘 생각나지 않지만 《모모》를 초등학교 때 읽기는 했다. 독서를 안 하면 적어도 뭔가 다른 걸 해야 하지 않나? 그 나이에 시간 많겠다, 돈 안 벌어도 되겠다, 학교 공부도 줄었겠다, 입시 압박도 줄었겠다(말로만), 그럼 뭐라도 해야 하지 않나? 노나? 그냥 잘 노나? 그냥 놀기만 하나? 삼순이 신드롬이란 것도 참 심란하군. 인터넷 세대라면서 인터넷에서 찾아보기라도 했다면 그런 말은 안 했겠지. 창피한 것도 모르지. '모르면 좀 어때. 그거 모른다고 세상이 무너지는 것도 아닌데.' 라면서. 그런데 모르는 게 너무 많지 않나 싶다. 내가 대신 살 인생도 아니거늘 걱정스럽다.

내가 하고 싶은 말은 내가 알라딘을 나간 11시 이후에 좋은 글이 많이 올라온다는 게 속상하다는 거다. 읽기도 힘든데 언제 다 찾아 읽냐고. 건너뛰다 보니 좋은 글을 놓친 것 같은 느낌이 든다. 그냥 그렇다고. 그냥.

P.S. 위의 노래에 나오는 '모모'는 에밀 아자르의 《자기 앞의 생》에 나오는 모모다. (파비아나님의 말씀)

아흑, 가려워   하루 종일 더운데다 가려워 죽겠다. 모기한테 화풀이를 했다. 이것들아, 좀 작작 물어라. 그런데 방금 엄마가 "아무래도 모기한테 물린 게 아닌 것 같다."고 하신다. 지금도 가려워서 맨소래담 로션을 발랐다가 가려운 데 바르는 약 발랐다가 다시 피부에 바르는 약까지 발랐다. 엄마는 "내가 저번에 이런 게 났었잖니. 처음에는 모기인 줄 알았는데 원래 내가 모기에 안 물리는 체질이잖니."라고 하셨다.

나도 모기에 잘 안 물리는 체질이다. 고등학교 1학년 때 심한 알레르기성 피부염을 앓은 적이 있다. 그 후로 2년 동안 목욕탕에 갈 때마다 "이거 안 옮아요."라고 말하고 다닌 걸 생각하니 으, 너무 가렵고 두렵다.

그때 얼마나 고생했는데 설마 또 아니겠지. 그럼 곤란하다고. 지금은 긁지도 못하는데. 크헉. 코엘료도 끝내야 하는데. 빨리 나아라. 빨리 나아라. 아흑, 가려워.

많아서 좋다

더웠다, 추웠다, 가려웠다, 물렸다 하는 통에 잠을 제대로 못 잤다. 요즘 아침으로 먹고 있는, 엄마가 충무 할매 김밥이라고 우기는 맨김에 싼 밥을 간장에 찍어 먹었다. 입안에 약을 털어 넣고 컴퓨터 앞에 앉았다. 출간을 사전 예고했던 책 두 권이 나왔다. 사실은 권수로 따지면 네 권, 그리고 어제 발견한 그랑제의 책까지. 읽어야 할 책은 자꾸 밀리는데도 사야 하는 이내 심정. 그래도 좋았다.

엄마가 주신 한약을 빨대로 빨아 마시고(요즘은 뭐든지 이렇게 마신다.) 이제 컴퓨터도 어느 정도 했으니 조금 남은 코엘료를 다시 읽어야겠다. 코엘료 다음은 《부활하는 남자들》. 이게 보고 싶다고!

님들의 자취

방명록을 다시 한 번 살펴봤다. 많은 분들의 서재가 썰렁해서 가슴이 아렸다. 다른 곳으로 옮긴 분들도 있고, 생활에 변화가 생긴 분들도 있겠지. 어언 2년. 나는 변하지 않았는데 님들은 많이 변한 거 같다. 그게 슬펐다. 가고 오는 인연을 막을 수는 없지만 든 자리는 몰라도 빈자리는 티가 나는 법이다. 새로 오신 님들에 대한 반가운 마음과 함께 이제 아니 보이시는 님들을

별 다섯 인생

향한 그리움도 쌓인다. 잘 계시길. 어느 곳에서든 늘 건강하시기를. 날이 더워지면서부터 뵈지 않는 님들을 떠올리기 위해 잠시 눈을 감아 본다. 감은 눈 속에서나마 님들의 자취를 그릴 수 있기를.

진정한 친구

친구가 결혼을 하고 아이를 낳은 얼마 후 집으로 찾아온 적이 있다. 내가 병원에 입원했을 때도 문병을 왔던 친구였다. 친구는 내가 아파서 결혼식에 못 간 것도 알고 있었다. 아주 친한 사이는 아니었다. 그랬다면 그런 말도 안 했겠지만. 아무튼 이런저런 얘기를 하다가 그 친구가 찾아온 이유를 알게 되었다. 돈을 빌려 달라고 했다.

"얘, 내가 그럴 돈이 어딨어."

"아니, 어머님께 좀."

허걱. 예전 집에 살 때는 몰랐는데 새로 이사 온 아파트를 보고 울 엄마가 돈이 많다고 생각한 모양이다.

"내 약값이랑 병원비가 한 달에 얼마나 들어가는지 아니?"

"알지. 하지만 내 사정이."

"그래, 네 사정이 오죽하면 여기까지 왔겠냐마는 어떻게 엄마한테 그런 얘기를 할 수 있겠니? 너도 생각해 봐라. 네가 내 입장이라면 '엄마, 내 친구 돈 좀 꿔 줘.' 하는 말이 나오겠니?"

친구는 뻘쭘해져서 돌아갔다. 그 뒤로 서먹서먹, 어색어색. 그렇게 그 친구와의 인연은 끊어졌다. 그 일로 아주 확실히 끊어졌다. 지금도 그때를 떠올리면 그 애가 내 친구가 맞긴 맞나 싶다. 그 친구도 나를 그리 생각하겠지. 자기랑 친한 친구가 보증을 안 서준다고 인연을 끊은 친구도 있었지만, 나 역시 아무리 친한 사이라도 보증은 서주는 게 아니라고 생각했다.

나이 들고 사회생활을 하다 보면 친구를 잃기도 하는 게 살아가는 이치인가? 아니면 보증도 서주고 돈도 꿔 주는 친구가 진짜 친구인가? 나는 내 친구들에게 어떤 친구인가, 생각해 본다. 날 친구로 생각했던 애들도 나에 대한 원망이 많을 거 같다. 하지만 아무리 입장 바꿔 생각해도 아픈 친구를 찾아와 그 어머니한테 돈을 꿔달라고 할 수는 없을 것 같다. 나는 그게 서운했다.

나는 좋은 친구는 아닌 모양이다. 내 아픔만 보이고 친구의 딱한 사정은 안 보이니. 하지만 이 다음에 똑같은 상황에 처해도 그렇게 할 수밖에 없다. 겉으로는 웃고 있어도 엄마의 가슴속에 피눈물이 고였을 거란 걸 뻔히 알면서 거기에 근심거리를 하나 더 얹을 수는 없으니까. 왜 안보이겠는가. 내 엄마인데. 웃고 있지만 그 웃음이 한숨인 것을. 그러니 그 친구에게 미안하다는 말도 못하겠다. 그때 미안하다고 말하고 보냈지만 사실 화가 났더랬다. 너도 친구를 잃었구나. 산다는 건 그렇게 무언가를 잃는 것의 연속인가 보다. 가슴 아픈 일투성이인가 보다. 그래도 잊지 않고 마음에 담아 온 걸 보니 아직도 비워 낼 것투성이인가 보다. 어렵다, 참. 산다는 게.

나의 이십 대

그해였다. 그해 내게 병이 있다는 걸 알았다. 졸업하고 취업한다고 뛰어다니다가 어느 날

별 다섯 인생

몸이 이상해서 가본 병원에서 심상치 않은 소리를 들었지. 더 큰 병원에 가서 난생처음 입원이란 걸 하고 친구들한테 연락해 문병 오라며 천지분간도 못하고 까불다가, 이제껏 듣도 보도 못한 의사 선생님의 얘기에 허허실실 웃던 때. 그해 내 나이 스물다섯이었다.

지금 생각하니 나의 이십 대는 참으로 할 얘기가 없다. 생각해 보니 마땅히 한 일이 없었다. 이 병원에서 저 병원, 이 한의원에서 저 한의원, 이 민간요법에서 저 민간요법을 해보는 것 말고는. 치료에 대한 미련을 못 버린 건 젊었기 때문이라고 해야 하나? 아니다. 그때의 나는 뭔가를 침전시킬 줄 모르던 이십 대였다. 누군가가 90년대는 암흑기였다고 하던데 내게도 해당되는 말인가? 아니다. 그때의 나는 나름대로 좋았다. 지나고 나니 돌아가기 싫은 시간들이지만 그래도 나쁘지는 않았다. 오늘의 나를 만들어 준 시간들. 그런 시간들이 있었다는 걸 깨닫는다. 그러니 나의 스물다섯은 자랑스러운 때였다. 아무것도 하지 않았지만 모든 걸 의연하게 받아들였으니까.

모든 사람에게 한 해, 한 달, 하루, 한 시간은 소중하겠지. 그러니 그 시간들이 아름다워 보이겠지. 지금 생각나는 건 병원에서 나온 날이 내 생일이었다는 것. 그해 생일도 언제나처럼 엉망진창, 변함없이 좌충우돌하며 지금과 다르지 않게 보냈다.

내가 남긴 날들보다 나를 기다리는 날들이여, 내가 너희를 더 기쁘게 맞이하마. 이제야 그걸 알다니. 나이 든다는 건 좋은 거란 걸 다시 한 번 깨닫는다.

오라, 나를 기다리는 날들이여!

깜짝깜짝 놀라고 가슴이 울렁거리고
조금 겁이 나고 약간 주눅이 든다.
그래서 요즘 나는 아프다.
나도 지친다,

쟈꾸만.

슬픔이 나를 삼킬 것 같다.

2005.08.02

만순이가 왔다

어젯밤 11시 30분. 만순이는 공항 리무진 버스를 타고 왔다고 자랑이다. 만돌이가 집 앞까지 마중을 나갔더랬다. 허걱, 떠나기 전 3백 달러를 환전해 놓고 너무 많이 바꿨다더니만. 여행 가서 사 온 걸 꺼내는데 나 준다고 양털 방석을 사 왔단다. 너무 비싼 건 못 샀다면서 미안하다는데 역시 내가 동생 하난 잘 둔겨. 6만 원이나 줬다나. 여름에는 시원하고 겨울에는 따뜻하고 특히 피부에 좋단다. 엄마를 위한 에센스에 태반 크림까지 사왔다. 만돌이랑 아버지 드시라고 꿀도 사 왔다.

그리고 호주산 와인 두 병. 기념으로 화이트 와인 한 병을 따서 바로 마시려는데, 아니 도대체 코르크 마개는 왜 밀어 넣느냐고. 저번에도 중간에 잘리는 바람에 밀어 넣었는데 이번에는 마개가 안 빠져서 칼로 파내다가 그만 코르크 가루가 와인에 잔뜩 들어가고 말았다. 거기다 마개가 터지는 바람에 엄마랑 만돌이가 와인으로 목욕을 했다. 야밤에 그 와인을 기어이 마시겠다며 양재기를 받친 체에 걸렀다. 아, 우리는 정말 뭘 해도 코미디가 된다. 누가 와인을 체에 걸러 마시냐고. 그래도 몇 년 만에 술을 마셔 봤다. 와인 두 모금에 알딸딸. 기분은 좋았다. 흐흐흐.

만순이의 패션쇼

만순이한테 지름신이 강림하시어 며칠째 옷만 사들이고 있다. 공돈 들어올 때가 생겼다나 뭐라나. 아무튼 온라인과 오프라인을 넘나들며 쇼핑을 하고 있다. 침대 위는 물론이고 내 책들까지 전부 만순이의 옷으로 뒤덮었다. 크헉. 만순이는 새 옷을 사면 꼭 패션쇼를 한다.

"언니, 이거 어때? 예쁘지?"

"응, 예뻐."

"엄마, 어때? 예쁘지?"

"응, 근데 소매가 길다."

혁. 울 엄마 또 무덤을 파셨다.

"그건 엄마 손으로 무덤 파는 거야. 엄마 닮아 그런 건데 어쩌라고?"

"하긴 나한테도 옷이 좀 길긴 하지."

"엄마한테는 길기도 하지만 좁기도 하잖아."

만순이의 팔은 짧기만 하지만 엄마 팔은 짧고 굵다. 그나마 내 팔이 제일 길지만 저 옷을 입을 일이 있나. 우리가 옷을 같이 입을 때는 그게 고민이었다. 소매를 누구에게 맞추느냐. 그래서 나는 약간 짧게, 만순이는 약간 길게 입었더랬다. 하긴 모녀의 키가 모두 153인데 누구를 탓하느냐고. 탓하려면 엄마를 탓해야지. 엄마는 꼭 이렇게 말씀하신다.

"니들은 누굴 닮아 그리 작냐?"

아직도 엄마가 제일 크다고 우기는 시점에서 이제부터는 아무 말 안 하기로 했다. 하지만 그렇다고 내 팔을 원숭이 팔이라고 할 것까진 없잖아. 짧은 팔들 사이에서 졸지에 원숭이 팔이 돼 버렸다. 이게 뭐냐고.

이모들   울 엄마는 칠 남매의 막내. 외삼촌 세 분 중 두
            분은 돌아가시고 한 분은 6·25 전쟁 때 북으
로 끌려가서서 네 자매만 남았다. 세 자매는 서울에서 살고 둘째 이모만 강화도에 산다. 날이 더우면 못 움직이는 셋째 이모가 날이 선선해지자

별 다섯 인생

우리 집에 오셨다. 오랜만에 세 분이 모였다. 아, 여인들이여! 시끄럽고 커뮤니케이션이 전혀 안 된다. 엄마와 이모들은 자기 이야기만 하신다. 나는 그냥 앉아만 있었다. 나에 대한 애정이 각별한 셋째 이모는 강력한 입담과 무력의 소유자인 울 엄마도 못 당하는 절대 강자!

지금도 거실에서 셋째 이모의 말씀이 이어지고 있다. 엄마가 끼어들면 셋째 이모가 "조그만 게 어디서. 확." 하신다. 그럼 끝이다. 동생을 잘못 시집보냈다고 가운데 외삼촌한테 죽을 뻔한 이모다. 엄마는 이모가 시집을 늦게 가는 바람에 처녀가 조카(나)를 보느라 혼났다며 늘 셋째 이모한테는 잘해야 한다고 말씀하신다. 나도 셋째 이모만 오면 묻는다.

"며느리들은 잘해요?"

잘못하면 어쩔 거라고. 사촌 시누이 주제에. 다행히 며느리들이 잘한다. 만순이가 방학하면 한 번 가야지 하고 또 못 가봤다. 이모부 돌아가시기 전, 이모가 이사한 우리 집에 그렇게 놀러 오고 싶어 하셨는데 벌써 12년 전 일이다. 오랜만에 뵈니 더 늙으셨다. 아버지랑 동갑이시니 예순여덟, 내일모레면 일흔이시다. 언제 이렇게 세월이 빨리 갔을까.

거실은 정신없다. 그 옛날 강냉이를 삶아 먹던 얘기를 하시는데 누구, 누구의 목소리가 더 큰가 경쟁하는 것 같다. 역시 자매가 최고다. 셋째 이모가 오자마자 아버지의 만행부터 일러바치는 엄마. 아, 막내는 절대로 안 변한다. 그때마다 셋째 이모가 하시는 말씀.

"그러게 집에서 말릴 때 시집가지 말지. 왜 가서 속 썩이고 난리야."

이 말 한마디면 끝. 아, 엄마는 지금 '여우 없는 곳에서는 토끼가 왕이다'를 증명하는 중이다. 앗싸! 셋째 이모가 가시기 전에 엄마의 만행을 일러야지.

거울 속에 사는가?

　　　가끔 이런 물음을 던진다.

　대답은 없다. 나도 모르니까.

외면하고 사는 일이 힘들다. 그래도 모른 척한다.

거울 속에서 바깥세상을 구경하듯 그렇게 산다.

오늘같이 책 한 권을 읽고 헤어나지 못할 때 나는 쓰리다.

그래도 내 거울은 깨지지 않는다. 나는 절대 나가지 않을 테다.

내가 외면한 것들은 나를 불쌍히 여기리라.

아무도 나를 위해 울어 주지 않으리라.

아, 나는 아직도 거짓과 위선으로

가득 차 있다.

날씨가 무지 덥다.

2005.08.06

정이 없다거나 못 믿겠다거나 익명으로 말을 한다고들 하지만 온라인도 사람 사는 곳이다. 사람 사는 곳에는 좋은 사람도 많다. 정도 많다. 어떤 사이트에 《영원의 아이》하권을 구합니다." 하고 올렸더니 어느 분이 택배비만 받고 세 권을 몽땅 주셨다. 재미있게 읽고 책을 소중히만 간직해 달라는 당부와 함께.

아, 이게 바로 정이 아니면 뭐란 말인가. 나는 오늘 또 배웠다. 세상에는 정말 좋은 분이 많다는 걸. 그분이 나를 어찌 아시고 턱하니 책을 주셨을까? 아마도 책을 무척 사랑하는 분이리라. 책을 사랑하는 그분, 늘 행복하고 건강하시길. 나도 그분처럼 정 많은 사람이면 좋을 텐데 그게 안 된다. 반성, 반성. 뉘신지 모르는 님, 정말 감사합니다. 소중히 간직하고 잘 읽겠습니다! 복 많이 받으세요.

기억은
사라지고

그리운 추억

알라딘에 추억의 문고 이야기가 나와 딱따구리 문고를 찾아봤다. 부모님이 처음 사주신 열 권짜리 톨스토이 어린이 전집은 생각하기도 싫으니까. 그런데 만순이 말로는 우리 집 딱따구리 문고는 이런 책이 아니었단다. 빨간색이었다는데 통 생각이 안 난다. 초등학교 5학년 때 선물로 받았는데 우리 방을 처음 갖게 된 기념으로 아버지께서 사주셨다. 책꽂이까지 있어서 무지 폼이 났었는데 나는 몇 권 읽다 말았다.《15소년 표류기》와 전래동화,《왕도둑 호첸플로츠》하고 몇 권 더. 아무튼 백 권 중 내가 읽은 책은 스무 권 남짓이지 싶다. 만순이랑 만돌이는 다 봤다는데. 그걸 만돌이 고등학교 3학년 때까지 가지고 있다가 이사 오면서 사촌 오빠의 아들에게 물려줬다. 만돌이랑 만순이는 아까워하면서 울부짖었지만, 나는 에이브 시리즈마저 치우고 싶은 심정이었는데.

친구에게 빌려 읽던 세계전래동화집이 가끔 생각난다. 그 많은 전집

별 다섯 인생

은 사주면서 왜 추리소설 전집은 하나도 안 사주셨는지 가끔 아버지를 원망하기도 한다.

낯설다. 그립다. 아쉽다. 보고 싶다. 오늘은 일요일인 데다 비가 와서 그런가 보다. 만돌이가 보던 《고질라》,《미니라》 같은 책들이 기억에 더 남아 있다. 화장실까지 들고 다니면서 보던 책이다. 만돌이도 그리울까? 아마 그립겠지? 나이가 드니 전에 있던 만돌이와의 경계가 좁아지면서 더 친구같이 느껴진다. 내가 대학생 때 초등학생이던 놈인데 이제는 같이 늙어 간다는 말이 실감 난다.

점심은 또 닭이다. 밥이 없어서 닭만 먹게 생겼다. 어머니, 밥은 해놓고 가셔야죠. 만순이가 뭘 할 줄 안다고. 어쩌면 오늘은 블로그에 안 들어갈지도 모른다. 기냥.

기억은 사라지고   예전 동네에 아직 살고 있는 엄마 친구분이 말린 고추를 사놓으셨다고 해서 엄마가 만순이랑 오후에 가지러 갔다. 그런데 무려 한 시간을 헤맸단다. 몰라보게 달라진 우리 동네. 우리 집이 있던 곳에 빌라들이 들어서고, 길 건너 맞은편에는 아파트가 들어섰단다. 친하게 지냈던 과일 가게 아줌마도 좀 보고 오마 하셨는데 과일 가게는 사라지고 그 자리에 꽃집이 생겼다나. 예전의 삼거리는 오거리가 되고, 개천 위로는 고가도로가 생기고. 그나마 엄마 친구분의 집은 그대로 였다는데 얼마 안 있으면 거기도 개발된다고 한다.

기억은 사라지고 추억만 남았다. 마음이 짠해져서 돌아온 엄마와 만순이가 씁쓸해했다. 언젠가 그 동네에 한 번 갔다가 훑어만 보고 돌아온 만순이도 이제는 낯설다고 안 가더니만.

고향은 그렇게 마음속 깊이 침전된다. 우리 마음에만 남고 사라진다. 누구나 어른이 되어 어릴 적 다니던 학교에 가면 그토록 커다랗게만 보였던 운동장이 왜 그리 작아 보이는지 모르겠다고 한다더니. 엄마는 "우리 동네가 그렇게 작았니?"만 되뇌신다. 어릴 적 우리에게는 번화가였던 삼거리가 이제 와 코딱지만 하게 보였다니. 삼거리 옷 가게에서 새 옷 한 벌 사 입으면 그렇게 좋았더랬는데.

잃는 게 있으면 얻는 것도 있겠지 위로하며 옛날 모습을 떠올린다. 우리 집, 우리 동네. 어쩌면 기억도 못할 날이 올지 모르지만 그때까지는 허름한 옛날 우리 집과 개천가에 있던 우리 동네가 내 마음속에 남아 있으면 좋겠다. 가끔 꺼내 볼 수 있도록. 이사 오면서 옛날 집 사진을 제대로 찍어 놓지 못한 게 제일 안타까웠다. 철문이 나무문으로 바뀔 때도 못 찍고 장독대도, 펌프가 있던 수돗가도, 아궁이도, 쪽마루도 못 찍었다. 아쉬움, 안타까움, 서글픔, 그리움. 나의 살던 고향은 꽃피던 산골도 아니었는데 같은 서울 하늘 아래서도 우리 동네가 그립다. 다시는 볼 수 없기에.

보물섬과 소년중앙　　　　예전에 유일하게 보던 잡지는 〈소년중앙〉이
　　　　　　　　　　　　었다. 내가 초등학교에 들어가면서부터 봤는데 만순이까지 이어 보다가 만돌이가 〈보물섬〉으로 바꿔 볼 때까지 한 10년쯤 봤다. 엄마가 다른 건 안 사주셔서 중학생 때 하이틴 잡지를 볼

시기에도 만돌이를 팔아서 〈보물섬〉을 볼 수밖에 없었다. 재미는 있었다. 가끔 이상한 선물도 주고. 지금 생각난다. 물감 없이 색칠이 가능하다는 색색 종이들. 소풍 때 괜히 가져가서 망신당한 기억이 난다. 만순이 이름을 팔아서 엽서 응모하고 연필 세 다스 받은 기억. 나는 그때부터 응모는 무조건 만순이 이름으로 한다.

그러던 어느 날, 내가 고등학교 2학년 때. 학교 수업이 끝났는데 기분이 좀 이상했다. 집에 전화를 해봤더니만 만돌이가 교통사고를 당했다고 했다. 그 말에 야간자율학습을 제치고 집으로 달려 갔다가 병원으로 뛰었다. 헉! 들어서자마자 만돌이 놈 하는 말이 "누나, 〈보물섬〉 사 왔어?"였다. 만돌이가 초등학교 4학년 때였다. 이런. 이놈이 건널목에서 〈보물섬〉을 찾아 헤매다가 차에 살짝 부딪쳤는데 소심한 놈이 제 풀에 놀라 기절하고. 병원에서 엄마를 몰라봐서 또 놀라게 하고. 그래서 〈보물섬〉 하면 별로 안 좋은 기억만 떠오른다. 그래서 그 다음부터는 아예 보지도 않았다.

그 뒤에도 여러 잡지가 나온 모양이지만 〈소년중앙〉처럼 10여 년 넘게 꾸준히 사랑받은 어린이 잡지는 없었지 싶다. '꺼벙이'가 보고 싶다. 그 땜통이. 단행본으로도 나왔었네. 몰랐다. 꺼벙이하면 땜통, 땜통하면 꺼벙이. 어제 고무신님의 사진 동화를 보고 난 꺼벙이 생각을 했다. 머리에 땜통 있는 아이들은 지금 없겠지? 있다면 왕따의 표적이리라.

그때는 왕따란 게 없었다. 전설의 깍두기는 있었다. 짝지어 하는 놀이에서 홀수가 되면 언제나 더 잘하거나 못하는 아이가 맡는 깍두기. 어린 시절 나는 늘 고무줄놀이 못해서 깍두기를 맡았지만 아이들은 내 다리가 얇다는 이유로 나를 선호했다. 어쩌면 그때의 내가 오늘날의 왕따

가끔 못나 보일 때.

　　심하게 우울할 때.

　가끔 우울할 때, 이 말을 하려고 한다.

　　　그래도 잘했다고.

　아침에도, 점심에도, 저녁에도,

　　　　그리고 잠잘 때도.

그래야 내일 또 무언가를 할 수 있을 테니까. 잘했어.

'참'인지는 모르겠지만 그냥 잘했어.

오늘도 잘하자고. 그러다 못하면.

내일은 잘 할 거야라고 스스로를 치켜세운다.

내가 스스로에게 해줄 것이 이것뿐이므로.

2005.09.09

였을지 모른다. 그래도 그때 친구들, 동네 언니, 오빠들은 나를 따돌리는 대신 끌어안아 주었다. "못나면 못난 대로 잘나면 잘난 대로." 아, 이렇게 꼭 뒤에 뽕짝 기가 담긴다. 한국인의 정서에 뽕짝 기가 있다더니만. 갑자기 신신애의 노래가 생각날 건 뭐람. 아무튼 땜통과 깍두기의 부활을 꿈꿔 본다. 깍두기님도 생각나는군.

엄마와 아버지

에잇, 방에서 찍었는데 시커멓게 나온다. 환하게 조정해도 이 정도밖에 안 된다. 이 사진을 얼마나 노렸는데. 원피스 입은 엄마 사진을.

울 엄마는 원피스를 무지 좋아하신다. 지금 엄마가 입고 있는 원피스는 만순이가 작다고 버린다는 걸 뺏은 거다. 몸에 맞으니 어쩌겠나. 사실 엄마가 원피스를 입으면 꽤 예쁘다. 뭐, 내가 울 엄마 자랑하는 거야 한두 번이 아니지만.

엄마는 요즘 무릎이랑 허리가 안 좋다. 엄마는 나이가 들어 그렇다고 하시지만 매일 나를 일으켜서 그런 거다. 저번에 작은이모가 와서 보고는 안타까워하셨다.

"에고, 혼자서 걸어만 다녀도 좋겠다."

"걷는 건 둘째 치고 혼자 일어나기만 해도 좋겠다."

큰이모도 이러셨다.

나는 점점 더 심해질 테고 엄마는 더 고생스러워질 텐데. 참새가 곧 죽어도 쩍 한다고 이놈의 딸내미 하는 소리하고는.

"엄마가 덩치도 좀 있고 하면 좋잖아."

내가 생각해도 철딱서니가 없다. 이젠 나보다 작아져서 엄마랑 같이 서면 엄마 머리꼭지가 보인다. 속상하지만 할 수 없지, 뭐.

오늘은 아버지가 연금을 타신 날이다. 또 3만 원을 주셨다.

"잊어버리지도 않으세요?"

"잊을 게 따로 있지. 맘 편히 먹고. 알지?"

그러고 나가신다.

나는 용돈을 받을 때마다 웃는다. 그럼 웃어야지 어쩌랴. 자식은 모두 웬수라지만 나 같은 웬수도 없을 텐데 이 딸내미가 어찌 될까, 두 노인네가 안절부절못하신다. 에잇, 그냥 엄마 자랑만 하려고 했는데 또 신세타령이 되었다. 이제 그만!

만두는 짐짝인가   당분간 거실에 있어야 할 것 같다. 밥 먹고 나면 다시 방에 들어오기 힘들어서. 엄마와 동생들 때문이다. 동생들이 식탁에서 나를 못 일으켜서 넘겨졌다. 만순이가 "야, 큰누나 들어서 옮겨." 하며 나를 짐짝 취급했다. "으, 벌초하고 허리도 안 좋은데." 하면서 만돌이가 나를 거실에 팽개쳤다.

"언니, 포즈가 너무 섹시했어. 흐흐흐."

"웃기시네. 돌쇠가 마님을 보쌈하는 폼이었지."

아이고, 다른 남자한테 이래 안겨 봤으면 소원이 없겠다. 만돌이라니. 누나를 포대 자루 옮기듯 하는 놈. 그러니 어쩌랴. 얌전히 거실에 앉아 있는 수밖에.

만순이한테 시집 한 권만 갖다 달랬더니 가져온 게 《평범에 바치다》.

별 다섯 인생

내가 보려던 만화책은 지가 홀라당 들고 가 버렸다.

메밀꽃

밤중을 지난 무렵인지 죽은 듯이 고요한 속에서

짐승 같은 달의 숨소리가 손에 잡힐 듯이 들리며,

콩 포기와 옥수수 잎새가 한층 달에 푸르게 젖었다.

산허리는 온통 메밀밭이어서 피기 시작한 꽃이 소금을

뿌린 듯이 흐뭇한 달빛에 숨이 막힐 지경이다.

이효석, 〈메밀꽃 필 무렵〉

아침 뉴스에 봉평 메밀꽃이 나왔다. 흐드러지게 핀 메밀꽃이 진짜 소금을 뿌린 듯이 보였다. 가끔 저런 곳에 가보고 싶어진다. 지금 봉평 말고 이효석의 작품 속 그곳으로 말이다. 태풍이 지나가면 꽃이 다 져서 내년을 기약해야 한다던데. 내년이 있어 얼마나 좋은가. 기약하고 기다리고, 오늘도 설레는 하루를 이렇게 시작한다.

그 언니

내게도 언니가 있었다. 친언니는 아니지만. 엄마가 나를 낳고 산후 조리를 잘못해서 돌아가실 뻔하다 살아나자 외할머니가 동네에서 아이가 많은 집의 언니를 서울로 올려 보내셨다고 한다. 그때 언니는 열네 살이었단다. 형편이 우리

보다 더 어려웠던 모양이다. 단지 먹여 주고 시집보내 준다는 조건에 가난한 우리 집에 애 보러 온 그 언니네는 얼마나 가난했을까, 가끔 생각한다.

수요일 아침에 방송되는 〈아침 마당〉의 '그 사람이 보고 싶다'라는 코너를 엄마가 좋아해서 나도 밥 먹으면서 종종 보게 된다. 거기에 그 언니 나이쯤 되어 보이는 아줌마가 나오면 생각이 난다. 한 달 정도 나를 봐주던 언니는 아버지가 돌아가시는 바람에 도로 불려 내려갔다. 공장에 다녀야 한다고 가기 싫다며 울었던 언니. 지금 나이는 오십쯤 되었을 거다. 결혼도 하고 아이도 있겠지. 잘 사는지 모르겠다. 열네 살이라는 나이에 학교는 가보지도 못하고 남의 애를 봐주는 일을 하러 오다니. 잘살지도 못한 집으로.

그 생각을 하면 그때는 도대체 어느 정도로 가난했던 걸까 싶다. 누구나 가난한 시절이었다고 해도 사실 나는 가난을 모르고 컸다. 부모님이 가난하셨지, 우리는 굶어 본 적도, 학교를 못 다닌 적도 없으니까.

이제는 살만해졌는지 미국에 대재앙이 났다는 소식에 우리 정부가 3천만 달러를 지원하겠다고 했단다. 중국 백만 달러, 일본 5십만 달러 지원이라고 쓰여 있어서 순간적으로 3천만 달러가 더 적은 액수인 줄 알았다. 그러고도 미국한테 "너나 잘하세요."라는 금자 씨의 말을 들었다니.

세월이 그렇게 많이 흘렀는데도 이 땅에는 아직 가난한 사람들이 많다. 라면값이 오르기라도 하면 라면도 못 먹게 될까 봐 걱정하는 사람들, 자기 한 몸 겨우 뉘고 사는 쪽방 사람들. 어떤 사람은, 자라나는 아이들이 꿈이 없다고 한 말이 안타까웠다고 했다. 나는 반대다. 꿈이란 게

별 다섯 인생

무엇일까. 의사, 박사, 대통령이 되는 거? 그런 꿈을 꿀 바에야 차라리 꿈 없이 살라고 하고 싶다. 가난한 사람들을 위해 살겠다고 하면 그건 꿈이 아니라고 하겠지. 농부가 되겠다고 하면 더 큰 꿈을 가지라고 하겠지.

언론에서도 자꾸 GNP 만 4천 달러 시대의 국민이라고 하는데 그때보다 나아진 게 뭔가. 학교도 못 다니고 공장에 다니면서 집안을 돌보고 동생들 가르쳐 놓고 겨우 결혼해서 살만한가 했더니 IMF 예전으로 돌아갔다던데, 그 언니도 그런 건 아닐까? 우리나라는 아직 멀었다. 정말 "너나 잘하세요."라고 말하고 싶지만 내게도 해당되는 말 같아 차마 못하겠다. 나라고 뭐 잘하는 게 있나. 그래도 그 언니가 부디 잘살기를 바란다. 안 그럼 언니의 일생이 너무 허무하다. 가끔 그 사람이, 얼굴도 기억나지 않는 그 언니가 보고 싶다. 이 땅을 일으켜 세운 모든 언니들이.

현상유지　　　　　　　　　　육 개월씩이나 미국에 가 있던 주치의 선생님
　　　　　　　　　　　　　이 돌아오셔서 엄마가 약 타러 가셨더랬다. 방광도 안 좋아졌다고 했더니 그건 이 병과 상관없다며 아마 방광염일 거라고 했단다. 동네 병원에서 간단히 검사하고 항생제 먹으면 낳는다고. 다음 날 수요일 아침, 일회용 컵에 소변을 받아서 동네 병원에 검사를 의뢰했다. 그리고 오늘, 검사 결과가 나왔다. 방광염이다. 이런, 약 먹으면 금방 낫는 병인데 주치의가 미국에 가 있는 통에 그러려니 참고 있었다니. 그래도 다행이다. 아픈 사람은 더 아프면 또 고장 났군 하는데 그게 아니라니 현상유지한 셈이다. 그나저나 이 약은 언제 먹나? 섞어 먹

나? 그래도 에헤라디여, 화장실 안녕!

　　　　내가 정말 만돌이 놈 취직 때문에 참는다.

　　　"누나, 지금 내 이력서 보냈거든. 그런데 누나 직업을 뭐라고 썼게?"

　　"뭐?"

　　"북리뷰어. 근사하지. 음하하하!"

　　"너 미쳤냐? 이력서에 장난을 쳐? 이걸 확."

　　"뭐 없는 말 했나? 그 정도 썼음 북리뷰어라고 할 만하지."

　　크억. 이게 칭찬이야, 이력서에 한 줄 더 쓰려고 꼼수 부린 거야? 뭐, 만돌이가 원래 나를 좀 과대 포장하는 감이 없지 않아 있었지만 북리뷰어가 뭐냐고. 창피해서 어디 진짜 알바라도 뛰든지 해야지. 내가 못산다. 정말, 동생이라고는 달랑 둘인데 이것들이 번갈아 속을 썩이냐고. 이번에 취직만 안 돼 봐라. 아주 죽여 놔야지. 힝, 나 지금 뒤틀고 있다. 좌우로.

엉뚱한
동생들

놈, 놈, 놈

부동산값 잡는다고 세금만 올려놓고 고급 아
파트 매매하는 부자들은 양도소득세 안 물게
만든 자들이 나를 슬프게 한다. 청렴결백하다고 앞에서 큰소리 땅땅 치
더니 뒤에서 땅투기로 배를 불리는 자들이 나를 슬프게 한다. 너 나 할
것없이 경제가 어렵다고 하는데 자꾸만 좋다고 하는 자들이 나를 슬프
게 한다. 서민들이 먹고살기 힘들어 휘발유를 훔치고, 자살까지 하고 마
는 시국에 어떤 조치도 내리지 않는 자들이 나를 슬프게 한다. 국민 건
강 들먹이며 소주값이나 인상하겠다는 자들이 나를 슬프게 한다. 장기
매매까지 해야 하는 상황에 처한 사람들이 있는데 '아버지가 인생을 즐
기라고 말했다'는 자들이 나를 슬프게 한다. 울화가 치밀어 더 못 쓰겠
다. 여기서 '자' 자는 '者'의 그 '놈'이다.

내가 할 수 있는 일은 가만히 앉아서 엄마를 부르지 않는 일뿐. 도와드릴 수 없다는 사실을 잊어버리자고 생각하지만 부엌에서 무슨 소리가 날 때마다 가슴에 돌이 하나씩 떨어진다. 설거지도 더는 못하리라 생각하고 마지막까지 설거지를 했던 내가 기특했다. 이제는 나 대신 만돌이가 고무장갑을 끼고 설거지를 한다. 형제는 이래서 좋다. 오늘도 엄마는 혼자서 일을 하겠지만 마음만은 힘들지 않으시길. 그리 빌어 본다. 다른 때는 안 그러는데 명절만 다가오면 이리 우울해진다. 에고, 신세타령 그만하고 책이나 읽자. 아자아자.

〈바람과 함께 사라지다〉의 감독이 어떤 사람이란 걸 알아서인지 어릴 때 이 영화를 보고 갖게 된 환상이 깨졌다. 남부인이 그랬듯이 기득권이 무너진다는 건 누구에게나 싫은 일이고 아픔일 것이다. 세상에 당연한 건 그 어떤 것도 없다. 더욱이 누군가를 착취해서 얻은 것이라면 언젠가는 사라진다. 지금 〈바람과 함께 사라지다〉를 보고 난 후에 내가 받은 느낌이다.

당시 할리우드에서는 〈바람과 함께 사라지다〉에 등장한 하녀처럼 약간 모자란 배역 맡기를 거부했다가 공산주의자로 몰려 희생된 흑인 배우도 있었다. 그렇다고 해서 그 영화에 그런 역할로 등장한 흑인 배우를 비난할 수도 없다. 그들 나름의 살아가는 방법이었을 테니까.

어제 본 드라마에도 나오지 않던가. "죽은 사람이 있어도 산 사람은 삶을 이어가야만 한다."고. 지금도 여전히 미국의 남부는 분위기가 다르다고 한다. 대놓고 내색은 안 하지만 인종차별은 여전히 이어지고 있다니 씁쓸하다.

우리도 마찬가지다. 나는 영화를 즐기는 '낭만의 눈'을 잃었지만 시대를 알아보는 '분별의 눈'을 얻었다. 또 언제 바뀔지 모를 눈이지만 나이 들면서 하나하나 알아간다는 것이 참 소중하다. 당장은 아무것도 할 수 없을지라도 괜찮다. 스칼렛 오하라에게 내일의 태양이 떠오르듯이 지금 소외된 이들에게도 언젠가 태양은 떠오를 것이다. 내일은 언제나 온다. 내가 어디에 있든 태양이 항상 떠오른다는 것만으로도 좋지 않은가.

엉뚱한 동생들

만순이가 지난번에 사 온 호주산 레드 와인을 마저 마시기로 했다.

"야, 딸 수 있어? 저번처럼 또 체에 걸러 마시는 건 아니겠지?"

"언니, 이번에도 안 되면 그냥 밀어 넣을 거야."

그러더니 따기 시작. 그런데 오오, 금방 쑥 빠졌다. 의기양양해진 만순이가 만돌이를 부른다.

"야, 만돌이 너 나와."

"왜?"

"어떻게 생각하냐?"

"어? 어떻게 땄어?"

"이 바보야, 잘만 빠지는데 지난번에 뭐였냐?"

"그때는 너무 꽉 조여 있어서 그랬지. 시간이 지났으니까 느슨해져서 잘 빠진 거지."

궁색한 변명은. 문제는 그 다음에 시작되었다.

"언니는 소주잔에 따라 준다."

"뭐라고? 야, 사진 찍어. 빨랑 찍어. 이거 찍어서 차별한 증거를 확실히 남겨야 돼."

나는 울부짖었다.

"언니, 자세히 보니 위스키 잔이야."

"위스키면 사이즈가 커지냐? 와인 잔이 아닌 건 마찬가지잖아."

만돌이가 사진을 찍었다. 우리 집 부엌 한쪽 벽면에는 달력이 걸려 있다.

"달력이 나오는데."

만순이가 후다닥 뛰어가더니만 수건을 들고 와서는 벽에 딱 붙어 서서 수건으로 달력을 가렸다.

"수건으로 가리면 되지. 야? 가려지지?"

"누나, 누나도 나와."

"헉, 난 안 돼."

그러면서 고개만 돌리는 것이다.

"이 바보탱이들아! 다른 벽면을 이용하면 되잖아."

"아, 맞다."

이렇게 해서 사진을 무사히 찍었다. 에휴, 내가 저것들을 믿고 살아야 하다니 정말 막막하다. 나만 빼고 지들끼리만 와인 잔을 부딪치다니. 만순이가 내게 준 건 소주잔인지 위스키 잔인지도 모를 조그만 잔이다. 그런데 술잔의 반도 못 마시고 엄마를 드렸다. 아, 술은 역시 소주가 최고다. 비 올 때는 동동주가 최고! 와인을 무슨 맛으로 먹는지. 그래도 만순이가 "언니 맛있지? 어느 게 더 맛있어?" 하고 물어서 "음, 이게 더 낫다."고 했다. 참, 사는 게 다 이런 거지. 하지만 결코 잊지 않을 테다. 어제의 차별을!

밀레의 〈만종〉이 사실은 평화로움을 나타내지 않는단다. 감자 바구니가 있는 자리는 굶어 죽은 아이를 묻은 자리이고, 슬픔에 잠긴 부부가 아이를 위해 기도하는 모습이란다. 밀레가 그려 놓고 보니 너무 평화로워 보여서 무덤을 감자 바구니로 바꿔 그렸다던가. 그렇다, 세상은 이렇듯 자신이 의도한 대로 되지 않는다. 슬픔을 나타내려다 평화의 상징이 되고만 〈만종〉처럼 누군가 속뜻을 알려 주지 않는 이상 우리는 그저 보고 느낀 대로만 생각하게 된다. 정몽주의 〈단심가〉도 마찬가지다.

이몸이 죽고죽어 일백번 고쳐 죽어
백골이 진토되어 넋이라도 있고 없고
님향한 일편단심이야 가실 줄이 있으랴

국어 시간에 배우지 않았거나 시의 배경을 생각하지 않고 읽는다면 어떻게 느껴질까? 아마도 나는 사랑의 애달픔을 나타낸 시라고 생각했을 것이다. 왕을 향한 충성심이라고 어찌 생각할 수 있을까. 배경에 대해 배웠으니 그랬구나 하는 거지.

오늘 읽고 쓴 시의 리뷰는 내 느낌일 뿐이다. 만약 시인이 자신의 생각대로 읽기를 원했다면 각주를 달아 이렇게 읽어 달라고 했을 것이다. 하지만 시인은 그러지 않았다. 그러니 나도 자유롭게 읽으면서 그 느낌을 만끽했고, 아무렇게나 느낀 그대로 서평을 쓸 수 있었다.

세월이 흘러 시들을 다시 읽는다면 또 다른 느낌을 갖게 될지도 모른다. 하지만 어떤 시인이든 밀레처럼 〈만종〉이 저렇게 포장되기를 원하지 않을 것이다. (아니 밀레는 그렇게 원했을지 모르지만) 저기에서 평화를 느끼다니 너무 잔인하지 않는가. 하지만 어쩔 건가. 앞으로 천년 뒤, 아니 백년 뒤에 〈단심가〉가 사랑을 읊은 시조로 바뀐다고 해도 어쩔 수 없지 않은가. 느낌이 중요하니 말이다. 난 그렇게 생각한다. 참, 뻘쭘한 서평 쓰고 시인한테 이렇게 미안해하기도 처음이네. 그래도 서평이 전혀 없는 작품보다는 허접하나마 하나라도 달린 작품이 낫다고 본다. 만약 시인이 이 글을 읽는다면 그리 생각해 주길 바란다. 뭘 모르는 이가 읽어서 그렇다고 너그러이 생각해 주길.

고객 제일   작년에 은행에서 금리가 낮으니 주식 관련된
                  상품에 투자하라고 했단다. 육 개월이라 괜찮
다고. 엄마는 절대 주식 같은 건 안 하시고 안전을 최고로 여기는 분인데. 그런데 이번에 은행에 갔더니 그 상품이 반 토막이 났다고 했단다. 엄마가 4월에 가서 찾겠다고 했을 때는 더 좋아지니 그냥 놔두라고 하더니 반토막을 내?.

웃긴 게 이 상품은 주가가 너무 올라도 안 되고 너무 내려가도 안 되는 요상한 상품이다. 그럼, 가타부타 말을 했어야지. 이제 반 토막이 나

고 사람이 바뀌니까 전화를 해? 자기네 돈 아니라고 뭣들 하는 건지. 참, 기본이 안 됐다. 상황이 어찌 되었든 미리미리 연락을 했어야지. 손해는 고객이 보고 자기네는 실적만 올리면 된다는 건가. 어휴, 뚜껑이 확 열린다. 요즘 세상에 고객 제일이란 말은 모두 뻥이다. 에잇, 노인네들 쌈 짓돈으로 뭐하는 건지. 어느 곳이든 직원이 이상하거나 성의가 부족하면 그곳은 망하는 법이다. 울 엄마 화병 나면 아주 죽을 줄 알라고.

성질나서 전화하려고 했다. 문 닫아도 퇴근은 안 하니까. 엄마가 참으래서 그만뒀다. 성질대로만 했으면 본사에 전화해서 담당자를 자르라고 했을 것이다. 어쩐지 팀장이 갑자기 바뀌더라니. 새로 온 팀장은 난감한 표정이었다네. 엄마더러 내일 은행에 가서 몽땅 떼어 오시라고 했다. 손해 보는 마지노선, 안 보는 마지노선, 빵 원도 될 수 있다는데. 우띠, 지금 장난해! 아침, 저녁으로 주가만 보게 생겼다. 개선의 여지가 안 보이면 돈을 빼서 다른 은행으로 옮기기로 했다. 생각할수록 열 받는다.

가서 뒹굴까?   어제 일로 오늘도 은행에 다녀오신 엄마. 아직
            도 기운이 없으시다. 체념이 맘대로 되나! 만
순이가 왔다.

"엄마, 왜 그래?"

"기운이 없어."

"우띠, 내가 내일 노니까 은행 가서 한번 뒹굴고 다리도 떨고 올게."

토요일엔 은행이 논다. 우리 집에서는 '무조건 뒹군다'가 해결사다. 옛

날에 아버지는 회사에서 화났던 일을 집에 와서 엄마랑 얘기하셨다. 물론 우린 잠자러 가고, 아버지가 소곤소곤 말하면 갑자기 엄마가 "누구야? 내가 회사에 가서 뒹굴까?" 하셨다. 그러면 아버지는 무척 좋아하셨다. 그걸 듣고 자란 우리는 뭔 일만 생기면 모두 가서 뒹굴자고 한다. 물론 그냥 하는 말이다. 그래도 그 말을 들으면 웃으면서 안심이 된다. 가족이란 그런 거 아닌가. 만돌이가 맞고 왔을 때 연탄집게 들고 뛰어나갔던 만순이처럼. 돈이야 뭐, 그까짓 거 없으면 그만이지만 가족은 절대 잃고 싶지 않다.

아빠의 청춘 　　　　　　아버지의 숨겨진 과거는 예전에 들통 났지만
　　　　　　　　　　　아니라고 지금까지 우기신다. 아버지는 농업
고등학교를 나왔다. 농고에서 공짜로 대학 가는 방법을 연구한 아버지.
학비 무료, 기숙사 제공, 생활비 보조까지 해준다는 학교를 발견하고 무
조건 들어가셨다. 육군사관학교였다. 학교를 다니면서 동생들까지 가르
치고 학교에서 주는 공책은 모아서 동생들 주고, 당신은 동기들한테 얻
어 쓰고 연습장에만 공부하신 아버지. 스무 살 청춘에 여전히 할아버지
노름빚에 동생들까지 거두느라 불면증으로 머리가 홀랑 빠졌던 아버지.
　그래도 청춘은 뜨거웠다. 바로 앞에 여학교가 있는데 우째 그냥 넘어
가노. 아버지와 친구분들은 미팅을 위해 월담을 시도했다. 좋았다! 불타
는 청춘의 일탈. 하지만 담을 넘다 아버지는 다리가 부러졌다. 딱 걸린
아버지와 친구분들. 퇴학당했다. 아버지는 지금도 자퇴라고 우기신다.
사실 아버지와 육사는 좀 안 맞다. 퇴학당하고 다시 취직하시고 주경야

독으로 공부해 야간대학에 편입하셨다. 공부에 대한 열정은 못 말리는 분이니까.

그런 과거가 어떻게 들통이 났느냐. 동기생 모임에서 아버지 친구분이 발설하셨고 그걸 엄마는 우리에게 전파하셨다. 흐흐흐, 더 웃긴 건 그 부러진 다리로 어떻게든 미팅을 하고자 다시 월담을 시도하셨더라는. 청춘은 무섭다. 무서운 집념. 아버지에게도 이런 청춘이 있었다는 사실이 고맙다. 밋밋하고 절망적이고 고통스러웠을 아버지의 청춘이 속상했는데 이런 낭만 하나쯤 갖고 계시다니. 아버지, 멋지십니다! 그 청춘이 지금도 가슴속에 불타고 있었으면 하는 마음입니다.

나이
든다는 것

나이 든다는 것　　　　가끔 나도 모르게 노래를 흥얼거릴 때가 있다.
　　　　　　　　　　　가수도 모르고 제목도 모르는 노래를. 지금 이
노래를 부르고 말았다.

　샛노란 은행잎이 가엾이 진다해도
　정말로 당신께선 철없이 울긴가요
　새빨간 단풍잎이 강물에 흐른다고
　정말로 못견디게 서러워 하긴가요
　이 세상에 태어나 당신을 사랑하고
　후회없이 돌아가는 이몸은 낙엽이라
　아, 아, 떠나는 이몸보다 슬프지 않으리

　　　　　　　　　　　　　　　　문정선, 〈나의 노래〉

　　　　　　　　　　　　　　　　　　　별 다섯 인생

이 노래를 아는 분이 얼마나 있으려나. 가끔은 이런 노래가 요즘 노래보다 좋다. 나이가 들면 뽕짝이 좋아지고 안 먹던 청국장도 먹게 된다더니. 뭐, 나야 어릴 적부터 쭉 좋아했지만 새삼 그런 생각이 든다. 나이 들면서 좀 느리게, 좀 여운 있게, 그저 뭔가를 바라만 볼 수 있다는 게 좋은 거 아닐까. 지금 달과 별을, 하늘에 떠다니는 구름과 살랑거리는 바람을 즐기는 사람이 얼마나 될까. 지금 세상에 어떤 여고생이 책갈피 사이에 은행잎을 끼워서 말리고 누군가에게 시를 지어 부치는 설렘을 맛볼까. 할머니가 늘 하시던 말씀.

"니들도 나이 먹어 봐라."

나이를 먹으니 좋아요. 아마 나이 들면 들수록 더 좋아지겠죠.

만순아, 아프지 마!　　　　어제 병원에서 수술해야 한다고 했다. 더 안 좋을 수 있으니 다른 건 MRI 촬영하고 보자고 했단다. 죽을 정도는 아니라지만. 10월에 수술 두 개가 잡혔고. 하나는 더 심각해서 어찌 될지 모르겠다. 만순이는 괜찮다고 하는데 속마음이 어떨지. 딸내미 둘 모두 이 모양이라 엄마는 더 속상해하시고. 만순이가 속상해할까 봐 내색도 못하시고. 암튼 그렇다. 내가 해줄 수 있는 게 아무것도 없으니. 만순이가 잘 견뎌내기만을 바랄밖에. 만순아, 너는 괜찮다고 해도 나는 마음이 아프다. 더는 아프지 마라.

어제는 너무 놀라서 멍했다가 오늘은 아침부
터 울다 보니 엄마가 하루 사이에 호호 할머
니가 돼 버렸다. 엄마를 위해서라도 힘을 내야지. 수술이 잘되리라 생각
하련다. 주위에서 얘기를 듣고 만순이도 좀 편안해진 것 같아 다행이다.
병명을 못 밝히는 건 만순이의 프라이버시 때문이다. 나머지 수술 하나
에 대해서도 여기저기 알아봤다. 결과가 나온다고 해도 다른 병원에도
좀 더 가봐야 할 것 같다. 물론 두 가지 수술 모두 해야 하지만 나머지
하나는 정말 큰 수술이다.

좀 나아졌다. 더 나아지겠지.

만순이에게 내가 해줄 수 있는 게 아무것도 없어서 더 우울했나 보다.
내가 입원했을 때 하루도 거르지 않고 저녁마다 들러 주던 동생이었는
데, 만순이가 입원하고 수술을 받는다는데 가볼 수도 없고 언니로서 참
많이 미안하다. 그래서 그랬나 보다. 하지만 만순이는 내 맘을 알겠지.
이번 일로 만순이의 인생이 지금보다 더 좋아지기만을 기도한다. 인간
사 새옹지마라 했으니 더 좋아지겠지. 구름도 이리 웃으니 더 활짝 웃어
야겠다. 만순이를 위해서!

만순이가 장기 기증 등록증을 보여 주며 언니
는 왜 안 하냐고 했을 때 할 말이 없었다. 전부
터 생각이 있긴 했지만 나 같은 사람이 해도 되나 싶어서 망설이고 있었
다. 하지만 만순이의 말을 들으니 바로 신청해야겠다는 결심이 섰다. 신
청을 하면서 아픈 데도 괜찮겠느냐고 적었다. 그것 때문에 혹시 등록이

힘내자! 힘들어하지 말자!

오늘은 사실 별로 안 좋은 날이었다.

아프고 나서 가장 많이 기도한 것이

우리 가족 건강하게 해 달라는 거였는데.

안 되나 보다. 나 하나로는 아직.

좀 속상하다.

그래도 잘 되리라 생각한다.

큰 수술이 아니기만을 바래야겠다.

이만, 내일은 그래도 힘내서 들어오겠습니다.

2005.09.27

안 될까 걱정했는데 오늘 왔다. 신청만 하는 것으로도 위안이 될 수 있을지 모른다. 내가 살아 있을 때 장기를 기증하지 못하는 것이 안타깝다. 할 수만 있다면 하고 싶지만 안 되는지라.

소풍 사진   어릴 적에 학교에서 소풍을 갈 때면 꼭 우리 집을 지나쳐서 가곤 했다. 그러면 우리 집이며 옆집이며 사람들이 모두 나와서 아이들 소풍 가는 거 구경도 하고, 아줌마들은 소풍 가서 뭐 사 먹으라고 내게 돈도 쥐어 주시곤 했다. 그때의 사진을 보니 만돌이가 1, 2학년쯤이다. 엄마가 만돌이를 안고 계시는구만. 불행하게 나를 안 찍으셨다. 옆의 머슴애는 뒷집 태건이다. 내가 제일 싫어하던 뚱땡이. 으, 장난이 심해서 얘랑은 놀지 않았지만 엄마랑 태건이 엄마는 친했다. 얘는 나보다 나이도 어린데 꼭 기어오르고 힘도 셌다. 아마도 만순이랑 동갑이었을 것이다. 그런데 왜 만순이가 없을까? 이유는 하나. 만순이 말로는 자기가 내 보호자 자격으로 소풍을 같이 갔기 때문이란다. 아, 그 사진을 찍었어야 했는데. 내가 선생님과 사진 찍을 때 옆에 궁둥이만 내놓고 김밥 먹던 만순이의 뒷모습을. 시대를 알 수 있는 저 나팔바지. 엄마도 저 바지를 입으셨구만.

근데 우리 집 앞이 이리 넓지 않았는데 이상하네. 아이들이 지나가는 곳 옆이 개천인데. 두 줄로 서서 갔다고 해도 저리 넓지는 않았을 텐데 미스터리다. 분명 우리 집 앞이 맞는데, 아니면 시장 근처인가? 시장 지나도 개천은 이어지는데. 흠, 암튼 저렇게 걸어서 우리 집을 지나 어린이대공원까지 갔더랬다. 죽는 줄 알았다. 우리 집은 고대 앞 제기동이었으니까. 엄마가 밤을 삶아 실에 꿰어 주고 김밥에 과자까지 싸줬던 기억이 남아 있다. 요즘 아이들은 실에 꿰어 먹는 밤 맛을 절대로 모를 거다.

첫 키스   로맨스 소설을 고등학교 1학년 때부터 읽었다. 진짜로 키스를 하면 사랑이란 걸 알게 되는 줄 알았다. 그, 뭐냐. 종이 울린다거나 벼락을 맞은 느낌이라거나. 하여튼 로맨스 소설에서 묘사하는 그런 것들. 그것을 믿었다.

대학교 1학년 때 처음 남자 친구를 사귀었고 첫 키스를 했다. 호프집에 갔는데 밖에는 두 자리뿐이어서 문 달린 방으로 들어갔다. 나는 눈을 감고 키스를 유도를 했다. 진짜 궁금했다. 첫 키스의 달콤함과 짜릿함과 아무튼 뭐 그런 것이. 드디어 키스를 했다. 으, 이것 참, 좋은 무슨 종, 번개는 무슨 번개! 달콤함과 짜릿함은 없고 어설픈 우리는 침만 발랐다. 에잇, 그래도 여기까진 참을 만했는데 이놈이 갑자기 엉덩이를 더듬는 바람에 확 무드가 깨지고 상황은 종료됐다. 난 너무 속상해서 '아, 얘가 아니구나.'라고 생각했다. 그전에는 편지를 열 장씩 주고받던 사이였는데. 내가 첫사랑이라는 그 애의 말에 뿅 갔더랬는데.

하지만 그때 알아 버리고 말았다. 남자들의 목적은 오직 하나라는 것을. 그 뒤로는 키스도 했겠다 백마를 가자는 둥 강촌을 가자는 둥, 순진해 보이던 스무 살의 머리에 피도 안 마른 그 소년은 어느새 앙큼한 늑대의 본성을 드러냈다. 그럼 나는? 나는 여우지. 거기에 속을 정도로 순진하지는 않았다. 그리고 내 맘속에는 아직 로맨스 소설의 주인공이 있었다. 무 자르듯이 두 달 만에 헤어지고 말았다. 더 사귀었다면 하는 생각은 지금도 안 한다. 그건 그냥 풋사과 같은, 처음이라는 낭만이 담긴 경험이었으니까. 안타까웠던 건 왜 헤어져야 하는지 그 이유를 말할 수 없었다는 점이다. 어떻게 키스가 맘에 안 들어서라고 말할 수 있었겠냐고. 그냥 내가 나쁜 인간이 되고 말았다.

시간이 많이 흘렀다. 나는 별로 경험이 없는 싱글이지만 그때 그 애는 지금 잘 살고 있기를 바란다. 진짜 종이 울리는 사람 만나서 행복하게 말이다. 세상 어딘가에는 종이 울리고 번개가 치는 그런 사랑도 있지 않을까. 첫 키스의 달콤함과 짜릿함이 있는. 아니라면 〈허공〉이나 불러야지, 뭐. 꿈이었다고 생각하기엔 너무나도 아쉬움 남아…….

목련꽃 브라자   목련꽃은 어쩌면 내 꿈의 상징인지도 모른다.
          고등학생 때 "목련꽃 그늘 아래서 베르테르의 편지를 읽노라." 이 노래를 배웠을 때 꼭 한번 나도 목련꽃 그늘 아래서 젊은 베르테르의 슬픔을 읽어 봐야지 했더랬다. 하지만 꿈은 이루어지지 않는 법. 목련은 너무 일찍 피었다 졌고 나는 그 책이 읽기 싫었다. 그 뒤 어느 스님이 텔레비전에 나와 목련꽃잎 차를 마시기에 나도 우리 집 아파트 목련꽃을 따다가 꼭 한번 그리 마셔 보리라 했다. 그러나 내 키는 작았고 목련꽃은 또 너무 금방 졌고 땅에 떨어진 꽃잎은 차마 줍기 그랬다.

그리고 어제, 언제인가 진주님이 하루 종일 복효근의 시만 읽었다 하셔서 시집을 한 권 샀다. 《목련꽃 브라자》, 얼마나 제목이 근사하고 예쁜가. 그 제목에 반하고 말았다. 그런데 택배 상자를 푼 만돌이 놈이 하

는 말,

"누나, 제대로 된 책 좀 읽을 수 없냐?"

"뭐라고? 이놈아?"

"목련꽃 브라자가 뭐냐? 목련꽃 브라자가."

"이놈아, 네가 시를 알아? 네가 죽고 싶구나. 이제 배가 덜 고픈가 보지. 기어오르는 걸 보니."

"헹, 나 내일부터 2박 3일 동원 훈련 간다네."

그리고 나갔다. 하지만 나는 굴하지 않고 꿈을 꾼다. 흐흐흐, 목련꽃 브라자에 대한 꿈. 얼마나 예쁠까. 꽃잎으로 만든 브라자. 이럴 때는 가슴이 작은 것도 참 좋다. 몇 장 들지도 않을 것이고. 아, 황홀하지 않을까? 그 하얀 꽃잎의 아름다움과 향기에 취해. 제목이 '장미꽃 브라자'였다면 얼마나 이상했을까. 너무 안 어울린다. 목련꽃 브라자, 목련꽃 브라자, 너무 가슴 설레는 제목이다. 그런데 언제 읽냐고요. 추리소설만 다 읽으려고 해도 시간이 부족한데.

목련꽃 목련꽃

  예쁜단대도

시방

  우리 선혜 앞가슴에 벙그는

  목련송이만 할까

        고 가시내

          내 볼까봐 기겁을 해도

      빨래줄에 널린 니 브라자 보면

내 다 알지

목련꽃 두 송이처럼이나

눈부신

하냥 눈부신

저......

2005.10.05

반창고
인생

어젯밤, 우리 집 거실에서 갑자기 아버지의 웃음소리가 들렸다. 오잉? 만순이가 내 방으로 들어왔다. 낄낄대며.

"뭐야?"

"ㅎㅎㅎ, 언니. 내가 엄마한테 '아빠는 무드도 없고 무뚝뚝하고 자상하지도 않은데 엄마는 뭘 보고 아빠랑 결혼했어?' 이렇게 물었거든. 그랬더니 엄마가 '눈이 삐어서.' 이러는 거 있지. 그런데 그때 아빠가 방에서 나오시는 거야. 내가 그 얘기를 아빠한테 했지. 그랬더니 막 웃으시잖아."

흠. 웃으실 수밖에. 아버지가 지은 죄가 있으니. 몇 년 전으로 돌아가 보자. 그때 한창 가슴 작은 여자를 절벽의 껌이라고 놀렸더랬다. 우띠. 가족 모두 오붓이 앉아 텔레비전을 보고 있는데 그 말이 어김없이 나왔더랬다.

"난 이 다음에 다시 태어나면 가슴 큰 여자랑 결혼할 거야."

허걱, 아버지! 우리는 너무 놀라 엄마 눈치만 살폈고 아버지는 아이구 하는 표정이셨다. 그러니까 아버지가 속으로 생각한 말인데 무심코 튀어나온 것이었다.

"뭐, 남자들의 꿈이 그렇다고 하잖아요."

나는 만순이의 옆구리를 찌르면서 수습에 나섰다. 만순이도 맞장구를 쳤다.

"그럴 수도 있지. 다음 생에서야 뭐."

엄마는 가만히 계셨고 아버지는 엄마 눈치만 살피셨다. 만돌이는 이 때 잘못 말하면 죽지 싶어 가만히 있었다. 그때 엄마가 한 말씀 하셨다.

"가슴 큰 여자가 대머리를 좋아할까?"

오 마이 갓! 역시 엄마의 방식은 '눈에는 눈, 이에는 이'였다. 뭐, 엄마와 아버지가 그런 걸 콤플렉스로 생각하는 건 아니지만 대놓고 말할 수 없는 것 또한 사실이니.

어제의 이야기는 엄마의 복수혈전이었던 거다. 물론 그때의 사건을 모두 잊으셨겠지만 어쩌면 아버지는 엄마의 그 말씀을 "사랑해!"로 들으신 거 아닐까? 평생 두 분 모두 사랑한다는 말을 한 번도 안 했다고 하시니 그리 생각하며 사는 것도 좋지 싶다. 과연 3라운드는 어찌 될지. 그것이 궁금하다. 아버지의 반격은 언제 시작될 것인가.

막내딸 만순이   우리 집 첫째가 나, 둘째가 만순이, 셋째가 만돌이. 그런데 공식이 깨졌다. 맏이가 나, 막내

별 다섯 인생

딸이 만순이, 막내아들이 만돌이다. 순전히 둘째라 서러웠다고 우기는 만순이의 잔머리 때문에 생긴 일이다. 만순이가 누구던가. 우리 집 대마왕 가가멜이 아니던가. 그런데 자기는 둘째라 서럽게 자랐다고 한다. 딱 한 번 엄마가 만돌이랑 도시락 반찬으로 차별한 일 때문에. 그 유명한 장조림 사건은 만순이가 중학생, 만돌이가 초등학생 때의 일이다. 그 당시 도시락 반찬통은 윗칸과 아랫칸이 정확하게 반으로 나뉜 게 아니라 아래는 크고 위는 작았다. 거기에 장조림과 김치찌개를 담았는데 만순이 도시락에는 작은 쪽에 장조림, 만돌이 도시락에는 큰 쪽에 장조림이 있었다나. 나는 그때 고등학생이었다. 내 도시락에는 장조림은커녕 김치찌개뿐이었다. 이걸 차별이라고 우려먹다가 급기야는 막내딸이라고 우기고 다닌다.

그러다 내 기억이 차츰 돌아왔으니, 내가 초등학교 입학할 때 엄마는 만삭이었다. 덕분에 옆집 아줌마랑 입학식에 갔고, 6년 동안 소풍은 혼자 가거나 아는 오빠, 언니랑 갔다. 그런데 만순이가 초등학교에 입학하자 엄마는 소풍까지 따라가셨다. 만돌이 때는 사내애라고 혼자 보내고. 누가 둘째가 서럽다고 했던가. 생각해 보니 만순이는 내가 교복 입을 때 공주옷 입고 다녔고, 만돌이는 만순이 옷을 물려 입고 다녔다.

중요한 건 성격이다. 아주 더러운, 그래야 확실하게 챙길 수 있다는 걸 만순이를 통해 깨닫는다. 그러면서도 꿋꿋하게 막내딸을 고수하는 만순이. 막내가 좋나? 만돌이는 막내라 서러워요, 인데 아무튼 만순이의 정신세계는 미스터리다.

아버지가 산책 갔다가 모과 세 개를 따 오셨다.

"웬 못 생긴 사과야?"

엄마가 대답했다.

"모과다."

"모과가 색깔이 왜 저래?"

"덜 익었다."

"사 왔어?"

아빠가 만순이 차에 놓으라고 따 오셨단다. 하지만 풋모과는 향기가 안
났다. 그런 걸 보면 꼭 자식 생각이 나시는 걸까. 일흔을 바라보는 나이
에도 자식 차에서 향긋한 냄새 나라고 모과까지 따 오시다니. 마음에
안 들 때면 "자식은 웬수여."를 외치면서도 세상 모든 것을 자식과 연관
해서 생각하시나 보다. 후회할 거면서 부모님 말 안 듣고 말대꾸하고,
머리 커졌다고 틀렸다고 대드는 우리. 자식은 언제나 부모님 뒤에 있을 수
밖에 없는 존재인가 보다. 부모님은 자식이 앞에서 바람막이가 되어 주
었으면 하실 텐데 말이다. 그나저나 두유도 끊고, 사탕에 생식을 너무 드
셔서 또 이를 하셔야 하는데 만순이더러 뭘 사 오라고 하지? 강냉이는
드시려나? 고민된다.

2005.10.11

반창고 인생

남자들의 생리, 변기 뚜껑 올리기. 볼일 보고 왜 안 내리느냐고. 화장실에 갔다가 올라간 변기 뚜껑을 보고 엄마한테 내려 달라고 했다. 엄마가 내린 변기 뚜껑에 부딪쳐서 앞으로 고꾸라졌다. 엄마는 내 머리를 걱정했지만 무사하다. 다만 화장실에 붙인 접착 시트에 쓸려 손가락, 무릎, 발이 다 까졌다. 지금 손가락 다섯 군데에 밴드를 붙이고 이 글을 쓴다. 무지 뻣뻣하다. 이런, 옆구리 까진 거 다 나아서 목욕하려고 했는데 도대체 며칠을 못하는 거냐고. 만돌이 너 죽었어. 다행히 엉덩이는 안 까졌다. 세상에 옷 내리고 앞으로 고꾸라지다니. 만돌이가 "내가 도와줘?" 이러는데 감히 어딜! 일진이 안 좋다. 아, 반창고 인생이여!

만순이 선보다

지인의 소개로 선보러 간 만순이. 오늘인 줄도 모르고 자다가 전화를 받았다. 이 닦고 세수하고 "기필코 고기를 먹고 오겠어." 하며 나갔던 만순이. 배를 끌어안고 들어왔다. 설사다.

"고기 먹었어?"

만순이가 화장실에서 대답한다.

"스파게티 먹었어."

"고기 먹는다며?"

"사정이 그렇게 됐어."

"뭔 사정?"

"나보다 한 살 어리더라고. 근데 그 사람은 몰랐나 봐. 표정이 완전 사색이 되두만."

"어쩌냐?"

"뭘 어째? 배 아프니까 말 시키지 마."

한 살 차이면 극복 가능한데 잘 해보시지. 그분도 참. 그나저나 우리는 맛난 볶음밥 먹고 네 거는 아버지가 다 드셨는데 안됐다.

그분은 유학까지 다녀온 분인데 스물일곱이나 여덟로 보였다고 한다. 만순이도 나이 얘기만 안하면 보통 이십 대로 보이니까 그분도 처음에는 잘 대해 주더란다. 그러다가 갑자기 그분이 물었단다.

"나이가 서른이시라고요?"

"호호호, 아닌데요?"

"(화들짝 놀라며) 그럼?"

"못 들으셨어요? 서른다섯인데요?"

"그럼 71년생이세요?"

"네."

"학번이?"

"90학번이요."

그 뒤 그분은 아무 말씀이 없으셨단다.

"으흐흐흐, 계산할 때 너무 불쌍해서 '누나가 낼게' 하려다 말았어. 애들한테 자랑해야지. 연하랑 선봤다고."

"에휴, 성격도 좋다."

"딱 봐도 내 타입이 아니었거든. 보니까 진짜 스물 중반의 잘 노는 여자가 어울리겠던데 뭘."

내 동생이지만 이럴 때 보면 성격 진짜 좋다. 그래, 너 진짜 좋은 남자

만날 거야. 기다려, 아자!

곤란할 때   집에 있는 사람을 믿고 택배 아저씨 오시라고
했는데 초인종이 울려도 아무도 안 나갈 때가
있다.

　방금 택배 전화가 와서 "오세요." 했다. 만돌이 놈을 믿고. 그런데 아무리 벨을 눌러도 이놈이 안 나간다. 아저씨가 또 전화를 하셨기에 "죄송하지만 경비실에 좀 맡겨 주세요."라고 했다. 그러고 나서 만돌이 핸드폰에 전화를 해봤다. 안 받는다. 잔다. 내가 못살아. 엄마는 산에 가셨다.

난생처음   오 마이 갓! 생일을 서른일곱 번 지내는 동안
단 한 번도 꽃바구니를 받아 본 적이 없다. 그
런데 꽃바구니에 떡까지. 보낸 사람을 알 수가 없다. 누구냐? 꽃바구니를 받고 이리 찜찜할 수가. 나한테 스토커가? 흠, 미스터리다!

식탐을 누가 말려   우리 집에 식탐 있는 사람이 둘 있다. 아버지
와 만순이. 그리고 식탐은 아니지만 자기 건
절대 남 안 주는 이가 있다. 바로 만돌이. 아버지가 드디어 황남빵을 상자째 들고 방으로 들어가셨다. 게임 끝났다. 여기서 만순이가 아버지께 "빵 주세요." 하면 부녀의 인연이 끊어진다. 예전에 라면 한 젓가락에 삐

친 아버지. 만돌이와 부자의 연을 끊자고 하셨다. 끝까지 안 준 만돌이 놈도 참. 안 준다고 싸운 아버지도 참. 엄마는 "내일 신문에 나겠다." 하셨다. 문제는 아버지가 배불리 다 드시고 남으면 그제야 가지고 나와서 먹으라고 하신다는 거다. 그래서 엄마랑 아버지가 싸우셨더랬다.

"뭐야? 찌끄러기나 먹으라는 거야?"

"많이 남았잖아."

"그러니까 먹을 만큼만 가져가라고."

이게 유명한 강냉이 사건이다. 강냉이를 덜어 가면 좋은데, 아니면 같이 드시거나. 아버지는 일단 자루째 들고 들어가신다. 남으면 슬쩍 가지고 나오신다. 이제 황남빵의 귀추가 주목된다. 황남빵이 그나마 남아서 나오느냐, 아니면 빈 상자만 나오느냐? 그것이 궁금하다!

꽃다발의 실체   꽃다발을 보낸 분의 정체는 은행 직원이었다. 엄마한테 한 잘못을 반성한다는 의미로 내 생일을 핑계 삼아 보낸 거였다. 내가 못산다. 그럼 그렇지, 누가 나한테 꽃다발을. 어제 늦게 알았지만 차마 말을 못했다. 창피해서리. 이 나이에 이게 무슨 망신이람. 보낸 분은 나이 지긋한 아저씨란다. 진작에 말을 하지. 울 엄마가 더 나쁘다. 하긴 별 언니가 보내 준 황남빵을 보고 황남동이란 사람이 보낸 거라고 하셨으니. 요즘 나한테 좀 과하게 뭐가 많이 와서 착각을 하셨다고 한다. 흑흑흑, 정말 알리고 싶지 않은 내 인생의 비극이다.

누가 꾝
껴안아 주었으면

2년 정도 되었지 싶다. 아닌가? 암튼 밥 먹는
데 친구한테 전화가 왔다. 그동안 집 장만해서
이사도 했고, 큰애가 초등학교 4학년이란다. 만순이랑 동갑인 친구의 동
생은 결혼해서 아이가 있고 막내도 결혼했단다. 목소리가 밝고 기운차
서 기뻤다. 하지만 엄마의 밥 먹으라는 소리에 끊어야 했다. 황여사 반가
웠다! 또 전화하자고. 뭐, 네가 전화해야 하는 거 알지? 변함없이 잘 사니
좋다.

어제 깜짝 놀랄 만한 일이 발생했다. 엄마가
갑자기 "이거 봐라." 하시면서 손에 든 뭔가를
보여 주시는 게 아닌가. 헉. 그것은 황남빵!
"아니, 아버지가 다 드셨다며?"

"흐흐흐, 내가 미리 몇 개 숨겨 뒀지. 으흐흐흐."

엄마가 역시 아버지보다 한 수 위다. 그러니까 사건은 이렇게 된 것이다. 만돌이가 먹었다면서 엄마가 몇 개를 감춘 다음 아버지께 상자째 드렸고 아버지는 그것을 혼자 다 드셨다. 그나저나 울 아버지 이가 또 썩어서 틀니를 다시 하셔야 된다. 만순이가 핀잔이다.

"아버지, 이가 그게 뭐예요?"

"냅 둬라. 네 아버지를 누가 말리니."

아, 어제도 녹차 과자가 선물로 들어왔는데 그걸 들고 차마 들어가진 못하고 거실에 앉아서 거의 다 드셨다. 오 마이 갓! 이러다 몽땅 틀니하시는 거 아닌가 모르겠다. 아무튼 그나마 황남빵은 엄마가 숨겨서 다행이라는 생각이 든다. 요즘 엄마는 아버지의 냉장고 습격에 대비하여 떡을 감추느라 정신없다. 그러니까 결론은 황남빵은 그날 다 없어진 게 아니었다는 이야기다.

우울한 만순이　　　　　만순이가 감기가 걸렸을 때 심한지 아닌지를
　　　　　　　　　　　가르는 기준은 딱 하나다. 어제 만순이는 아팠

다. 눈이 부었으니까.

"너 눈이 왜 그래?"

"아프다니까. 감기 걸렸어. 그래서 너무 우울해."

또 우울해 타령이다. 만순이가 우울하다는 뜻은 다른 게 아니다.

"우울하니까 먹고 싶은 게 생각나."

"아냐, 넌 아픈 게 아냐. 아픈 사람은 입맛이 없는 법이지."

만순이는 머리를 침대에 부비며 몸부림을 쳤다.

"우울해서 먹는 걸로 이겨 보려는 거야. 아, 너무 아파서 먹고 싶은 게 생각이 안 난다."

그저께는 텔레비전을 보다가 갑자기 한 달에 얼마씩을 모으자고 했다.

"왜?"

"한우 갈비 먹으려고."

이러던 애가 아파서 우울하다니. 하여튼 1년에 360일은 감기를 달고 산다. 이런 건 아픈 게 아니다. 만순이가 진짜 아프면 왕짜증을 부려 건드리지도 못한다. 무서워서. 내가 별 반응을 안 보이니 거실에 나가서 잤나 보다. 밥 먹으러 나갔다가 만순이 머리를 보고 뜨악했다.

"푸하하하 야, 네 머리가."

"내 머리가? 왜?"

"아인슈타인 같아. 으하하하. 혀만 내밀면 딱이다."

"아프고 우울해서 머리도 이런 거야."

그러더니 머리를 긁는다. 아이고.

"크하하하. 작은누나, 정말 왜 그래?"

"내가 뭘?"

"야, 머리를 어떻게 그렇게 긁냐?"

"뭘?"

"손을 머리에 댔으면 손으로 긁어야지 왜 머리를 돌리는데?"

"남이야. 가려운 거 긁기만 하면 되지. 뭔 말이 많아."

이러고도 아프다는 만순이. 진짜 한우 갈비라도 사주던가 해야지 원. 만순이가 고기 노래를 불러서 엄마가 불고기를 하셨다. 만순이의 '우울

어제 쓰레기 버리러 내려갔던 엄마에게 경비 아저씨가 감을 한 개 주셨다. 아직 감 따는 날은 아닌데 익었나 싶어서 따 보셨다고. 가지까지 꺾으셨다. 저렇게라도 보니 올해도 감이 열렸구나 하는 생각이 든다. 내가 안 봐도 감나무에는 감이 열린다.

낙엽들이 다 떨어지면 앙상한 가지만으로 버티다가 또 새싹을 틔우고 꽃을 피우리라. 너희는 잘도 그러는데 나는 점점 늘어지는구나. 그래도 뭐, 좋다. 어떤 삶이 더 좋은 삶일지는 모르지만 책이나 읽고 탱자탱자 하는 내 삶도 그리 나쁘지만은 않다. 내년에도 잘 부탁한다. 잘 먹었다.

2005.11.09

해'가 왜 자꾸 '웃기고 싶어'로 들리는 걸까.

작가님의 방문　　　　아, 서평을 쓰면 예전에는 번역하신 분이 메일
　　　　　　　　　을 보내셨더랬다. 지금은 역자분이 사인해 준
책도 받고 있다. 저자 사인본도 받았다. 그리고 블로그에 작가님이 다녀
가신다. 서평이 맘에 안 들면 말씀도 하시고. 그냥 호기심에 들르시는
것 같기도 하고. 어제도 작가님이 다녀가셨다. 그럴 때면 서평 쓰기가
참 곤란해지기도 한다. 그런다고 안 쓸 나도 아니지만. 사실 우리나라
작품을 읽을 때에 혹 편견을 가지고 보지 않나 싶어서 사람 이름을 외국
이름으로 바꾸고 배경도 다른 나라로 바꿔서 읽어 보기도 한다. 그럼 더
좋아지나 싶어서. 물론 그건 아니겠지만 말이다.
　예전에 아카가와 지로의 《일주일 시한의 추적》이란 작품을 우리나라
를 배경으로 해 번역한 걸 읽었다. 그때 번역에 대해 무지하게 뭐라고
했지만 내용은 괜찮았다. 김성종님의 《피아노 살인》의 결말이 신파 같았
다는 생각에도 변함이 없다. 내가 바라는 건 좋은 작품뿐이다. 나는 그
래도 우리나라 작품을 읽는다. 물론 장편은 덜 읽는 편이고 외국 작품에
비하면 터무니없이 적지만. 이럴 때마다 한국 영화의 대박 신화를 생각
해 본다. 언젠가 우리나라 장르 소설도 대박나기를.
　어떤 분은 너무 채찍질을 하면 기가 죽을지도 모른다고 하셨다. "하지
만 작가님들, 일개 독자가 쓴 서평에 기죽으시면 안 되지요." 나는 우리
나라 작품에 더 야박하다. 이유는 단 하나. 단단한 토대가 마련되기를 바
라기 때문이다. 어제 작가님의 방문에 잠까지 설쳤다. 잉잉잉. 사실 "사

인본 한 권 주실래요?" 하고 싶었다. 하지만 그보다 더 좋은 글을 써주시길 바란다. 그거면 족하다. 아, 책 읽어야지! 작가님, 누추한 서재를 방문해 주셔서 감사합니다. 파이팅 하세요! 추운데 감기 조심하시고요.

식초와 미용

어제 텔레비전에 식초가 피부 미용에 좋다고 나왔단다. 만순이가 얼른 부엌으로 가서 감식초를 원샷 했다. 그리고 들어와서 하는 말,

"언니, 이제 식초를 먹어야겠어."

헉. 예전에 몸에 좋다는 아버지 말에 식초를 먹었다가 죽다 살아났다. 소주잔 하나 가득 담아 원샷 하고 나니 목소리가 안 나오고 가슴 통증이 심해 진짜 가는 줄 알았다.

"감식초인데 먹을 만해. 술 마시는 느낌이야."

"안 시냐? 목 안 아파?"

"좋아. 아, 진작 먹을걸."

"선식에 요가에 식초까지 같이 해도 되냐?"

"상관없을 거야. 어떤 식초를 먹을까나. 룰루랄라."

아, 내 동생 만순이. 이제 입에서 식초 냄새 풍기며 다니겠구나.

만순이의 고뇌

만순이가 즐겨 보는 텔레비전 프로는 〈요리 보고 세계 보고〉다. 그런데 지금 안 한다고 만순이가 화를 냈다. 기자회견을 하고 있다고 들어와서 씩씩댄다.

아파서 자다 깨다 하는 일이 많아졌다.

아침에도 후유증이 남는다.

다가오는 날들을 기다리며 마음의 준비를 한다.

매번. 매시간. 매일. 오는 날들이여.

반기지 않아도 되겠지. 작별은 의식 없이.

언젠가 내가 떠나도 괘념하지 마시길. 아주 먼 언젠가.

오늘은 우울이 똬리를 튼다.

좀처럼 벗어날 수 없을 것 같아 지니고 있기로 했다.

이런 날도 있는 법.

울고 싶음 울고 우울하고 싶음 우울에 나를 던진다.

그래도 나는 빠져나올 자신이 있으니까.

2005.11.31

"그런데 언니, 세상에서 배가 불러도 먹는 동물이 딱 한 종 있대. 알아?"

"사람."

"어떻게 알았어?"

"널 보면 알 수 있지."

"우띠. 아니 그럼 개는 뭐야?"

"준인간화가 된 거지. 개도 배부르면 안 먹을걸."

"배부른데 먹는 개는?"

"정신적으로 문제가 있는 거지."

"아, 우리가 이런 존재라니."

그렇게 머리를 흔들며 고뇌하는가 싶더니 나가자마자 부엌에 가서 엄마가 하는 잡채를 달란다. 아, 그 말을 하면서도 만순이는 선식이 든 통을 흔들고 있다.

누가 꽉
껴안아 주었으면
메아리처럼 내게 돌아오기를 바라는 이기적인 마음으로 외쳐 본다. 아무에게나. 아무에게나.
요즘은 정말 푹 꺼지는 것 같다. 아침에 떡을 먹었다. 찹쌀검정깨떡 다섯 개. 전자레인지에 돌렸더니 얘들이 자존심을 버리고 뭉쳐서 떡이 됐더군. 만순이도 그랬다.

"얘들은 자존심도 없나? 떡이 떡으로서의 보존 능력은 갖춰야 할 거 아냐."

나도 그런 말을 하고 싶었다. 뭉쳐진 너희를 포크로 떼어 먹던 내 심

별 다섯 인생

정을 너희가 아냐? 그래도 내 일용할 양식들. 너희들도 사랑한다. 사진을 찍고 싶었지만 귀찮았다. 아, 누가 나를 꽉 껴안아 주었으면. 징그럽겠지만. 떡이라도 되고 싶다.

오늘도 기분은 별로. 밖에서 초인종 소리는 들리는데 만돌이 놈 자느라 나가지도 않고. 하얀 첫눈이 온다고 해서 그런가. 그렇겠지. 아니면 요즘 세상이 별로여서 그런가. 책이나 읽자!

희망의 불씨가 꺼지다　　　누군가는 말을 할 수 있지만 나는 말을 못하는 처지다. 내가 왜 울었냐고? 황 박사와 윤리 문제 때문에 울었다. 업적? 윤리? 그런 것보다 지금 누군가는 희망이라는 불씨 하나를 잃었을지도 모른다. 간절히 바라며 살 수 있을 거라 생각한 어떤 사람은 그 끈을 놓았을지도 모른다. 타박하고 질책하고 두둔하고 토론하기는 쉽다. 하지만 사는 건 어렵다.

지금 이 순간 죽어 가는 사람이 살아갈 희망을 잃는다면 그를 사랑하는 많은 사람들마저 상처를 입겠지. 아픈 사람, 간절히 원하는 사람, 살고 싶은 사람, 그러나 지금 이 순간에도 죽음을 향해 달려가는 사람 생각은 전혀 하지 않는다. 그래서 하루 종일 울었다. 희망을 잃어버렸을지도 모를 사람들을 위해서. 그리고 나마저 놓을지도 모른다는 두려움 속에서.

그래서 나는 오늘 죄인이 되어 울었다. 사랑하는 사람들에게 아픈 사람은 죄인이다. 그런 까닭에 지금도 슬프다. 윤리로 희망을 살 수 있다면…… 윤리로 생명을 살 수 있다면……. 또 다른 생명을 내놓을 사람들을 위해서 울었다. 아무도 생각해 주지 않는 그늘에서 오늘도 웅크리고 사라져 가는 사람들을 위해서.

엄마가 그러셨다.

"나도 난자 기증해야겠다."

그러자 만순이.

"엄마, 엄마는 난자 없잖아. 기증을 하면 내가 해야지."

어제 이 말을 듣고 그냥 웃어 넘겼지만 내 가슴은 무너졌다. 난자라도 기증해서 아픈 딸을 살릴 수만 있다면 엄마는 그리하시겠지. 그 말이 아파서 울지 않으려 애를 썼는데, 그래서 침묵하고자 했는데, 아프다. 약간만 건드려도 아프다. 낫지 못할 거라는 걸 알면서도 혹시나 했던 기대, 그 기대가 무너졌다. 그래서 침묵하려 했다. 그런데 왜냐고 물으신다. 운다. 가슴이 아파서.

없는 난자라도 기증을 하겠다는 우리 어머니께 윤리를 말하지 말기 바란다. 제발 부탁이다. 여러분의 말 한마디가 너무 큰 상처가 되는 사람도 있다. 당사자가 아니니 가만히 계셔도 되지 않느냐고 말씀드리면 또 뭐라고 하겠지. 그런데 제발, 부탁이다. 만약 내 입장이라면 지금 어떤 심정일지 딱 한 번만 생각해 주길. 이 부탁이 너무 무리하고 염치없는 걸까?

더 무슨 말을 하리. 아픈 게 죄지. 안 아팠으면 말할 수 있었겠지. 아픈 자는 입을 다물 수밖에. 피눈물을 흘려 본 자만이 알 수 있는 것. 안 흘려 본 사람들이 알 수 없는 일. 내 가족을 살릴 수만 있다면 팔, 다리가 아니라 목숨까지 내놓을 수많은 부모와 형제와 자식들. 그들은 오늘도 희망을 빼앗겼다. 병든 내가 죄지은 자다. 나 같은 자식을 보는 울 엄마의 죄다. 그러니 입 다물고 말하지 않겠다. 말을 한들 더 잃을 것도 얻을 것도 없으니. 건강하시길. 나도 한때는 건강했다오.

세상에 혼자가 아니라고 생각한 건 착각이었다. 나는 혼자다. 지금도, 내일도, 그리고 언제나. 그걸 이제야 알았다니 나는 무얼 위해 그리 애를 썼던 걸까. 잊었다. 이름표를 달지 말자고 그렇게 다짐하고도. 이제는 이름표를 떼어 낼 시간이 온 것 같다. 이제는. 언제나 깨달음은 이리 늦다.

나는 개구리. 돌에 맞은. 그런데 죽지도 않는다. 얼마나 맞아야 죽을까. 나는 진짜 개구리가 아니어서 그런가. 그래. 그래도 아프다. 마음이 죽는다. 미안하지만 오늘은 내버려 두시길. 아직도 흘릴 눈물이 남았는가 보오.

첫눈 오는 날
만나자

행복은

이런 나만의 글쓰기 공간을 원했는데 오픈하니 좋다. 역시 알라딘은
뭔가 다르다. 어제는 기리노 나쓰오의 《얼굴에 흩날리는 비》를 읽었
다. 이 작가에게는 인간의 본성에 대해 되돌아보게 하는 힘이 있다. 책
을 읽으면서 나는 친구를 어떻게 여기고 있나, 세상에서 믿을 수 있는
존재는 누구인가를 생각했다. 이 작가의 다른 작품 《아웃》을 읽어야겠
다. 이 작품만 읽으면 이 작가와도 이별이다. 아쉽다. 이 작가의 작품
이 좀 더 많이 출판되었으면 하는 마음이다.

내가 쓴 2년 전의 글이다. 며칠이 지났으니 벌써 2년이 넘었다. 햇수
로는 3년. 나만의 글쓰기 공간이 좋았다는 말. 그 마음이 여전한지, 나만
의 글쓰기를 하고 있는지 생각해 본다. 기리노 나쓰오의 절판된 저 책을

읽으며 얼마나 기뻤던지. 나는 여전히 추리소설을 읽고 추리소설을 좋아하고 추리소설이 더 많이 출판되기를 바라고 있다. 그 마음이 변하지 않아 다행이다.

쭈뼛거리며 서재를 만들던 기억. 무얼 써야 할지도 몰랐던 그때. 댓글도 잘 안 달고 돌아다니지도 않으면서 그냥 오도카니 있었던 날들. 어렸을 때처럼. 2년이 지난 지금은 많이도 변했다. 좋다. 문을 잠그고 혼자 있던 예전보다 문을 열고 나가 누군가에게 먼저 인사하게 된 요즘이 좋다. 행복은 오늘도 내가 만들어 가야 한다고 또 한 번 다짐한다. 초심으로 돌아가자! 책만으로도 좋았던 그때. 아무것도 바라지 않던 마음으로. 사랑하는 것이 사랑받는 것보다 행복하다니까. 이 아침, 사랑하는 님들께 진한 키스 한 방 날리고 후다닥 화장실 다녀와서 책 읽을라요.

꽃등심 사수 작전   왕소금 엄마가 한우 꽃등심을 제사용으로 사오셨다. 일의 발단은 이렇다. 원래 엄마는 수입 소고기 아니면 돼지고기를 제사상에 놓을 계획이었다. 그런데 어제 만순이가 아침 일찍 외출을 하는 바람에 마트로 장을 보러 가려던 계획이 무산되었다. 만순이의 외출이 어디 단순한 외출인가! 오자마자 마트에 가자고 했다가 힘들어하는 모습에 엄마는 집 앞으로 장을 보러 갔다. 그때 내가 이렇게 당부했다.

"엄마, 만순이가 그렇게 노래를 부르는데 이번에는 한우로 사."

"야, 한우가 얼마나 비싼데."

"1년에 한 번이라고 생각해. 애가 안됐잖아."

그래서 딱 한 근만 사 왔다.

"야, 꽃등심이다."

헉. 꽃등심이라고라. 내 평생 처음 먹어 보겠구만. 이리하여 우리 삼남매는 머리를 모으고 한우 꽃등심 사수 작전에 들어갔다.

1단계 제사를 지내고 상을 치울 때 만순이가 고기만 빼돌린다.

2단계 어른들께서 적을 찾으시면 만돌이가 다른 걸 드린다.

3단계 그래도 찾으시면 내 핑계를 대고 둘러댄다.

시골 할아버지께서 감기 때문에 못 오신다니 오실 분은 작은아버지와 고모할머니뿐이다. 어째 날이 갈수록 제사 지내는 사람들이 줄어든다. 우리는 상관없다. 정성은 각자가 들이는 거니까.

나, 네 끼 굶어 눈에 뵈는 게 없다. 이번이 아니면 내 생애 절대 먹어 볼 수 없는 꽃등심. 절대 사수!

대두, 요롱이, 숏다리　　　어제 저녁을 먹던 중, 엄마가 만돌이를 빤히
　　　　　　　　　　　　쳐다본다.

"어떻게 너는 허리는 길고 다리는 짧냐?"

만돌이는 아주 기 막혀 하며 쳐다봤다.

"엄마가 낳았거든."

"물론 내가 낳았지. 그런데 내가 낳았을 때는 이렇지 않았는데."

어머! 엄마는 만돌이 얼굴을 만지면서 또 그러셨다.

"애 머리도 크다."

만돌이 씩씩대다가 나를 쳐다본다.

"누나, 이거 올리지 마."

"으하하하하. 야, 내 블로그가 알라딘 하나만이냐? 어쩔래, 올리면?"

"누나 컴퓨터 보면 다 알 수 있거든."

"내가 종일 컴퓨터에 붙어 있는데 어떻게?"

"누나 잘 때 볼 수도 있거든."

"만순이한테 죽고 싶으면 뭔 짓을 못해. 해라. 작은누나한테 죽고 싶지?"

내가 이겼다! 하지만 엄마가 그럼 안 되지. 결국 만돌이가 대두에 요롱이에 숏다리라는 거잖아. 이보다 더 큰 비극은 없다. 아들 장가를 어찌 보내시려고. 음, 이 글을 쓰는 나도 만돌이가 장가 못 가면 일조하는 셈이다만. 재밌잖아. 푸하하하하.

첫눈 오는 날 만나자

첫눈 오는 날 만나자
어머니가 싸리 빗자루로 쓸어놓은 눈길을 걸어
누구의 발자국 하나 찍히지 않은 순백의 골목을 지나
새들의 발자국 같은 흰 발자국을 남기며
첫눈 오는 날 만나기로 한 사람을 만나러 가자

팔짱을 끼고
더러 눈길에 미끄러지기도 하면서

가난한 아저씨가 연탄 화덕 앞에 쭈그리고 앉아

목장갑 낀 손으로 구워 놓은 군밤을

더러 사먹기도 하면서

첫눈 오는 날 만나기로 한 사람을 만나

눈물이 나도록 웃으며 눈길을 걸어가자

사랑하는 사람들만이 첫눈을 기다린다

첫눈을 기다리는 사람들만이

첫눈 같은 세상이 오기를 기다린다

아직도 첫눈 오는 날 만나자고 약속하는 사람들 때문에

첫눈은 내린다

세상에 눈이 내린다는 것과

눈 내리는 거리를 걸을 수 있다는 것은

그 얼마나 큰 축복인가

첫눈 오는 날 만나자

첫눈 오는 날 만나기로 약속한 사람을 만나

커피를 마시고

눈 내리는 기차역 부근을 서성거리자

첫눈은 언제나 나도 모르게 내린다. 언제나 그랬으니 새삼스러울 것도
없건만 첫눈이 왔다고 하면 늘 서운한 이 마음은 무얼까? 첫눈이 왔다고

별 다섯 인생

한다. 언제나 놓치는 첫눈. 내가 놓치는 것이 비단 첫눈만은 아닐 텐데 첫눈을 못 본 것은 마냥 서운하다. 그 마음은 변하지 않으니 그것으로 위로할까. '슬퍼하지 마세요. 하얀 첫눈이 온다고요.' 그런데 슬프다. 슬픈 그 감정이 기쁘다. 첫눈. 내년에 또 보자. 언젠가 또 못 볼지라도.

내가 떠나면

아침에 우울했다. 짜증 나서. 기분이 아주 안 좋아 엄마한테 화풀이를 하고 지금도 영 '아니올시다'이다. 발작하겠는데, 발광하고 싶은데, 참아야 한다는 게 힘이 든다. 지쳐 가나. 은행 일이나 세금 같은 거 이제는 만순이랑 의논하라고 해도 엄마는 요지부동이다. 도대체 내가 얼마나 더 할 수 있다고. 만순이랑 해버릇해야 나중에 만순이에게 의지하고 살 거 아니냐고. 에이, 이것도 발광인가 보다.

김나게 하는 출판사

외국 책을 출판하고 원서명 안 적는 출판사. 서지 정보 하나 없는 출판사. 자기네 출판사 사이트에 책 정보 늦게 올리는 출판사. 우띠. 오늘 아침부터 열 받는다. 나처럼 영어 못하고 일어 못하는 사람 죽으리? 기본적인 정보는 줘야 할 거 아냐. 내가 직접 야후 재팬에 아마존 재팬까지 들락거리며 모아야 겠냐고. 물론 출판은 고맙지만 독자를 배려해 달란 말이다. 으, 김난다.

아프다고 말할 수 있는 거.
아픔을 보여 줄 수 있다는 거.
아직 덜 아프다는 증거.

2005.12.03

　　　　　　　　저번에는 화장실 변기 뚜껑에 밀려 넘어졌는
　　　　　　　데 오늘은 화장실 가다가 바닥에 있던 물에 미
끄러져 넘어졌다. 넘어지면서 문 모서리에 머리를 박아 혹이 났다. 거기
다 옆으로 슬라이딩하며 미끄러지는 바람에 오른쪽 다리가 꺾였다. 으,
캐토톱 붙였다. 아니 거기에 왜 물이 있냐고요? 엄마는 물이 튀어서 그
렇다는데 어디서 튀었냐고요? 엄마도 나랑 같이 넘어져 놓고서는 왜 넘
어졌냐고 물으시니……. 아이고, 넘어지는 재주가 어려서부터 발달하지
않았으면 어쩔 뻔 했냐고.

　그래도 볼일은 봐야 하니 변기에 앉았는데 다리가 너무 아파 급기야
울고 말았다. 엄마는 왜 우느냐고 하는데 아프니까 울지. 이놈의 정신을
차리려고 커피 마시는 중이다. 울 엄마 하시는 말씀, "꿈땜 했다." 크억.
엄마의 꿈땜을 왜 내가 하냐고요. 놀랐을 엄마 생각도 안 하는 이놈의
기집애는 오직 자기 타령뿐이다. 나쁜 기집애.

　우리 집은 오늘 메주콩을 쑨다. 내가 제일 싫어하는 게 콩이다. 화장실
에 다시 가서 앉았는데 너무 아파서 오줌도 안 나왔다. 거실에서 겨우 밥
을 먹었다. 의자 높이가 문제다. 다 먹고 방심한 내 입에 엄마가 뭘 넣어
주셨다. 오물오물 씹어 보았다. 으엑, 메주콩이었다.

　"뱉으면 죽어! 기회는 찬스다. 흐흐흐."

　아니 딸내미는 아파서 널브러져 있는데 가장 싫어하는 콩을 먹이고
좋아하다니. 점점 계모라는 확신이 든다. 나, 오늘 콩 먹었다. 만두는 정
말 콩이 싫어요.

　"만순아, 오늘 여차저차해서 여기저기 다쳤어."

　"말하는 거 보니 많이 안 다쳤구만."

"얘, 글쎄 오늘 여차저차해서 네 언니 죽을 뻔 했다."

"헬멧 쓰고 엉덩이에 보호대 하고 있으라고 해."

"엉덩이 보호대도 있냐?"

"나한테 있어."

헉. 도대체 이게 무슨 반응이냐? 잘하면 집에서 헬멧 쓰고 엉덩이 보호대 하고 있게 생겼다. 도대체 엉덩이 보호대는 언제 샀다냐. 화장실에서 아파하고 있는데 "언니, 넘 웃겨. 사진 찍을까?" 이런다. 이 웬수.

터졌다　　　　　　　기어이 터졌다. 엄마랑 싸우고, 만돌이랑 싸우고, 만순이랑 싸우고. 한 번 폭발하면 끝장을 봐야 하는 못된 성질 머리 탓에 만돌이는 저녁 굶고 만순이는 앓아누웠지만 엄마와는 그나마 화해를 했다. 그나저나 싸워도 점심은 줘야지. 언니를 굶기고 자냐? 반성한다. 아직 앙금이 남아 있으니 큰일이다.

만순이, 실려 가다　　　　　　퇴근 때 전화한 물만순 양.

　　　　　　　"엄마, 나 학교 비품 사러 마트 왔는데 아버지 두유도 사갈게."

"수제비 하니까 올 때 전화해."

물만순 양이 물건을 다 사고 출발한다는 전화에 엄마는 수제비를 떼어 넣는다. 만순이가 밑에서 전화를 했다.

"짐이 많으니까 만돌이 좀 내려보내."

만돌이가 짐을 들러 나갔다. 갑자기 울린 초인종. 문을 연 엄마의 놀란 목소리.

"야, 너 왜 그래?"

데구루루 굴러 들어온 만순이가 울고불고 난리를 부려서 119를 불렀다. 사색이 되어 나간 엄마, 만순이, 만돌이는 밤 9시에 돌아왔다.

"뭐래?"

"장에 가스가 많이 차고 무지 꼬였대."

그래서 오늘 학교에도 못 간 물만순 양. 지금도 허리를 구부리고 다니는 중이다. 그 밤에 피자를 시키는데, 물만순 양 아픈 가운데 한마디 한다. "2만 원 넘어야 할인이야."

이제부터 선식 금지! 식초 금지! 모든 것이 일절 금지됐다. 하루 세 끼를 꼬박 먹고 이상한 거 먹지 않겠다는 서약을 한 뒤 지금 관장했다. 약사 말로는 추워서 그랬다는데. 도대체 우리 집은 올해에 마가 낀 건지. 그 와중에 만돌이,

"나 원 참, 창피해서. 빨간 불 켜고 달렸어. 비켜 주는 차도 없는데."

여기에 한마디 하시는 아버지.

"나라도 건강해야지."

엄마는 계속 볼일을 보라고 재촉 중이고. 아, 올해가 빨리 가기만을 바랄 뿐이다.

너무 후한 별점   그렇다. 나는 별점이 워낙 후하다. 사요나라님은 내 별점 세 개가 다른 분의 한 개 반 정도라

그래도 잘했다고   281

고 했다. 네 개 이하로는 잘 안 준다. 이유는 이렇다.

첫째, 100점을 만점으로 봤을 때 작가의 작품에 80점 이하를 줄 자격이 내게 있느냐를 생각한다. 둘째, 혹여 별점 때문에 추리소설을 안 읽는 독자가 생길까 봐서이다. 나는 추리소설을 좋아하고 대부분 추리소설만을 읽는데 감히 추리소설을 깎아내릴 리가 있나. 그래도 깎을 때가 있다면 출판사의 무성의한 오타 남발, 잘못된 제본 등등 때문이다. 우리나라 작가들에게는 조금 짜다. 내 자식은 매를 한 대 더 때리는 심정으로. 그것뿐이다. 별점을 후하게 줬지만 막상 리뷰를 읽어 보면 내가 그다지 마음에 안 들어 한 것들을 발견할 수 있다. 그러므로 별점과 함께 리뷰도 읽어 주시면 감사하겠다. 모쪼록 님들이 추리소설을 많이 사랑해 주신다면 전부 별점만 주는 만두가 된다고 해도 좋다! 에헤라디여다.

아이고, 그나저나《헤르메스의 기둥》을 보다 2005년이 다 가겠다. 세 시간 만에《이유》를 다 읽으셨다는 평범한여대생님. 부럽다. 만두는 죽어도 그리 못 읽고 일주일에 많아야 두세 권이니 큰일이다. 헉, 책이나 읽어야겠다.

더 많이   지금까지 읽은 책 119권. 이런, 2004년에는 124권이었다. 점점 읽는 책이 줄고 있다. 특단의 조치가 필요하다. 120권을 채우고 2006년을 맞이해야지. 아쉽다. 백조가 이러는 건 용서가 안 된다. 내년에도 변함없이 좋은 추리소설이 많이 나오기를. 아자, 책 달리자.

P.S. 2003년에는 198권이었다.

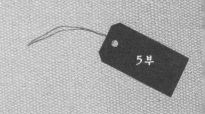

5부

항상 잊지 않으면
언젠가 만나겠지

2006년 1월-2007년 1월

엄마,
고마워요

아, 억울해   누구나 그렇겠지만 나도 알라딘이 아닌 다른 곳에서도 가끔 활동하고 서평도 올린다. 얼마 전 《이유》의 서평단을 모집할 때 알라딘과 예스24에 응모를 했다. 꼭 보고 싶었던 책이었고, 이미 사긴 했지만 그건 선물용이었다. 알라딘에서는 먼저 서평단 발표를 했고, 예스24에서는 별다른 활동을 안 해서 기대를 안 하고 있었는데 서평단에 뽑혔다. 그래서 알라딘에 올린 서평을 예스24에도 올렸다. 그렇게 해도 상관없다고 들었기 때문이다. 이미 올린 서평을 다른 곳에 올리려고 내용만 조금 다르게 쓰는 건 그만하고 싶었다. 내가 아무리 마일리지 인생이라도 말이다. 그래서 다른 곳에 쓴 서평을 똑같이 올리면 안 된다는 곳에는 절대로 안 올린다.
그런데 오늘 황당한 메일을 받았다.

      불펌 리뷰 고발합니다!

"저 아래 책벌레님이 올린 리뷰는 제가 얼마 전 알라딘에 올린 리뷰입니다. 아무리 책이 탐이 나고 갖고 싶다고 해도 남의 리뷰를 아예 그대로 퍼 가다니. 정말 놀랍습니다. 저 책벌레님을 강퇴시키고 블로그 주소를 블랙리스트에 올려 다시는 리뷰어에 선정하지 말아 주십시오. 또한 책벌레님의 주소로 책을 보내지도 말아 주십시오. 그래야 우리 클럽이 발전할 것입니다. 저렇게 양심이 썩어 빠진 인간이 이런 클럽에 있을 이유가 없습니다. 운영자님 책벌레님을 강퇴시켜 다른 회원분들에게 모범을 보여 주세요. 이런 식의 리뷰는 사라지길 빕니다."

나는 예스24에서 '책벌레'란 아이디로 활동하고 있다. 그런데 예스24에서 '슈퍼맨'이란 아이디를 쓰는 사람이 알라딘의 물만두 행세를 하하면서 자기가 쓴 양 내 글을 올렸단다. 오 마이 갓! 그동안 누군가 내 서평을 퍼가도 그냥저냥 눈감고 넘어갔더니만 이제는 내 행세까지 한다니. 우째 이런 일이. 황당해서 말이 안 나온다. 뚜껑이 확 열린다. 이게 무슨 일인지. 정초부터 기분이 팍 상했다. 지금 다른 어느 곳에서 이런 일이 또 일어나고 있는 거 아닌지? 이 나이에 이런 걱정으로 새해를 시작해야겠냐고. 우띠.

엄마, 고마워요   눈이 왔다. 만순이는 차에 쌓인 눈을 치우러 나가고, 엄마는 사진을 찍었다. 사진으로 눈 구경하라고. 눈이 소복이 왔다고. 남들은 눈이 와서 출근길이 힘들었다는데 엄마는 딸내미 눈 구경 시켜 주느라 바쁘다. 베란다 문을 열고 찍은 사진을 보니 마치 숲 속에 있는 듯하다. 엄마는 어느 해의 겨울 산도 저리 예뻤다며 잠시 좋았던 추억에 잠긴다.

언제나 투정을 부리다가도 이렇게 다시 힘을 내게 된다. 사진 한 장이라도 더 찍어 딸내미 바깥 구경을 시켜 주려고 애쓰는 엄마가 계신데…… 더 아프지 않도록 없는 힘을 쥐어짜 본다. 봄이 오면 또 꽃 사진을 찍어 주시겠지. 부모님의 은혜가 하늘과 같다는데 나는 이렇게 가까이 하늘이 있어 행복하다. 갚을 길은 없지만.

왜 하필　　　　　　　어젯밤에 배고파서 잡채 한 접시를 먹고 자기
　　　　　　　　　　전에 약을 먹었는데 목에 걸렸다. 약이 목에서
녹는 중이다. 냄새는 지독한데 아무리 몸을 뒤집어도 나오지는 않는다. 체한 건 나왔는데 이런 복병이 생기다니. 밤늦게 1시쯤에야 잤다.

아침이다. 내가 입맛이 없을까 봐 엄마가 아침 일찍 일어나서 비몽사몽 끓여 주신 만둣국인데 달랑 만두 한 개만 건져 먹었다. 이제 먹는 것도 힘들다. 그런데 또 목에 뭔가 걸렸다. 몸을 뒤집었더니 나왔다.

"나왔냐?"

"으. 엄마."

"뭐가 걸렸냐?"

"약."

하필이면 약이라니. 뱉지 않았다면 어떻게든 먹었을 텐데 아깝다. 컨디션이 엉망이라 발악 중이다. 약과 깡만 남았다.

로맨스 소설을 읽지 않는 이유는 데미지가 크기 때문이다.

이 나이에도 슬픔을 밖으로 내보내지 못한다.

슬픔이 더 큰 슬픔과 연민을 동반하고,

가슴에 침잠해 있던 것들까지 부유하게 만드니

가슴이 먹먹해서 기분이 가라앉기 십상이다.

지금도 사랑 이야기를 읽고 나서 가라앉은 상태다.

기분을 바꿔 보려 애를 쓰지만 왠지 귀찮다.

그래서 추리소설만 읽는다.

2006.03.27

커피 한 잔　　　　　요즘 사람들은 스타벅스 커피는 기본으로 마
　　　　　　　　　　　시고 명품 가방에 명품 선글라스에 한 벌에 몇
십만 원하는 청바지를 입어 줘야 한단다.

"미쳤네. 커피가 5천 원이라니."

"언니, 저렇게 사는 사람도 있고 우리처럼 사는 사람도 있는 거야. 언
니는 너무 자기 생각만 하더라."

"……."

다음 날.

"만돌아, 5천 원짜리 스타벅스 커피에 대해 어떻게 생각하니?"

"원래 그 정도 해."

"진짜?"

"누나랑 나랑 나이 차이가 얼만데? 내가 대학 다닐 때도 3, 4천 원은
기본이었어."

"나 때는 500원이었는데. 다방 커피가."

오래된 나의 칩거 생활을 새삼 실감했다. 커피를 사서 마신 지가 10년
도 전의 일이다. 마셔 봤자 병원 커피지만.

물가가 오르는 것도 몰랐다. 5천 원이 비싼 게 아니라니. 하긴 저렴
한 양주라면서 10만 원이라고 붙어 있더군. 적응이 안 된다. 우리 집 식
구들은 스타벅스 커피를 안 마신다. 만돌이는 원래 안 마시고, 만순이는
직장 근처에 없어서일 뿐이다.

하지만 젊은 사람들은 좀 다르게 생각해야 하지 않나? 지금처럼 젊을
때 아니면 생각할 겨를도 없을 텐데. 하긴 내가 젊었을 때도 아무 생각
없이 살았다. 지나고 나서 뭔가를 하면서 살았다고 생각한 건 착각이었

다. 그런데 이 허무함은 뭐지? 나도 늙나 보다. 아무리 귀여움을 떨어도 역시 나이는 못 속인다. 하지만 스타벅스 커피가 너무 비싸게 느껴지는 걸 어떡하냐고. 대학 내 커피 전문점이 매출 1위라는 말에 충격받았다.

입맛 생기는 약

아침에 일어났는데 가슴이 아팠다. 숨 쉴 때마다 아팠다. 9시 반에 겨우 밥을 먹는데 넘길 때마다 아팠다. 지금은 좀 낫다. 엄마가 보시더니,

"맥은 잘 뛰는데."

담이 걸린 모양이라고, 내가 약해서 그렇다고 하신다. 그럼 언제는 내가 강했냐고요. 약이 한 가지 늘었다. 가래 끓는 데는 약도 없다네. 그냥 뱉으라는 게 처방이다. 한 가지 추가된 약의 정체는 입맛 생기는 약이란다. 내 약들은 도대체 왜 이런겨? 에고고, 알약이 크기도 하지. 봄에 밥맛이 돌아오면 맛난 거나 많이 먹어야겠다. 그나저나 캐토톱을 너무 많이 주셨다.

얼짱 각도

책을 얼짱 각도로 근사하게 찍은 사진들만 모아 책으로 내도 좋겠다는 생각이 들었다. 파란 여우님의 서재에 다녀왔다. 거기 있는 근사한 책 사진들을 보니 나도 그렇게 찍고 싶었다. 내가 올리는 책 사진은 대부분 이렇다.

 1. 엄마가 바닥에 놓고 찍어 주는 사진.
 2. 만돌이가 역시 바닥에 놓고 찍어 주는 사진

3. 내가 가끔 팔꿈치에 힘주고 위에서 겨우 찍어 아래가 넙데데하게 나오는 사진.

가끔 책 사진을 구경하다 보면 다양하게 찍는 실력이 부럽다. 아, 나도 한번 저렇게 찍어 볼까 생각하지만 마음만 앞선다. 내 책들에게 괜히 미안해진다.

지금은 전쟁 중   어젯밤 어느 시사 프로를 봤더니 왜 부시가 전쟁을 일으키고 이라크에 목을 매는지 알 것 같았다. 이라크는 그들의 사업장이었던 것이다. 사설 경호 업체라고 그럴듯하게 말하지만 사실 가난한 나라의 사람들을 고용해 용병으로 쓰고 있었다. 그들이 죽거나 말거나 나 몰라라 하고, 심지어 자국민도 데려다 쓴다.

규모만 2조 달러가 넘는 거대한 시장이란다. 그러니 부시도 그 경호 업체에서 한자리를 차지하지 않았겠는가? 이라크인들을 고문하는 사진 속에는 용병들도 보인다. 이젠 민간인들한테까지 재미 삼아 총질도 하더군. 그런데 이런 곳에 우리 군인들이 왜 가 있는 거지? 그래, 돈 때문이겠지. 미국인들조차 그러더라. 자기 아들을 죽인 이라크 사람보다 경호 업체를 더 용서할 수 없다고. 혹시 6·25 전쟁 때도 이런 일이 있었던 건 아닐까? 우리가 모르는 뭔가가 말이다.

성추행을 했다는 의원은 여전히 사퇴를 안 하고 있고, 탈 많은 총리도 자리에서 딱 버티고 내려오질 않고 있다. 그런 정치인들의 공통점은 돈을 잘 번다는 점이다. 이게 뭔가? 요즘은 열 받는 일투성이다. 성추행을 했다는 교도관은 정신 병력이 있다는데 왜 계속 그 자리에 두는 건지. 그걸 변명이라고 하는 건지. 정말 비겁한 변명이다. 이 말도 아깝다. 지금은 나라 안팎으로 전쟁 중이다.

그리운 시청 앞

시청 앞 지하철역에서 너를 다시 만났었지
신문을 사려 돌아섰을 때 너의 모습을 보았지
발 디딜 틈 없는 그곳에서 너의 이름을 부를 때
넌 놀란 모습으로 음

가끔씩 너를 생각한다고 들려주고 싶었지만
짧은 인사만을 남겨둔 채 너는 내려야 했었지
바삐 움직이는 사람들 속에 너의 모습이 사라질 때
오래전 그날처럼 내 마음엔

언젠가 우리 다시 만나는 날엔
빛나는 열매를 보여준다 했지
우리의 영혼에 깊이 새겨진 그날의 노래는
우리 귀에 아직 아련한데

동물원, 〈시청앞 지하철 역에서〉

별 다섯 인생

엄마가 시청 앞 치과에 다녀오셨다. 하나도 변하지 않았더라는 말씀에 안도하는 나를 발견했다. 나이가 들어 변하는 게 싫어진 지금, 변해도 좋을 것들에 미련을 버리지 못하고 있는 내 모습마저 그저 그립다. 다시 가지 못할 곳인 줄 알면서도 상관없는 곳인 줄 알면서도. 무슨 거창한 추억도 없는 무교동 치과 골목이 아련하게 남아 지금 이 노래를 생각나게 했을까? 사소한 생활의 발견이려나. 시라든가, 음악이라든가, 책이라든가, 영화라든가…… 그 사이사이에 점점이 박힌 나의 자그마한 조각들을 그러모아 '랄랄라' 사이에 끼워 넣어 본다.

아파도 읽는다　　　　　　늘 안 좋은 컨디션. 이제는 그냥저냥 적응하고
　　　　　　　　　　　　산다. 하루 세 번, 가래를 뱉기 위해 허리를 구
부리고 나면 여우성님 말씀처럼 거의 죽을 지경이 된다. 그 여파로 옆구
리에 캐토톱을 붙이고 있다. 사실 별 효과는 없지만 그냥 위로 차원에서
붙였다.

　이제는 배까지 아프다. 그 도라지청은 내가 먹기만 하면 사람을 잡으
니. 그렇다고 안 먹을 수도 없고. 약간 시간이 걸리기는 했지만 이 와중
에 리뷰를 두 개나 썼다. 역시 아픈 거랑 책 읽는 건 별개다. 그나저나
서평단 책은 왜 안 오누? 그게 와야 다른 책을 건드리지 않고 읽을 게
아닌가. 가만, 그럼 뭘 읽는다? 아파도 책은 읽는다!

저녁에 불교 대학에 다녀오신 아버지.

"야, 아마존에서 이 책 살 수 있지?"

복사해 오신 종이를 보여 주신다. 《산스크리트-영어 사전》. 이런! 듣도 보도 못한 책이네.

"사시게요?"

"불교 대학 다니는 사람 중에 그거 산 사람이 있는데 좋다고 하더라. 2002년도 판이고 1,333쪽짜리다. 주문해라."

그러고 방으로 들어가셨다. 이렇게 난감할 수가. 아마존 서점은 구경만 해봤지, 이용은 안 해봤는데.

"만순아, 어떻게 좀 해봐."

"구매 대행 업체나 서점 뒤져 봐."

해봤는데 2002년판은 없었다. 이거 찾느라 얼마간은 책을 한 권도 못 읽었다. 다음 날 아침에 말씀드렸다.

"아버지, 말씀하신 그 가격이 아니던데요?"

"그래? 그 사람은 그렇게 샀다던데?"

"2005년판은 안 돼요?"

"비교해 보니까 2002년판이 훨씬 선명하고 좋더라고."

"그럼, 이거 회원 가입부터 해야 하거든요. 그 아저씨한테 사달라고 하시면 안 돼요?"

"그래? 그러지."

앗싸! 알고 보니 불교 대학에서 한 분이 주문을 받아서 다 같이 사기로 했는데 울 아버지만 따로 주문하겠다고 한 거였다. 우리가 주문하면 아버지 돈이 안 나가니까. 고단수인 울 아버지 정말 아무도 못 말린다.

어쨌거나 주문을 못해 드려서 좀 죄송하다. 그런데 영어로 쓰인 걸 어찌 보실 생각이신지. 암튼 대단하시다!

한 권의 책으로　　　　　　내가 누리는 문화 생활은 책밖에 없다. 영화관
　　　　　　　　　　　　에 가서 영화를 본 지 15~16년은 된 것 같다.
나는 원래 비디오 체질이다. 하나를 빌리면 셋이 볼 수 있다는 점이 좋았다. 뮤지컬은 달랑 〈캣츠〉 한 편 봤다. 정확하게 12년 전에 봤다. 연극 못 본 지는 20년이 좀 안 되나? 대학생 때 만순이랑 대학로에 가서 뭔가 봤던 기억이 있긴 한데. 아무튼 내가 방콕 체질인 게 여실히 증명된 셈이다. 근데 난 이게 좋다. 영화 한 편 보기 위해 친구들이랑 의견을 맞추는 것도 싫고 원래 혼자 보는 걸 더 좋아한다. 그래서 책이 딱 내 체질에 맞다. 누가 뭐래도 나 혼자 볼 수 있으니. 책이여, 영원하라. 나는 오늘도 한 권의 책으로 만족한다!

가족, 가족　　　　　　　　'커뮤니케이션의 부재는 의심을 낳고 결국 비
　　　　　　　　　　　　극으로 치닫는다.'
　　SBS의 〈그것이 알고 싶다〉가 가족 내 대화 단절이 얼마나 심각한 위기를 불러올 수 있는지를 단적으로 다루어 파장을 일으켰다. 방송에 소개된 가정들은 겉보기에는 평범했다. 다만 조용한 침묵만이 흐를 뿐이었다. 가족들은 거실과 각자의 방에서 TV를 보거나 컴퓨터를 했다. 대화는 단절된 지 오래였다. 한집에 살면서 대화를 하지 않은 지 3년이 넘은

가정도 있었다. 그런데 말을 꺼내면 한마디 한마디에 날이 서 있었다. 한 주부의 말처럼 "마음속에 칼을 품고" 있는 것처럼 보였다. 부모는 자식에게, 자식은 부모에게 "나를 무시한다."고 하면서 비난의 화살을 돌렸다. 부모와 딸이 5년째 전혀 대화를 나누지 않는다는 한 가정은 특히 심각해 보였다.

텔레비전을 보면서 우리 가족은 어떻게 저런 일이 가능할까 의아해했다. 한집에서 가족끼리 말을 안 하다니. 물론 살다 보면 말을 하기 싫을 때도 있고 말이 통하지 않을 때도 있다. 나이가 들면 부모와 자식 간도 멀어지게 마련이다. 하지만 어느 정도 시간이 지나면 그 거리는 다시 좁혀진다. 만순이가 미팅에서 만난 어떤 남자가 물었단다. 부모님이랑 어떻게 대화하고 사느냐고. 우리는 그렇게 물어보는 사람이 더 이상했다.

아버지 친구분의 아들은 외국 유학에서 돌아왔는데 일주일이 넘도록 인사를 안 하더란다. 우리는 그것도 이해가 안 갔다. 아침에 나가면서 '갔다 오겠습니다', 저녁에 들어오면서 '다녀왔습니다'라고 인사를 하는 건 집에 누가 있건 없건 기본이다. 나이 서른을 넘긴 어른도 당연히 해야 한다. 가끔은 우리가 비정상이 아닐까라는 생각을 한다. 어제는 텔레비전에서 사람들이 명품에 열광하는 이유가 나왔다. 그걸 보면서 "우린 사람이 아닌가?" 하는 말을 주고받았다.

우리가 그 프로를 보고 내린 결론은 "말은 많은 게 좋다."였다. 말을 안 하면 입안에 가시가 돋으니까. 물론 잔소리가 싫을 때도 있고 혼자 있고 싶을 때도 있다. 그건 부모님도 마찬가지겠지. 어찌 보면 소통의 문제라기보다 서로에 대한 이해가 부족한 게 아닐까? 우리는 사람이 사람을 사랑하는 데 가장 중요한 것은 측은지심이라는 결론을 내렸다. 내 가족을 서로 불쌍한 눈으로 바라보라. 밖에서 일하는 남편이 얼마나 고맙고 안에서 일하는 아내가 얼마나 소중하겠는가. 힘들게 먹이고 입히는 부모님의 어깨를 보라. 얼마나 굽어 있는지. 가방을 메고 가는 아이의 어깨를 보라. 자식이라 더 측은하지 않은가. 우리는 모두 측은한 존재들이다. 좀 더 따뜻한 눈길로 서로를 바라보는 것이 대화의 시작이 아닐까.

만순이, 돌아오다

어제 만순이가 온다니까 엄마는 두 번이나 나가서 기다리다 오셨다.

"엄마, 전화를 기다리라니까."

"그냥 산책 삼아 나가는 거야."

딸내미 무거운 가방 들어 주려고 나가는 거면서. 만순이 전화를 받고 만돌이가 나갔다. 돌아온 만순이에게 던진 나의 첫 마디.

"엄마가 얼마나 네 욕을 했는지 아냐?"

"왜?"

"전화 안 한다고."

"내가 애야?"

엄마도 참았던 한마디를 하셨다.

"티비에서 새벽에 여자가 어쩌구 하는 뉴스가 나오잖냐. 얼마나 걱정했는지 아냐?"

"그래서 전화하지 말랬더니 기어이 하신 거야."

"엄마, 그때 내가 얼마나 뻘쭘했는지 알아? 그때 우리 반 애들 혼내고 있었다고."

"그래서 그렇게 끊었구나."

만순이가 "엄마, 이따 할께." 그러고 뚝 끊었다고 했다.

"애들이 '선생님 남편이에요?' 이러더라고."

만순이가 가져온 것은 타래과 두 상자, 먹다 남은 한라봉 한 개, 엄마의 늦은 생일 선물인 화장품이었다. 타래과 맛을 봐야 하는데 날 일으켜줄 만돌이 놈이 아직 안 일어났다. 얼마나 힘들었으면 그새 1킬로그램이 빠졌다고 한다. 에고, 불쌍한 것. 그래서 누나가 만화책 사놨다. 만화책 보면서 몸보신 하거라.

너무 우울해   어제, 저녁을 먹는데 만순이가 "우울해, 너무 우울해!"를 외쳤다. 일은 하기 싫은데 월급은 받고 싶어서란다. 마침 엄마가 옆에서 방귀를 뀌었다.

"너무 우울해. 딸내미가 우울하다는데 엄마가 방귀를 뀌어서 더 우울해."

엄마가 손을 휘저어 방귀를 만순이 쪽으로 보냈다.

"우울증 치료제다. 많이 먹어라. 으하하하."

오늘은 나도 우울하다. 방금 목욕하고 거울을 봤는데 으헉, 눈가에 주름이…….

"엄마, 눈가에 주름이 생겼어."

"네 나이가 몇인데. 당연하지."

"우울해. 너무 우울해."

아이크림이나 발라야겠다.

엄마가 작은이모에게도 내 흉을 봤다. 만두도 이제 늙었다고. 만순이 가 오니까 또 얘기하신다.

"언니가 아이크림 달랜다."

"언니, 주름은 나도 있거든. 그게 문제가 아니고 언니는 세수를 좀 잘 하고 로션이라도 발라."

헉, 아무 말도 못했다. 그래, 나는 더럽다. 휴일에 세수하면 어디 나가 냐고 만순이가 묻는다. 샤워하면 어디 나가냐고 만돌이가 묻는다. 그래, 나 그런 사람이다. 하지만 결정적 한마디는 엄마가 날린다.

"야, 너 그거 주름 아냐. 피부가 늘어진 거야. 너, 아버지 닮아서 눈 밑 이 늘어지는 거다."

으허헉, 그건 안 되는데. 엄마는 기분 나쁠 때 울 아버지의 눈 밑을 처 진 심술보라고 한다. 우애애애앵. 나는 정녕 안 예쁜 것만 타고 났단 말 인가. 괜히 말했다가 본전도 못 건졌다.

무서운 엄마   책을 읽고 있는데 갑자기 보자기로 목을 조르 는 엄마. 가위로 내 머리를 뭉텅뭉텅 자른다. 그러고 나서 목욕을 하는데 이번엔 때수건으로 얼굴을 마구 문댄다. 때 수건이 눈 안에까지 들어왔다 나갔다. 아파서 죽을 뻔했다. 상처 난 줄 알고 걱정했는데 다행히 별 탈 없었다. 항의하다가 엄마한테 맞기만 했 다. 으, 오늘 아침에 또 책이 오는 바람에 그나마 말도 못하는 상황. 상 황 종료!

내가 책을 오래 볼 수 없단 말이지.

고개를 숙이고 오래 있을 수 없단 말이지.

고개가 아프단 말이지.

어느 세월에 이 책을 다 읽느냔 말이지.

아이고......

이젠 허리까지 아프단 말이지.

한 번씩 고개를 들어야 한단 말이지.

아, 늙는 것도 서러운데 책도 읽기 어렵단 말인가

그런데 이 책 은근히 재미있다는 사실.

아마 안 읽으면 후회할 사람 많을 거란 말이지.

2006.04.13

남의 침이 들어간 닭죽을 먹어 본 적이 있는가? 나는 방금 먹었다. 우리 집은 닭죽에 소금이 아닌 국간장으로 간한다. 그런데 내 죽의 간을 맞추던 엄마가 아무리 봐도 과하다 싶게 간장을 넣었다.

"엄마, 짤 것 같아."

"안 짜."

만순이와 만돌이가 이구동성으로 말했다.

"짜겠는데?"

그제서야 엄마는 내 죽과 엄마 죽을 반반 섞었다. 그런데 그 모습을 보고 있던 만순이가 이러는 게 아닌가.

"엄마, 침 들어갔어!"

나는 못 봤는데 엄마 침이 내 닭죽에 들어갔단다.

"안 들어갔어."

"들어갔어."

"나 안 먹어."

"안 먹으면 죽어."

나는 엄마 침이 들어간 닭죽을 눈물을 삼키며 먹었다. 으흐흑, 더럽다는 말도 못했다. 맞을까 봐. 부모의 침은 자식이 먹어도 된다고 생각하는 우리 엄마는 막상 자식의 침은 절대 안 드시는 분이다. 뭐냐고요. 배 속이 안 좋다. 하지만 참는다. 맞을까 봐.

아버지한테 만순이의 만행을 일렀다.

"아부지, 아부지."

"응?"

"한라봉이요, 그거 만순이가 산 거 아니에요."

"뭐?"

"주문만 만순이가 하고 돈은 제가 냈어요. 만순이가 지가 샀다고 했죠?"

"응."

"억울해요."

듣고 있던 엄마가 한마디 보태신다.

"그러니까 얘 말은 우리가 그걸 우리가 물어 줘야 한다는 말이야."

아버지의 표정이 난감해진다.

"나는 세 개밖에 안 먹었는데? 한 개에 얼마냐?"

"엄마는 두 개 먹었다. 네 큰이모가 세 개, 만돌이가 두 개 먹고 네가 한 개 먹었지."

"뭐야 그럼 나머지 돈은 못 받잖아."

나머지는 만순이가 다 먹었다는 얘기다. 만순이가 왔기에 이 이야기를 그대로 전했다. 그러자 만순이는 펄쩍 뛴다.

"무슨 소리? 그럼 내가 다 먹었다고? 한라봉 또 올 텐데 내일부터는 세면서 먹자고."

이 기집애가 돈 준다는 소리는 끝까지 안 한다. 아, 날아간 내 돈! 그런데 아버지도 진짜 세 개밖에 안 드셨을까?

만순이의 한마디.

"어제도 아빠가 세 개나 드셨는데 무슨 소리야."

내 생각에는 만순이가 아버지랑 똑같은 개수를 먹은 것 같다.

입맛 없다는 만순이　　입맛이 없어서 밥 반찬을 하려고 탕수육을 하
　　　　　　　　　　　나 시켰다. 웬일로 만순이가 "나는 입맛이 없
어서 그냥 된장찌개랑 먹을래." 했다. 그래서 탕수육은 우리만 먹었다.

"아, 입맛이 없으니까 된장찌개도 쓰네."

만순이의 말에 엄마가 말씀하셨다.

"응, 원래 써."

"어?"

"푸하하하하. 아까 큰이모도 쓰다고 했어."

"아냐, 내 입맛이 써서 그래."

"아니라니까. 이번 된장이 좀 쓰다니까."

"만돌아, 먹어 봐."

"쓰다."

"근데 엄마는 왜 얘기 안했어?"

"아침에도 넌 잘 먹었잖아."

"그때는 아침이라 쓴가 했지."

입맛 없던 만순이는 된장찌개에 밥 한 그릇을 비벼서 다 먹었다. 민
망해서 탕수육은 먹을 생각을 안 하더군. 지금은 입맛이 너무 없어서 한
라봉을 먹고 있다. 아, 이 인간은 진정 입맛이 없다는 게 뭔지 아는 걸까?

　　　　　　　　　　　　　　　　　　　　　　　별 다섯 인생

언제인가 이런 생각이 들었다. 첫사랑을 기억하는 사람과 그렇지 않은 사람 중에 누가 더 행복할까? 내 기억으로는 나를 첫사랑이라고 했던 남자는 있는데, 내가 나의 첫사랑이라고 말할 남자는 없다. 첫사랑을 했는지, 사랑이라는 걸 하긴 했는지도 모르겠다. 사랑 때문에 가슴이 아파 본 적도, 사랑 때문에 잠을 못 이룬 적도, 사랑을 찾아다녀 본 적도 없다. 가끔 이런 생각을 한다. 첫사랑의 기억이 비록 지독하게 아프고 쓰린 상처라 해도 그런 기억을 간직한 사람이 아무 기억도 없는 나 같은 사람보다 행복한 거 아닌가 하고. 어제 어디선가 나이에 대한 이야기를 하던데, 예전에는 못했던 이런 생각도 마흔이 다가오니 하게 되었다. 나이를 먹는다는 게 좋다. 서른은 꼭 죽을 것 같은 두려움으로 맞이했는데. 설레는 마음으로 마흔을 기다리고 있다.

첫사랑이 이런 느낌일까? 산다는 건 오래 사는 것만으로도 승리라고 생각한다. 더 오래 기억하고 있는 이에게 아련한 행복을 주는 첫사랑처럼. 첫사랑과 나이 든다는 것. 안 어울릴 것 같은 이 두 가지가 이렇게도 어울릴 수 있다는 사실을 알게 되어 오늘 아침, 또 고맙다.

나는 비록 첫사랑에 대한 기억은 없을지라도 지금부터 더 좋은 기억을 쌓아갈 수 있다. 이것만으로도 다가오는 매일이 반갑다. 첫사랑은 단 한 번뿐이겠지만 내 남은 하루하루는 매번 첫사랑의 느낌일 테니까.

빛바랜
사진

책을 읽을 때 모르는 내용이 나오면 무조건 찾
아본다. 백과사전과 인명사전을 다 뒤져도 안
나오면 해외 사이트에까지 진출한다. 어제는 일본 화가들의 그림을 수
집하러 다녔다. 그러다가 이 화가들이 그린 춘화를 발견했다. 어렵게 찾
아서 클릭을 했더니만, 오메, 낯 뜨거운 거. 예술이니 뭐라고 할 수도 없
고. 그러고 있는데 만순이가 그걸 봤다.

"언니, 밤마다 이런 거 보는구나. 흠."

"야, 아냐 화가를 찾다가 그만."

"언니, 나이 생각도 좀 하지. 마흔에 그러면 좀 그렇지 않나? 아, 울 언
니가 그런 사람이었구나."

"아니라니까!"

"화내는 거 보니까 맞네."

그 후로 컴퓨터 하는 내 뒤에 와서는 "언니, 뭐 봤어? 또 그거 본 거 아

냐?"이러고 간다.

"야, 누드화는 그림 아냐?"라고 울부짖었지만 저번에《문신살인사건》
때문에 단단히 변태로 찍혀서 이제는 빼도 박도 못하게 생겼다. 아니 그
런 그림을 그렸으면 그렸다고 할 일이지. 그런 그림을 왜 사이트에 올려
놓느냐고.

한라봉 두 박스　　　　　　　아침 일찍 일어나 밥 한 그릇을 뚝딱 해치운
　　　　　　　　　　　　　　물만순 양. 갑자기 소파에 찌그러졌다.

"왜? 뭐가 먹고 싶은데?"

그렇다. 이런 행동은 물만순 양이 먹고 싶은 게 있을 때 나온다. 불쌍
하고 처량해 보이는 모습이다.

"한라봉. 엄마가 많이 먹었다고 사지 말래."

"엄마, 얘 또 찌그러졌어. 한라봉 사라고 그래."

"으이그, 네 나이가 몇이냐? 사라, 사."

기분이 좋아진 물만순 양은 거실에 이불을 펴고 한숨 잤다. 감기로 고
생하는 중이지만 자고 일어나 투표하러 간다더니 일어나서 고구마 두
개를 구워 먹었다. 그러고는 갑자기 마구마구 토했다. 사람 잡는 줄 알
았다.

"야, 아프지 마. 언니가 한라봉 사줄게."

다음 날 출근했다가 집에 온 만순 양.

"언니, 한라봉 주문했어. 두 박스 주문하면 만 원 깎아 준다고 해서 두
박스 시켰어."

"으잉?"

"언니가 사준다고 했잖아. 입금해!"

내가 계좌이체 할 때까지 지켜보고 있었다. 으헉. 무서운 기집애. 내 입이 방정이다. 우리 집의 '삐짐 패밀리' 중 한 사람이 만순 양이기에 나는 눈물을 삼키고 부들부들 떨면서 한라봉값을 입금할 수밖에 없었다.

우리 집 삐짐의 양대 산맥 중 하나는 삐짐 대왕인 아바마마다. 조개젓찌개와 고추장볶음 사건이 생각난다. 내가 어릴 때 아버지가 드시고 싶다는 걸 엄마가 안 해 드린 적이 있었다. 그것도 딱 한 번. 그런데 아버지는 지금도 엄마랑 싸울 때마다 그 얘기를 하신다.

"내가 그때 조개젓찌개가 얼마나 먹고 싶었는데, 그렇게 해달라고 해도 안 해주고. 내가 고추장볶음 좋아하는 거 알면서도 안 해주고."

"또 또 또 나왔다. 고추장 먹던 얘기……."

우리 집에선 호랑이 담배 피던 이야기가 아니라 고추장 먹던 이야기다.

삐짐 여왕 물만순 양의 이야기.

"내가 중학생 때 만돌이 도시락에는 큰 쪽에 장조림 싸주고, 내 거에는 작은 쪽에 싸주고."

"너 그거 언제까지 얘기할래?"

그러니까 내가 한라봉을 안 사주면 한 이십 년간은 "언니가 나 아플 때 한라봉도 안 사주고."라는 말을 들어야 한다. 그래서 샀다! 한 박스면 이런 말 안 한다. 두 박스라니. 너무했다, 만순아!

잘 웃지는 않지만

요즘 웃을 일이 그다지 많지 않은 것도

사실이지만

어찌 되었던 간에 웃자고요!

웃을 일을 만들어 봅시다!

2006.06.13

어제 8시, 어김없이 방에서 쫓겨났다. 거실에서 뉴스만 보다가 축구를 봤다. 호주 팀은 너무 느렸다. 일본은 수비를 하다가 기습적으로 공격하는 전술을 썼다. 일본이 골을 넣었다. 골키퍼 차징이었는데 주심이 골로 인정했다. 주심이 일본한테 후하다. 그 골을 지키려고 일본은 너무 일찍 수비에만 전념했다. 상대편 감독이 히딩크라는 사실을 잊었나 보다.

우리가 소리칠 때마다 만순이는 "골 넣었어? 어디가 넣었어?"를 외쳤다. 하지만 우리는 골 때문에 소리 지른 게 아니었다. 다른 경기를 보다가 이 경기를 보려니 열통이 터져서. 결국 궁금해진 만순이가 방에서 일하다 말고 나왔다.

"일본이 정말 잘한다."

"엄마, 일본이 그렇게 잘해?"

"응, 반칙을."

일본 선수가 발을 걸어도 호주 선수들은 넘어지지 않았다. 반면 일본 선수들은 너무 넘어지더만. 가장 압권은 아나운서의 말이었다.

"1대 0으로 지는 상황이 지난 한국 대 미국전과 비슷한데 하프타임 때 히딩크 감독이 어떤 말씀을 하셨나요?"

차두리가 대답한다.

"저는 그때 후보 선수여서 밖에서 몸을 풀고 있었기 때문에 라커 룸에는 못 들어갔습니다. 말씀을 못 들었습니다."

"아, 제가 몰랐군요."

어쩌고저쩌고. 이때 차범근의 한마디.

"제가 다 땀이 납니다."

이 멘트가 제일 웃겼다. 그런데 관중의 응원이 너무 맥이 없었다. 호주 사람들은 응원할 줄도 모르는지 웬 커다란 캥거루 인형을 하나씩 들고 널브러져 있다. 맥주 마시고 다들 취했나? 일본은 여전히 맥없이 "니폰"을 외치며 짝짝짝. 그나저나 이게 문제가 아니다. 과연 오늘밤 우리나라 경기는 어떻게 될 것인지. 두둥.

엄마, 아빠, 건강하세요
내 두통의 이유를 알았다. 엄마가 저녁에 바로 실토하셨다.

"내가 그제 머리가 아팠는데."

이런, 나랑 엄마는 쌍둥이도 아닌데 꼭 엄마가 아프고 나면 내가 아프다. 이상하게 그렇다. 전염성은 아닌데 갑자기 이유 없이 배가 아프면 엄마도 아팠다는 걸 알 수 있다. 엄마는 아프다는 얘기를 잘 안하시므로 내가 아파야 엄마가 아팠다는 걸 알게 된다. 못된 딸이다.

내가 어찌해 드릴 수 없으니 엄마가 아프면 동생들에게 간호를 맡긴다. 이젠 머리가 안 아프다. 내가 엄마 걱정을 안 하니까 동생들이 알아서 잘 챙긴다. 어제도 만순이가 글루코사민과 콘드로이친이 들어간 관절염 약을 사 오라고 만돌이를 약국에 보냈다. 나는 그런 약도 병원에 가서 처방받는 게 낫다고 생각했다. 그래서 만순이가 병원 가는 날에 엄마를 강제 연행해서 차에 태우기로 만돌이와 모의를 했다. 맏이 노릇은 못하지만 나를 대신해서 잘하는 동생들이 있다. 이런 일을 상의할 동생들이 있어 두통도 다 나았다. 엄마와 아버지도 나이가 들어 많이 힘드신 것 같다. 건강 마니아인 아버지는 알아서 잘 챙겨 드시는데 엄마는 안 챙겨 드신다. 건강하셔야 하는데.

엄마는
열성 스포츠팬

내일 새벽에 기어이 텔레비전을 보시겠다는
엄마.

"그냥 재방송 보지?"

"시끄러. 볼 거야."

"거실에서 텔레비전 틀면 진짜 화낸다."

"거실에서 안 봐."

"그럼?"

안방에서는 아버지가 주무셔서 안 된다. 아버지는 3시 반에 운동하고
오셔서 다시 주무신다. 깨우면 절대 안 된다.

"만돌이 거실로 내쫓고 만돌이 방에서 볼 거야."

"그래, 같이 보지, 뭐."

"떠들면 안 돼. 나 깨우면 진짜 화낸다."

"조용히 볼 거야."

에휴. 잠은 다 잤다. 텔레비전을 조용히 볼 분이 아닌 데다가 만돌이
방이랑 내 방은 붙어 있다. 그나저나 이긴다면야 뭐. 하지만 아니라면
진짜 화날 거 같다.

"골인, 짝!"

아파트가 떠나가라 울리는 엄마 목소리에 잠이 깼다. 이거 원. 텔레비
전을 다 볼 때까지 기다렸다가 엄마를 불렀다.

"엄마, 엄마!"

별 다섯 인생

"깼냐?"

"깼지. 아주 심장마비 걸리는 줄 알았어. 이겼어?"

"비겼어."

새벽 6시. 두 시간이나 일찍 일어났다. 울 아파트 사람들은 불 끄고 자더만.

만순이도 깼다.

"난 출근해야 돼!"

그나저나 프랑스 선수들은 참 안됐다마는 우리는 비긴 것도 잘한 거다. 암튼 그 시간에 일어나서 만돌이 내쫓고 텔레비전을 본 울 엄마. 대단하시다!

돼나우두 만돌이   딱히 나 때문이라고 하기는 그렇지만 사실 나 때문이다. 만돌이가 나를 일으키다가 또 허리를 삐끗. 어제 찜질하고 캐토톱 붙이고 지금 침 맞으러 갔다.

"누구 때문이지?"

"내 탓이라고는 생각 안 한다."

참새가 죽어도 짹하는 법! 하지만 어제, 허리가 그렇게 아파도 꼭 닭은 먹어야 한다는 만돌이를 만순이가 놀렸다.

"어이, 돼나우두 운동 좀 하지."

"돼나우두?"

"그래, 언니. 살찐 호나우두를 돼나우두라고 부른대. 으하하하하. 방학하면 너, 나랑 요가를 다니든가 헬스를 하든가 해라 안 하면 죽는다."

"알았어."

내가 동생 돌볼 여력이 있는 건 아니지만 백수가 몸이라도 건강해야 하는데 말이다. 그 와중에 머리 감겨 달라고 했다가 진짜 죽을 뻔했다. 가려운 걸 어쩌냐고요. 생각 없는 누나. 6월은 이렇게 가고 있다.

엄마는 사오정   울 엄마가 하는 말은 잘 알아서 편집하고 재구
성해 들어야 한다.

어제 저녁에 이면수를 구워 먹었다.

"옛날에 어느 부자가 이면수 껍데기가 너무 맛있어서 그것만 먹고 폭 삭 망했다잖니."

우리는 이구동성으로 얘기했다.

"알아, 알아. 이면수 먹을 때마다 말하면서."

"그러니까 도루묵이라는 얘기야."

"또 옆으로 샜다."

"엄마, 거기에 웬 도루묵? 그건 딴 얘기잖아."

"알아. 그냥 생각나서 한 거야."

그렇다. 울 엄마를 모르면 오해하기 딱 좋을 얘기지만 우리는 알아듣 는다.

그제 저녁엔 또 이러셨다.

"세상에, 외교관 자식들이 엑스터지를 들고 왔다가 잡혔단다."

"엑스터지가 뭐야?"

내 물음에 화장실에 있던 만순이가 다급하게 외쳤다.

"엑스터시!"

"으하하하. 어떻게 한 끗 차이로 말이 코미디가 될까?"

"엄마 자체가 코미디잖아."

"뭣이?" 딱!

"왜 나를 때려? 만순이가 한 말인데?"

"네 잘못이야. 언니가 맞는 건 당연한 거야."

붙이기는 얼마나 또 잘 갖다 붙이는지. 그나저나 그 말 듣고 생각했다. 엑스터시를 엑스터지라고 부르면 우스워서라도 안 하지 않을까 하는 생각. 한마디로 할 맛이 안 나는 이름으로 불러 주면 어떨까? 나, 또 엉뚱한 상상한다. 울 엄마 딸이니까.

아빠는 땡처리를 좋아해

아버지는 저녁 땡처리를 너무 좋아하신다. 백화점의 땡처리 빵은 이제 그만 사 오라고 말리는 지경이다. 오늘은 집 근처 슈퍼에서 할인 행사를 한다고 잔뜩 사 오셨다.

"할인 한다고 해서 사 왔지."

"뭘?"

"미역이 한 줄에 천 원이래서. 싸지? 싸지?"

"여봇! 미역 한 박스나 있단 말야. 내가 뭐든 살 때 전화하라고 했지?"

아버지 또 실수하셨다. 하지만 이에 굴하지 않으신다.

"그것만 사 온 거 아냐. 김도 사 왔어."

"사 오려면 다시마나 사 오지."

"그것도 사 왔지. 여기 다시마."

으하하하하. 누가 울 아버지를 말리랴! 엄마는 만순이한테 하소연하다 혼났다.

"아버지가 그런 거 좋아하시는 거 알면 그냥 넘어가지. 엄마도 참."

"나 아무 소리 안 했어."

결국 저녁에 미역국을 먹었다. 다시마도 사 왔다는 아버지의 의기양양한 목소리에 엄청 웃었다.

만순이는 코알라 1   만순이가 퇴근해서 오더니만 마트에 간다고
                    했다. 마침 우리 집에 놀러 오셨던 큰이모는
밖에 비도 오고 하니 그때 만순이 차를 타고 집에 가겠다고 하셨다. 만순이는 조금만 자고 일어나서 가겠다고 했다. 가긴 글렀다. 큰이모도 기다리다 지쳐 그냥 가셨다.

"누나, 가긴 어딜 가? 또 자."

"작은누나 말이니?"

"누구겠어? 잠만 자고 먹기만 하고."

"그런 동물이 있지, 아마."

"나무늘보도 있고."

"나무늘보는 아니지. 만순이는 먹을 때 잽싸잖아."

"코알라도 있고."

"코알라! 딱이다. 코알라가 성질도 더럽다잖아."

"으하하하!"

"너 또 자진 납세해라. 어제처럼."

만순이는 코알라 2　　　　어제 만순이가 거실에서 조는 모습을 보고 만돌이가 말했다.

"크하하하. 큰누나, 저것 좀 봐. 저런 모습으로 자기도 힘들 거야."

"암튼 찍어. 협박용으로 쓰자."

찍었다. 그런데 밥 먹다가 만돌이가 실토하고 말았다.

"아까 누나 자는 모습이 얼마나 웃겼는지 알아?"

"야, 야. 말하지 마."

내가 말렸지만 이미 늦었다.

"뭐야? 빨리 불어."

에효, 결국 만순이한테 사진 보여 주고 삭제했다. 우리는 서로 책임 전가하기 바빴다. 그런데 아니나 다를까. 밥 먹다가 만돌이 녀석이 먼저 불었다.

"큰누나가 작은누나를 뭐라고 하는지 알아?"

"에라이 촉새야. 너 일제시대에 안 태어난 게 정말 다행이다."

"또 뭐야?"

"코알라 같대. 잠만 자고 먹기만 하고 성질도 더럽다고."

"코알라가 직장도 다니냐?"

"만순아, 코알라는 유칼립투스 나뭇잎만 먹는데 사명감을 가지고 있으니 그게 직업이라고 볼 수 있지."

크크크! 이 웃음이 언제까지 갈지 모르지만 웃을 수 있을 때 웃자!

빛바랜 사진　　　　고등학교 1학년 영어 시간, 선생님이 영어로 어떤 스타일의 남자를 좋아하냐고 물었다. 그 때 내 대답은 이랬다.

"제임스 딘 같은 스타일을 좋아합니다."

물론 영어로 대답했다. 그런데 지금 왜 영어로 안 쓰냐고 묻지 마시라. 못 쓰니까 안 쓰는 거다. 그런데 선생님은 앞부분만 들으시고 (사실 영어가 약해서 내 목소리가 개미만 했던 거 인정한다.) "야, 제임스 딘이 뭐냐?" 하면서 면박을 줬다. 우띠. 나, 속으로 외쳤다. '선생님 같은 스타일이요.'

그렇다. 나는 제임스 딘을 좋아한 건 아니다. 그런 스타일을 좋아했을 뿐. 언젠가 책을 읽다 제임스 딘 사진을 보게 되었다. 갑자기 그 생각이 나면서 영화의 장면들도 스쳐간다. 아, 내 나이 열일곱 때 내 애인은 제임스 딘이었구나 하는 생각이 들었다. 아무리 이상형이라지만 제임스 딘 스타일의 남자는 구경도 못했다. 누구나 한 번쯤은 제임스 딘을 가슴 한 켠에 품지 않았을까. 그래서 나는 가늘고 오래 사는 사람이 좋다. 죽어서 남의 가슴을 아프게 하면 뭐하나. 살아서 행복한 것이 더 좋을 텐데. 누군가의 애인들은 오래오래 살았으면 좋겠다. 마음에 남지 말고. 이렇게 보니 내 청춘이 아련해 서럽고, 제임스 딘의 빛바랜 사진도 서럽다.

별 다섯 인생

우리가 잃어버린
그 무엇

아버지와 자격증 아버지를 찾는 전화가 걸려 왔다. 아버지는
2박 3일 동안 절에 가셨다. 자격증이 나왔으니
입금하란다. 무슨 자격증? 장례 문화에 관련된 자격증이라고 한다. 평소
에 이 자격증을 따서 봉사 다니겠다고 하시더니 정말 따셨다. 아버지는
자격증 시험만 보면 붙으신다. 자격증이 몇 개인지. 암튼 올 아버지 진
짜 대단하시다!

나는 토끼다 그렇다. 나는 호랑이가 아니라 토끼였다. 부모
님이 외출하면 동생들을 휘어잡았다. 중학생
때까지만 그랬다. 그 시절이 그립다. 말을 안 들으면 안마당 맨홀 뚜껑
위에 손들고 벌서게 하고 총채 들고 뛰어다녔었는데.

그런데 내가 왜 만순이 밥 먹는 시간에 맞춰서 밥을 먹어야 하느냔 말이다. 내 아침 식사 시간은 9시인데 오늘은 8시였다. 뭐, 그래도 참는 이유는 만순이가 며칠 전에 적금을 탔기 때문이다! 그런데 기집애가 한턱 낸다더니 아이스크림을 샀다. 나, 배탈 나서 찬 거 못 먹고 약 먹는데 말이다.

졸병 만두   언제나 밤이 되면 발이 심하게 붓는다. 오래 앉아 있으면 안 되는데 눕기도 힘들고 시간도 아까워서 그냥 앉아 있었다. 그러다가 조교 물만순 양에게 딱 걸렸다.

"언니, 앞으로 두 시간 컴퓨터 하고 30분은 다리 올리고 누워 있어!"

졸병 물만두가 저항해 본다.

"아니 저기 그건 좀."

"시끄러. 나중에 발 못 쓰고 싶어?"

"그래도."

"물만돌, 누나 데려가."

나는 최후까지 저항했다.

"만순아, 너 개학 언제 하니?"

"그걸 왜 물어? 개학해도 저녁에 와서 검사할 꺼얏!"

헉. 4시에 끌려 나가서 지금 들어왔다. 누워 있느라 죽을 뻔했다. 붓기는 빠졌다. 이러면 책은 언제 읽냐고. 아, 정말 개학이 언제야? 지금도 만순이의 눈치를 보며 컴퓨터 하고 있다.

별 다섯 인생

그동안 안 읽은 책이 얼마나 많을까. 그 많은 책 중에 얼마나 많은 보석이 숨어 있을까. 그 보석을 알아보지 못하고 빛내지 못한 것이 가슴에 박혀 아프다. 정말 죄송하다고 사과하고 싶다. 좋은 독자가 아니어서 죄송하다고. 그래도 제발 책을 쓰시라고 말씀드리면 너무 뻔뻔할까? 내 마음에 드는 책을 읽기 위해 누군가 피를 토하며 썼을 글을 읽지 않고 모른 척 외면한 죄. 책을 사랑하며 많이 읽는다고 스스로 말하면서도.

나는 오늘 나의 부족함에 아프다. "죄송합니다. 죄송합니다." 이 말밖에 드릴 말씀이 없어 너무 속상한 아침이다.

2006.08.11

오쿠다 히데오 소설의 등장인물 같은 사람들은 세상에 흔하다. 하지만 이라부 같은 의사는 드물다. 그것이 이 작품을 재미있게 하는 요인이다. 〈도우미〉의 등장인물처럼 피해망상이나 과대망상증을 가진 사람들로 세상은 가득하다. 왜 세상은 중간이 없고 '나 너무 잘났어.'와 '나 왜 이렇게 못났을까?'로만 나뉘는 건지. '나잘난 양'의 대표 주자가 세상의 모든 남자들을 스토커로 만들기 전에 이라부를 만난 것은 다행일지 모르지만 과연 그런다고 달라질지는 사실 의문이다. 소설이니까 가능한 이야기가 아닐까 싶다.

〈아, 너무 섰다!〉는 일본에서 요즘 추구하는 것이 "참지 말고 화내자.", "우리 한번 멋대로 살아 보자.", "남의 눈치는 그만 보자."인지 그런 느낌이 드는 작품이었다. 그런데 작가가 우에노 공원인가 하는 곳의 이란인은 왜 그렇게 들먹이는지 모르겠다. 의도적인 건지 아니면 그럼에도 불구하고 우리만 발가벗긴 그렇잖아 하는 물귀신 작전인지 씁쓸하다.

〈인 더 풀〉에서의 남자도 흔하다. 운동도 중독이 된다고 한다. 몸짱도 중독의 일종이나 사회적 부작용이 아닐까 싶다. 그런데 아내도 있는데 이렇게 간단히 고쳐질 거라면 대화를 하지 않고 왜 이라부를 찾았을까 싶다. 이라부가 꼭 고쳐 줬다는 생각이 안 든다.

〈프렌즈〉에서의 고교생도 우리 주위에 많은 인물이지 싶다. 소위 소외되고 싶지 않아 발버둥 치지만 그래도 소외되는 아이들. 왕따가 아닌 게 다행이다 싶지만 이 작품에서 진짜 마음에 드는 작품은 이 단편이다. 세상 모든 사람과 사귈 수 없고 사람은 언젠가는 변하는 존재라서 연연해할 만한 게 못된다고 말해 주고 싶다. 사랑하는 사람이 옆에 있어도 외롭다는 세상인데 차라리 외로우면 외로운 채 버둥대지 말고 편하게 살아 보자고!

〈이러지도 저러지도〉는 피곤함이 운명이라 생각할 밖에, 라고 말해 주고 싶다. 흥미로운 점은 이 작품 전반에 등장하는 이들의 대화 상대가 이라부뿐이라는 것이다. 세상을 살다 보면 누구에게도 말 못할 고민이 생기고, 병원을 찾아가 치료해야 하는 일도 생기지만 그보다 진정 자신의 말에 귀 기울여 주는 사람이 없고, 등장인물들도 누군가에게 자신의 속내를 말하려 하지 않는다는 데 주목하게 된다. 현대인들의 상실감이라든가 고독, 우울증, 정신적 질환의 태반은 이런 대화와 소통의 부재 때문에 일어나는 게 아닌가 싶다. 언제부터 우리가 이렇게 대화할 사람이 없는 그런 존재들이 되어 버렸을까? 이 작품은 그걸 말하고 있는 듯하다.

우리는 무엇인가를 잃어버렸다. 그게 무엇일까? 저 풀 속에 그것이 있을까? 이라부를 찾을 게 아니라 어쩌면 잃어버린 그 무엇을 먼저 찾아야 하는 것 아닐까. 아니면 우리가 잃어버린 그 무엇이 이라부는 아닐지. 그가 비록 등 어딘가에 지퍼가 있을 것 같은 몸매를 하고 있다고 해도.

나를 슬프게 하는 것들   두꺼운 책은 나를 슬프게 한다. 읽느라 팔 아파 죽겠다. 거기다 하드커버면 거의 죽음이다. 책 1, 2권으로 분권하고 1권 사면 2권 준다고 하는 책이 나를 슬프게 한다. 이런 책은 꼭 사게 된다. 모처럼 책을 사면서 마일리지를 모을 기회가 왔는데 사고 싶은 책이 마일리지가 적어 나를 슬프게 한다. 읽고 싶은 책을 미루고 잡은 책이 재미가 없어 나를 슬프게 한다. 추천을 열심히 했는데 많이 안 팔린 책이 나를 슬프게 한다. 알고 봤더니 다른 서점에서 쿠폰을 준다. 슬프다.

읽을 책이 태산인데 사고 싶은 책도 태산이라 나를 슬프게 한다. 기다려도 안 오는 책이 나를 슬프게 한다. 모 서점에서 생일 쿠폰이라고 준 것이 화장품 쿠폰이어서 나를 슬프게 한다. 아직까지 책을 어떻게 읽어야 하는지 모르는 내가 나를 슬프게 한다. 아침에 느끼한 라자냐를 준 엄마가 나를 슬프게 한다. 아직도 트림을 하면 냄새가 올라온다.

나를 뚫어져라 쳐다보는《광골의 꿈》이 나를 슬프게 한다. 봐, 본다니까. 이벤트 실적이 부실해서 나를 슬프게 한다. 로또를 산 엄마, 꼭 2천 원어치만 산다. 너무 짠 엄마가 나를 슬프게 한다. 그거 다섯 번이면 책 한 권인데. 근데 이런 사실들이 사실 별로 안 슬픈 것 같아 그것이 나를 슬프게 한다!

짧은 다리의 비애   만순이가 이번에는 배드민턴을 배우겠다고 짧은 치마와 속에 입을 레깅스를 사 왔다. 분명히 상품 설명에는 무릎까지라고 써 있었다고 한다. 만순이가 입어 보니 발목까지 온다. 뭐냐고. 레깅스도 줄여 입어야 하냐고. 도대체 키가 얼마인 사람의 무릎까지인지를 썼어야지. 레깅스를 접어 입은 만순이의 모습이 안타까웠다.

별 다섯 인생

책만 읽는다.

별로 적을 이야기도 없다.

울증이 도졌다.

마흔에 오토바이 타고 세계일주하고 싶다던 남자는 가버리고,

서른까지만 살겠다던 여자는 아홉 해를 더 살고 있다.

산다는 게 다 그렇지 싶다가도 애써 눌러 가라앉힌 부유물이 떠오를 때면

저걸 다시 밟아 가라앉혀 아니면 토해서 뱉어내 하고 생각한다.

그래도 선택의 여지를 만들어 내는 꼼수를 부리고 언제까지 갈지도 모를 생에

악착같이 매달리며 산다는 건 누구나 같다고 생각하면서도

가끔 숨쉬기 싫어질 때가 있다.

뭐, 다시 조증이 올 때를 기다리며 책이나 봐야겠다.

2006.09.13

여행

아침에 전화벨 소리에 깼다. 아버지 친구분께서 부부 동반으로 강화도에 놀러가자고 전화하셨다. 아버지가 11시쯤 가자고 하시고는 8시 반부터 엄마를 조르신다. 그 모습을 보니 아버지도 많이 늙으셨다는 생각이 들었다. 좀 더 일찍 여행을 가고 싶어 하셨으면 좋았을 텐데. 그럼 해외여행을 몇 번 더 다녀오실 수 있었을 텐데. 갑자기 그런 생각이 들었다. 얼마나 많이 가본 강화도인데 거기 가는 걸 저리 좋아하시다니. 내 마음은 오늘도 천근처럼 무겁고 내 죄는 씻을 수 없이 쌓여만 간다.

번역에 대하여

《번역은 반역인가》라는 제목의 책이 있었던 걸 기억한다. 어제 참 씁쓸했다가 기분이 좋았다가 그랬다.

번역의 문제가 씁쓸했고 내가 읽은 책의 작가가 노벨상을 타서 기분이 좋았다. 출판사도 대박을 터트리고 싶었다는 거 이해한다. 고려원이 망한 충격이 아직도 내게는 크다. 더 이상 출판사들이 망하지 않기를 바란다. 출판사가 사기를 치는 것도 바라지 않는다. 내가 몇 다리 건너 아는 사람이 번역을 하는데 아마도 그 분야에서는 아주 이름이 있는 모양이다. 번역하는 시간은 한정되어 있고 번역 분량도 한정되어 있다.

그런데 그분이 유명해지니 다른 사람이 번역한 책에 역자로 이름만 올리자고 제의가 오더란다. 거절했단다. 출판사에서 어쩌면 이런 일이 꽤 벌어지고 있을지도 모른다는 생각이 들었다. 이중 번역이었다면 공동 번역으로 했으면 됐을 것을. 독자에 대한 반역이다. 그 책을 안 읽었지만 내가 만약 책을 사서 읽었다면 아마도 고소하고 싶었을 것 같다. 사기 당하고 우롱 당했으니까. 사과 한마디로 끝날 문제가 아니라고 생각한다.

삭발하고 싶어라　　　　어제 내가 머리 감는 걸 보던 만순이. 평소 같으면 벌써 언니는 왜 그러느냐부터 시작해서 다다다다 했을 텐데 딱 한마디 한다.

"언니, 삭발하는 게 어때?"

"나도 소원인데 엄마가 안 된다잖아."

"만두, 너 미쳤냐?"

"아버지 바리깡으로 내가 밀어 줄까?"

"그럴래?"

"너희들 하지 마라!"

"뭐, 사실 언니가 삭발해서 괴로운 건 우리지, 언니는 아니잖아."

"내 말이 그 말이지."

"우리만 참으면 되니까 삭발하자고."

"좋아!"

"언니 머리에 손만 대봐라. 네 머리까지 확 밀어 버린다."

평생 몇 안 되는 내 소원 중 한 가지가 삭발이다. 뒤통수가 납작하대서 못했는데 그때 말린 사람이 만순이였다. 이제는 바리깡이 있는데도 못한다. 아, 진짜 삭발하고 싶다! 삭발하고 사진 올리면 끝내줄 텐데. 뭐, 보는 님들 눈 버리려나? 그래도 아쉬운 건 님들과 나.

어제 책을 다 읽고 서평을 쓰려고 했다. 추리 드라마를 한다기에 모처럼 보기 전에 서평 쓰고 나가면 딱 알맞겠다 싶었다. 그런데 갑자기 머리가 가려워 오는 게 아닌가. 낮에 엄마가 목욕하자는 걸 컨디션이 안 좋아 내일 하자고 했는데.

엄마한테 욕 한 바가지 먹고 머리 감기 포즈에 들어갔다. 만두의 머리 감기 포즈란? 욕실 밖에 눕는다. 머리만 욕실 안으로 넣는다. 이때 바가지를 엎어서 베개로 삼는다. 이건데 오늘은 분명 엄마의 감정이 실린 분명하다. 엄마가 바가지를 빼는 바람에 머리를 바닥에 쾅 박았다.

"아프긴 뭐가 아파."

나는 아프다는 소리도 못 냈다. 만돌이가 목을 잡고 있어야 하는데 그것도 거부하고 이번에는 코로 물 먹이기.

이건 고문이다! 보다 못한 만돌이가 중재에 나섰지만 이미 코에 물이 들어간 상태. 그리고 마지막에 머리를 수건으로 감싼다며 내 얼굴을 확 덮고 뒤에서 잡아당기는 엄마. 이걸 만돌이가 봤다.

"엄마, 큰누나 질식하겠어."

"질식 같은 소리하고 있네."

그 후유증으로 어제 읽은 책 내용이 잘 생각이 안 나 서평을 대충 썼다. 아, 분명 내 기억력이 1초로 떨어졌을 거다. 지금 옆에서 엄마가 책 정리를 하신다. 눈치를 보며 쓰고 있다.

약해지지
않겠다

만돌이에게 짜증을 냈다. 나도 사람인지라 힘들 때는 짜증을 낸다.

"누나, 짜증 내면 좋아?"

"안 좋아."

"근데 왜 짜증 내?"

"난 짜증도 못 내냐?"

"참아. 그러려니 하자고."

이거 내가 예전에 써먹던 말이다. 부메랑처럼 돌아온다. 만돌아, 너 많이 컸다. 그래도 난 더 짜증 낼 텐데 어쩌냐. 아무래도 어제 만순이만 CD를 사준 게 들통 난 거 같다. 간접적인 찌름이다.

아마 몇 년 동안 내 마음은 달리기만 했던가 보다.

아침에 눈을 뜨고 책꽂이의 책을 보는데 갑자기 이런 생각이 들었다.

내가 저 많은 책들을 왜 저리 쟁여 두려 애를 썼을까.

이 생각에 또 다른 생각이 꼬리를 물었다. 나, 힘들구나.

이런 적은 없었는데. 책에서 정을 떼려는 걸까 더럭 겁이 났다.

나는 한번 끝이 나면 뒤를 돌아보지 않는다.

책에서 정을 떼면 다시는 책을 보지 않을 것이다.

음, 지금은 때가 아니다. 다시 책을 잡는다.

그냥 가을이라 그러는 거겠지.

이제는 날짜도 헤아리지 않는데. 그래, 내가 좀 힘들어서 그런 거겠지.

힘내지 말고 그냥 이대로 있어 보자.

바닥까지 가라앉으면 떠오를 일만 남으니까.

2006.10.27

호떡 사건

요즘 만순이가 퇴근하면서 호떡을 사 온다.

"언니가 잘 먹으니까 사 와라."

"언니가 이거 잘 먹으니까 사 갈게."

엄마와 만순이, 정말 나를 생각해 주는 분위기다. 하지만 그 많던 호떡이 다 어디로 갔냐고요. 사 온 날에 나는 한 개밖에 못 먹었다. 엄마가 일단 반을 드셨다. 물론 만순이는 그 전에 두어 개 먹고 온 상태다. 만돌이는 양심상 하나만 먹었다. 네 개가 남았다.

어제 오후, 만돌이가 뛰어 들어왔다.

"누나, 그 호떡은 누나 먹으라고 사 온 거 아니야?"

"이제 알았냐?"

"그런데 엄마가 호떡을 감춰 놨더라고."

"어디에?"

"베란다."

호떡이 왜 베란다에 있냐고요.

"그걸 내가 먹으려고 전자레인지에 돌리려는데 엄마가 화냈어."

만돌이 말에 의하면 큰누나가 먹어야 한다고 하면서도 눈빛은 '감히 내 걸……'이었단다. 그리고 남은 호떡 두 개의 행방은 오리무중이다. 뭐냐고요. 이건 거의 호떡 사기 사건이 아닐 수 없다!

오늘도 만순이는 호떡을 사 온다고 했다. 두고 볼 일이다.

엄마의 캐럴

엄마가 캐럴을 부르셨다.

"루돌프 사슴코는 매우 반짝이는 코. 만일 내

가 봤다면 고문했다 했겠네."

고문. 고문. 이것 때문이라고 주장하고 싶다. 머리 감고 나서 도로 감기 걸렸다. 엄마는 아니라고 우긴다!

내일 얘기해 줄게   몸도 날씨도 안 좋다고 며칠 동안 아버지는 도서관에 안 가셨다. 이틀째인 오늘 저녁에 불교대학에 가셨다. 아버지가 기운 없다고 하면서 안 나가신 이유를 드디어 알게 되었다. 홍삼 엑기스를 주문했는데 여태 안 와서 집에서 기다리셨던 것이다. 엄마가 더 드시지 말라고 해서 몰래 사셨나 보다. 아버지는 나가는 길에 슬쩍 방으로 들어오셨다.

"컴퓨터로 은행에 입금되냐?"

"네. 왜요?"

"아니."

"뭐, 보내시게요? 어느 은행이요?"

"응, 여긴데. 내일 얘기해 줄게."

그러고는 쪽지만 남기고 가셨다. 아버지, 홍삼이 다가 아니었나요? 아버지는 엄마 몰래 건강 보조제를 사느라 힘드시다. 문제는 엄마는 이미 다 알고 있다는 사실. 마늘 엑기스도 사셔야 하는데. 도대체 그런 식품 정보는 어디서 아시는 걸까? 끊임없이 새로운 뭔가가 등장하니 말이다.

별 다섯 인생

마음을 따뜻하게 만들려 하고 있다. 울적하지만.

글만 둥둥 떠다닌다고 해서 여기가 사람 사는 곳이 아닌 건 아닌데.

이곳은 가끔 산다는 것에 대해 생각하게 만든다.

내가 제일 싫어하는 건 불공정과 원칙의 파괴다.

이건 어떠한 일이 있어도 지켜야 할

인간의 마지노선이 아닌가 싶은데.

아, 만나면 헤어지고 헤어지면 또 만난다고 했으니.

항상 잊지 않으면 언젠가 만나겠지.

아니라도 마음 한 곳 추억으로 담아 두고 생각하리.

그것만으로도 내게 이 공간은 고마워해야 할 곳.

따뜻한 쌍화차를 빨대로 쪼옥쪽 빨아 마시며

마음의 허함을 채워 본다.

2006.11.07

토요일 오후부터 일요일까지 알라딘에 못 들
어왔다. 첫 번째 이유는 만순이가 컴퓨터를 했
기 때문이고 그거보다 더 큰 이유는 다쳐서다.

토요일, 만순이가 오자마자 컴퓨터를 한다고 해서 3시에 거실로 나가
려고 했다. 자기가 일으켜 준다고 해서 그러라고 했다. 그럼 힘을 줘야
지! 수술한 뒤로 영 힘을 못 쓰는 왕년의 천하장사 만순이가 기어코 일
을 냈다. 뒤에서 떠민 것처럼 돼 컴퓨터 하드에 이마를 찧었다. 피가 났
다. 혹도 났다. 멍도 들었다. 만순이가 미안했던지 맛있는 걸 사러 가겠
다고 만돌이를 끌고 후다닥 나갔다. 립인지 뭔지 하는 등갈비도 사 오
고, 명란젓도 사 오고, 수제 소시지도 사 오고, 내가 말한 스파게티도 사
왔다. 하지만 딱 반나절이 한계였다.

엄마가 팔을 다쳐 자기가 대신 하겠다며 만돌이랑 합작으로 내 머리
를 감겼다. 나는 세수만은 안 된다고 외쳤다. 코에 물들어 간다고, 이마
도 까졌다고.

"아프긴 뭐가 아파."

만순이는 이렇게 말하더니 상처까지 벅벅 문질러 깨끗이 씻고, 바가
지로 얼굴에 물을 부었다.

"작은누나, 이건 엄마보다 더 심하다. 이건 물고문이야."

크억, 쿨럭, 어버버버. 또 감기 걸리면 네 탓이다!

누구든지 내 출석을 보면 알겠지만 거의 하루
도 안 빼고 알라딘 서재에 들어왔더랬다. 하지

334

만 요즘은 몸 상태가 별로다. 감기를 앓고 난 뒤부터는 영 안 좋다. 그러니 내가 한 이틀 안 들어와도 그러려니 하시길. 아무래도 내년에는 책을 덜 보게 될 것 같다. 가능하면 추리소설만 봐야지. 서평단에도 덜 응모하고. 가늘고 길게 살려면 건강을 좀 챙겨야겠다. 어제는 4시부터 잤다. 하지만 이것은 결정된 사항은 아니다. 언제 다시 기분이 좋아져 "내가 언제?" 이럴지도 모른다.

가래가 사람 잡네

사흘째 또 가래로 고생 중이다. 죽겠다. 이놈의 가래가 사람 잡네. 근데 동생들이 자꾸만 도라지청을 먹으란다. 물론 먹었다. 효과는 있으나 목이 아프다. 대신 내가 발견한 냉커피의 효과는 도라지청과 같으면서 목은 안 아프다. 이제부터 냉커피 마시련다. 어휴 기운 없어. 그리고 울 아버지, 이번에는 초유를 드신다. 도대체 이런 건 어디서 아시는지.

학창시절 굴욕기

그때는 그게 굴욕이라 생각하지 않았고 지금도 그렇게 생각하지 않지만 객관적으로 보면 아마도 그렇게 되지 싶다. 바람돌이님 이벤트 때문에 생각나서 또 적어본다.

1. **편육 도시락 사건** 나는 창피함을 모르는 인간인 것 같다. 어릴 적부터 누구에게 잘 보일 생각이 없었나 보다. 잔칫집에서 싸온 편육을 도시

락 반찬으로 싸 갔더랬으니까. 남자애들이 얼마나 놀리던지. 근데 왜 놀렸는지 모르겠다. 편육을 도시락 반찬으로 싸 가면 이상한 건가?

2. **중학교 때 '노니?' 사건** 담임 선생님이 "너 노니?"라고 물었을 때 "네." 했다가 이상한 애로 찍혔다. 그 '노니'가 내가 생각하는 '노니'가 아니었던 것이다. 말귀를 못 알아듣는 건 그때나 지금이나.

3. **50×2 사건** 이건 좀 굴욕적이었다. 체육 선생님이 얼마나 답답하셨으면 "너는 50미터 뛰고 곱하기 2 하자." 하셨을까. 근데 이거 전교에 소문 낸 우리 반 애들이 더 나빠. 점심시간에 난 동물원 원숭이가 됐다. 하긴 체력장 때 100미터 꼬리 잡힐 뻔한 유일무이한, 체육 선생님 인생에서 처음 본 애였다니까.

4. **졸업 사진 사건** 이건 좀 미안하다. 고등학교 3년 내내 체육복 바지만 입고 학교를 다녔다. 졸업 사진 찍는 날도 깜빡 잊고 체육복 바지를 입고 갔다. 애들은 난리가 났다. 나는 "괜찮아. 자세히 안 보면 그냥 바지로 보여."라고 했다. 거기다 우리 조는 서로의 무릎에 앉은 자세로 찍었는데 감히 누가 내 무릎에 앉겠는가. 결국 맨 앞에서 체육복 바지다 나오게 찍었다.

졸업 앨범이 나오자 또 난리가 났다. 미안하다. 지금도 나는 머리가 나쁘다. 그래도 그건 추억으로 넘어가 줘라.

갈치와 주꾸미 사건

어제 아침,

　　"갈치 사 왔다. 만 원에 다섯 마리다. <u>흐흐흐</u>."

"엄마, 중국산 아냐?"

나,
너,
그리고
사랑에
대하여.

나, 너, 그리고 사랑이 있다가 사랑이 사라진다 해도 나와 너는 남았으니 그건 그것대로 좋은 것이다. 나와 네가 사라지고 사랑이 남는다 해도 그 사랑 또한 좋은 것이니 족하다. 나, 너, 그리고 사랑이 모두 사라진다 해도 모두 함께 사라졌으니 슬픔은 남지 않아 좋지 않을까. 나와 사랑만 남거나 너와 사랑만 남는다면 그 남은 한 자리는 슬픔이고 그리움이고 아쉬움일 테니.

2006.11.18

"아냐."

아, 그 갈치 얼마나 작을지 안 봐도 알겠구나 하고 생각했다. 점심시간, 그럼 그렇지 갈치는 안 보이고 무만 보였다. 갈치가 무보다 더 작고 납작해 살 발라 먹는 거 포기했더니 엄마가 발라 줬다.

오늘 아침, 만순이의 한마디,

"엄마, 아무리 찾아도 갈치조림은 없는데?"

"여기 있잖아."

"이게 갈치조림이야? 무조림이지."

"먹어라."

"엄마, 우리 이렇게 살아야 돼? 정말? 이 갈치는 김장용 갈치잖아."

"그래도 큰 거는 튀기려고 남겨 놨어."

내가 끼어들었다.

"다섯 마리에 만원이라며?"

"그중에 큰 놈으로."

그러면서 갈치를 보여 주신다.

"엄마, 이거 가장 큰 토막만 모은 거지?"

"응."

아, 어머니, 이제는 갈치로까지 자식들에게 뻥을 치시나요? 우리 아직 안 잊었습니다. 그때 낙지 사러 나가서 물이 안 좋아 주꾸미로 사왔다고 한 것을요. 그때 주꾸미 볶음이 아니라 탕으로 만드신 거 생생합니다. 주꾸미만 골라내 봤더니 실처럼 가늘더이다. 그때 우리는 눈물을 삼키며 먹었습니다. 웃겨서. 그거 한 번이 아니었지요. 그 다음에도 또 뻥을 치시고 주꾸미를 먹이셨죠. 그때는 당당하게 '주꾸미나 낙지나' 하고

별 다섯 인생

말씀하셨죠. 아, 우리는 정녕 그게 끝이라 생각했습니다. 이제 다시 갈치로 저희를 눈물 나게 하시는군요. 어머니.

약해지지 않겠다   이 정도 일로 약해지긴 싫다. 이것보다 더한 일에도 약해지지 않았다. 세상에는 약해져도 괜찮은 사람이 있고, 약해지고 싶어도 약해질 수 없는 사람이 있다. 이미 넘어진 사람도 있고, 다시 일어나는 사람도 있고, 일어나지 못하는 사람도 있다. 다시 일어나지 못한다고 약한 건 아니다. 강하다는 것이 약하지 않다는 뜻도 아니고, 약하다는 것이 강하지 않다는 뜻도 아니다. 단지 스스로 어디에서라도 버틸 수 있다면 그걸로 족할 때가 있다.

삶과 죽음 사이에 있는 사람도 있고 추락만을 계속하는 사람도 있다. 이건 아무것도 아니다. 지나고 나면 단지 기분이 나쁜 일이었을 뿐. 세상에 이보다 더한 일이 있을까 싶겠지만 세상에는 이보다 더한 일이 있다. 더 나빠질 수 있을까 싶겠지만 더 나빠지기도 한다. 목숨이 있는 한 약해질 수 없음은 나를 지켜 주고 사랑해 주는 사람들을 기운 빠지게 할 수 없기 때문이다. 사랑하는 사람이 있는 한, 그 누군가 나를 바라봐 주는 한, 나는 절대 약해지지 않겠다. 죽을 때까지. 그리고 떠나야만 하는 날이 올 때까지 절대 떠나지 않겠다!

내일 또 보아요

••• My favorite things

아침에 마시는 달콤한 커피 한 잔, 빠르게 잘되는 인터넷, 보고 싶었던 신간 추리소설들, 누군가의 기쁜 일, 나를 잡아 주는 가족과 그들의 사랑, 여전히 매운 엄마의 주먹, 가만히만 계셔도 좋은 아버지, 늘 듣다 보니 안 들리면 이상한 만순이의 잔소리, 가끔 말 잘 듣는 만돌이, 내일이 온다는 설렘, 버리지 않은 희망, 공짜로 받는 책들, 지루하고 변화 없는 일상, 가끔 흘리는 눈물, 그리고 바로 웃는 웃음, 저절로 나오는 좋아하는 유행가 가락과 아직도 세상이 잘 돌아간다는 사실이 주는 신기함, 문득 떠오르는 옛 기억이 주는 그리움, 살아 있다는 것, 별로 재미없지만 내가 좋아하는 작은 것들.

그래도 나는 만족한다. 불만족스러울 때도.   2005.08.19

••• 감사하기만 했습니다

컴퓨터 앞에 앉으니 불현듯 감사하다는 생각에 뭉클했습니다. 만일 앉을 수 없었다면 어떻게 님들을 만났을까? 아침에 나를 일으켜 주는 엄마에게 감사했습니다. 밤새 아파 끙끙대며 뒤척이던 내 몸을 이렇게 아침마다 일으켜주시니. 밥상을 앞에 놓고 눈물을 흘렸습니다. 아직 손에 힘이 있어 스스로 밥을 먹을 수 있다는 사실이 너무나 감사해서. 산더미처럼 쌓인 책들을 보고 감사했습니다. 보고 싶어도 못 보는 사람들이 많이 있는데, 그래도 나는 아직 볼 수 있어서.

오늘따라 왜 이리 감사한 마음이 넘치는지. 내게 아직도 쓸 만한 무언가가 있다는 사실이 내가 잃어가는 많은 것들 가운데 소중합니다. 지친 저녁에 감사가 절로 나왔습니다. 퉁퉁 부은 다리를 매만져 주는 가족이 있기에. 잠자리에서 두 손을 가슴에 얹고 감사했습니다. 나에게 지탱할 힘이 있어 아직은 가족들이 덜 슬프다는 사실에.

새벽별님의 편지를 읽고 나니 감사는 자신의 처지에 맞게 누구나 할 수 있는 것이라는 생각이 들었습니다. 어떤 내용이든 작은 감사로 행복할 수 있기를 바랍니다.

2006.03.31

••• 내일 또 보아요

새해 복 많이 받으시란 인사는 정월에 올리겠습니다. 벌써 2007년이 가고

2008년이 오네요. 세월이 빠르다는 말을 점점 실감하고 있습니다. 이럴 때마다 아버지와 어머니는 얼마나 세월을 빠르게 느끼실까, 생각하게 됩니다. 마지막 날 마무리 잘하시고요. 어제와도 같이 한 해를 떠나보내고 내일처럼 새해를 맞이해 보아요. 〈나를 외치다〉라는 노래가 있더라구요.

"절대로 약해지면 안 된다는 말 대신, 뒤처지면 안 된다는 말 대신, 지금 이 순간 끝이 아니라 나의 길을 가고 있다고 외치면 돼."

이런 가사가 있던데, 약해지거나 뒤처져도 된다고 지금 가는 길이 아니라고 생각된다면 돌아서 다시 가도 된다고 말하고 싶습니다. 남은 날들이 얼마인지 모른 채 묵묵히 그저 길을 가고 있는 우리에게 단 하루 내일을 생각할 수 있다는 것, 그것만으로도 충분하지 않을까 싶어요. 그래서 내일 또 보아요. 내일 못 보면 또 그 다음 날 보구요. 나의 내일과 여러분의 내일이 그저 스쳐 지나서 만나지 못할지라도 어제가 있었음에 감사하고 오늘 이 글을 쓸 수 있어 행복합니다. 그걸로 족하지만 그래도 내일 보면 더욱 좋겠죠. 2007년 다사다난했지만 올해가 있어 좋았다 생각하면서 좋은 기억만 간직하고 싶네요. 2008년에는 더 좋은 일들 가득하길 기원합니다. 늘 건강하고 행복하세요.

2007.12.31

••• 2008년 새해

무자년 새해 복 많이 받으세요. 늘 건강하고 행복하게 한 해 보내시기를 바랍니다. "삶이 우리를 속일지라도 슬퍼하거나 노하지 말라."고 푸시킨은 말했지

별 다섯 인생

만 그게 참 힘들더라구요. 그렇다고 슬퍼하고 화낸다고 상하는 건 몸뿐이고 달라지는 건 또 없더라구요. 작은 행복과 깨알 같은 희망에 기꺼이 즐거워하고 웃으면서 올 한 해도 살아 보아요. 귀성길 잘 다녀오시고, 명절 증후군 잘 이겨내시고, 힘내서 1년 또 잘 지내자구요! 필복!　　　　　2008.02.05

••• 미안한 마음뿐입니다

댓글이 달렸다고 메일이 와도 예전 글에 달리면 찾지 못한다. 미안한 마음이 든다. 2005년도에 쓴 글에 달린 댓글에 답글을 안 쓴 걸 알았다. 왜 그랬는지 모르겠다. 그런 글이 많으리라 생각하니 미안한 마음뿐이다. 아침에 미안한 마음을 전합니다. 제 글에 답글도 못다는 못난이가 저란 사람입니다. 죄송합니다. 그때 마음 안 좋으셨다면 늦었지만 사과드려요.　　　　　2008.04.16

••• 감기 걸려 죽는 줄 알았다

한 달 이상 감기로 고생했다. 이제 다 나았는데 기운이 없다. 책은 50쪽 읽으면 많이 읽는 거고 감기가 낫자마자 발이 곰발바닥처럼 붓기 시작했다. 기운을 차려야 하는데 좀 더 쉬어야겠다는 생각뿐이다. 그냥 님들께 감기 다 나았다고 보고 드린다. 글이 좀 더 안 올라와도 그저 휴식 중인 줄 아시기를.　　　　　2008.12.11

••• 2009년 새해

오늘 350,000분 방문이라는 제게는 경이로운 기적이 일어날 것 같습니다. 그동안 이런 미흡한 서재를 찾아 주신 모든 분들 새해 복 많이 받으세요. 두루두루 찾아뵙지는 못하지만 마음은 그렇지 않다는 거 아시죠? 늘 건강하고 행복하시길 기원합니다. 2009년은 더 나은 해가 되기를. 어렵더라도 힘낼 수 있기를. 넘어져도 엉덩이 툭툭 털며 다시 일어설 수 있기를. 넘어져 일어나지 못한다면 누군가 손 내밀어 일으켜 세워 주기를. 서로 마주 잡은 손의 따뜻함으로 가득 차기를. 人이라는 글자처럼 서로가 서로에게 기대어 진정 사람임을 잊지 않기를 바라 봅니다. 감사합니다. 늘 여러분이 손 내밀어 잡아 주셨기에 한 해를 또 이렇게 잘 보냅니다. 언젠가 제 손을 잡을 수 있는 날이 오기를, 제가 그런 힘을 갖게 되기를 염치없게 기원합니다. 여러분 사랑합니다! 내년에도 잘 부탁드립니다.   2008.12.31

••• 마이리뷰 2000편!

처음 글을 마구마구 올릴 때 만순이가 이런 말을 했다. "언니, 내 친구는 ○○에 서평 올려서 뽑혔대." 나는 그때 이런 말을 했다. "나는 질보다 양이다." 언제나 나는 질보다 양이다. 지금은 그 양도 벅차게 됐지만. 이게 뭐 중요하나 싶겠지만 내게는 그래도 그 시간 나름 잘 살았다는 증거다. 책만 읽겠다고 결심한 지 10년. 그 시간 동안 정말 책만 읽었다. 잘했다. 책 속에 내 모든 것을 침전시키느라 애썼다. 리뷰는 그저 책을 읽었다는 증거일 뿐. 그리고 그 책들에 내 상념과 한숨과 아직도 떨쳐 내지 못한 미련을 담아 미안하다. 잠을 제대로 못 자는 날들이 이어지고 그 여파로 집중력은 나날이 떨어져서 책을 읽기가 조금씩 힘들어지지만 그래도 3000편을 향해 나는 달린다. 마음만은……누구나 그렇듯 내게도 좋은 날이 있으리라 기다리면서. 고맙다. 책들아. 너희가 있어 오늘 내가 이렇게 잘 살고 있다. 오늘도 나를 위해 수고해 다오!

2009.04.04

••• 2010년 새해

새해 복 많이 받으세요. 나날이 쓰기가 버거워지고 있습니다. 뭐, 에너지 비축이라 생각해 주시기를…… 새해 소망은 늘 그렇듯이 가족 모두 건강하기입니다. 님들도 모두 건강하시기를 기원합니다. 어제와 변함없는 오늘이 새해라는 이름으로 와도 별 감흥이 없어진 나이가 되고 말았지만, 기대가 크면 실망도 크다는 걸 알았기 때문인지 어제만 같아도 좋겠다 싶은 것이 바람이 되고 말았습니다. 모든 것이 나아지면 더욱 좋겠지만 더 나빠지지 않을까 두려운 마음이 더 큽니다. 희망 속에 맞이해야 할 새해이건만 좀 그렇죠? 잠을 못 자서 그렇습니다. 동생한테 안마를 잘못 받아 후유증에 시달리고 있습니다. 태양은 늘 뜨고 지고 뜨고 지고 합니다. 43번째 새해를 맞이합니다. 두려움도 크고 기대가 없다면 거짓말이겠고 걱정도 많지만, 늘 그렇듯 넘어지면 쉬어가고 못 일어나면 뒹굴뒹굴 살다 가리라 생각하며, 내 몸보다 내 마음이 더 강하기를 무너지지 않을 정신 하나 믿으며 경인년 새해를 맞이합니다. 올해 많이 행

복하시기를 기원합니다. 2010.01.01

••• 물만두 생존 신고

안녕하시와요? 물만두 왔습니다. 글만 쓰고 나갑니다. 댓글 못 달아 드려요. 추석 다음 날 병원에 입원했습니다. 감기에 의한 호흡곤란으로요. 폐렴 치료 후 강제 퇴원했습니다. 의사들이 죽네, 사네 하며 일주일을 굶겨서 지금도 후유증이 만만치 않습니다. 생으로 굶겨서 참다 못해 각서 쓰고 퇴원했습니다. 괜히 없는 살만 더 빠져서 기운이 없네요. 그것 때문에 아직도 비실비실합니다. 거기다 욕창 비슷하게 엉덩이가 다 엉망이 돼서 앉아 있기도 힘들구요. 그래서 제가 컴퓨터 앞에 앉아 있기가 더 힘드네요. 빨리 회복해야 하는데 빠진 살 때문에 그런지 좀체 기운이 안나요. 말일까지는 정상 회복되려나 생각하고 먹기에 총력을 다하는 중입니다. 그러니 조금 더 기다려 주세요. 전화해 주셨는데 제가 옆에 누워 있으면서 전화도 못 받았네요. 여우성님, 죄송해요. 그럼 건강해져서 돌아오겠습니다. 아, 심한 건 아닙니다. 걱정 마세요.

2010.10.30

별 다섯 인생

언니

언니가 떠난 지 1년이 되어 가네.

언니 기억나?

어릴 때 지나가던 경찰 아저씨가 "학생들 쌍둥인가?" 했을 때 킥킥 웃으며 재미있

어 했던 거.   (

엄청 추웠던 겨울날, 대학 입학 시험장에 나를 들여보내고 한참을 떠나지 못했던

거.

임용 시험에 합격했을 때 나보다 더 좋아했던 거.

언니 기억하고 있어?

난 언니에게 못해 준 것만 생각나서 속상해.

언니 미안해.

더 많이 같이 있어 주지 못해서

더 많이 사랑해 주지 못해서

더 오래 지켜 주지 못해서

컴퓨터 앞의 빈 의자를 볼 때

소파에 놓인 빈 방석을 볼 때

멍하니 언니 사진 바라보는 엄마를 볼 때

문득 언니가 곁에 없음을 깨닫고

먹먹해지는 가슴을 어쩔 수가 없어.

훌쩍훌쩍 울고 있는 내 곁에 언니가 있다면

미안해, 언니가 미안해. 울지 마. 괜찮아. 언니가 다 해줄게.

이렇게 달래 줬을 텐데.

이젠 그런 언니가 내 곁에 없어.

하지만 언니는 우리 모두의 마음속에서 영원히 함께할 거야.

우리 가족에게 언니는

최고의 딸, 최고의 언니, 최고의 누나야.

지금의 이별은 영원한 헤어짐이 아니라 믿을게.

다시 만나면

꼭 나의 언니가 되어 줘.

언니 사랑해.   **언니의 동생, 현수가**

••• 당신, 물만두님

2004년 여름쯤으로 기억해요. 그때 난 직장에 다니고 있었죠. 그날도 일하기 싫은 어느 오후였을 겁니다. 당신에게 문득 전화를 했지요. 어머니가 전해 준 전화기 너머 당신의 투명한 목소리를 처음 들었어요. 아픈 사람의 목소리가 아니었어요. 깊은 산에서나 들을 수 있는 산새 소리 같기도 했고 두 갈래 머리를 땋고 리본 핀을 한 여학생 목소리 같기도 했어요. 아무튼, 우린 그렇게 목소리로 처음 만났어요.

당신을 만나고 싶었어요. 전화로 만나기 전부터 블로그를 방문하면서 사귀었지만 웬일인지 당신의 실물을 보고 싶었어요. 당신 주소가 적힌 수첩을 들고 무작정 찾아가려고도 했어요. "내 모습을…… 보여 드리고 싶지 않아요. 우리 그냥 이곳에서 서로 기원하며 지내요."

지금에서야 고백하건데 당신을 만나서 무얼 어떻게 하겠다는 것이었을까 싶어요. 자신의 불편한 몸을 보이고 싶어 하지 않았던 당신을 붙들고 나는 무엇을 말할 수 있었을까요. 기껏해야 몸 관리 잘 하시고 계속 친하게 지내자는 말밖에 못했을 거예요.

부스러진 과자처럼 그따위 요설을 툭 던졌을지 몰라요. 그런데요, 당신이 떠나고 나니까 떠오르더군요. 내가 당신을 만나고 싶어 했던 이유는 오랜 사회 생활로 폐허가 된 나의 심허증을 당신을 만나 위로 받고 싶었던 것 같아요.

당신, 물만두님은 내게 그런 사람이었어요. 어떤 사람들은 몸이 불편한 당신을 안타깝게 여길지 몰라요. 자신의 일그러진 마음은 슬쩍 감춘 채 말이죠. 하지만 내게 물만두님은 조금 달라요. 몇 년을 친구로 지내 오면서 타인을 할퀴고 물어뜯는 것을 본 적이 없어요. 당신의 불편한 몸이 당신의 영혼을 자유롭게 풀어준 건가요. 이처럼 당신에게 중요한 것은 '한 번뿐인 소중한 삶'이었지요. 부족하고 모자라도 존엄한 생명이라고 당신은 말했죠.

당신의 목소리가 조금씩 불투명해지고 둔탁해지고 나중에는 도저히 알아들을 수 없는 발음이 되었을 때도 이별이 가까움을 예상하지 못했어요. 언젠가는 〈시청 앞 지하철역에서〉를 함께 부를 수 있을 것 같았고, 첫눈 오는 날에 다시 전화를 할 수 있을 줄 알았지요.

그런데 당신에게 추모 편지를 쓰다니 어떻게 이런 일이 있나요. 이 글을 쓰는 동안 손이 시리고 가슴이 서늘해서 몇 번이나 중단했어요. 당신을 먼저 보낸 그리움과 아쉬움으로 희뿌연 내 가슴은 안개 바다가 되었습니다. '당신 삶의 리뷰인 당신의 책'이 세상에 나온 날, 나는 술을 진탕 마실 것 같군요. 그날, 함박눈이 펄펄 내릴까요.　　　　　　　　　　　　　　　　　파란여우 윤미화

••• 서재 활동을 열심히 하던 시절, 물만두님의 글을 읽게 됐다. 집으로 택배가 와서 자기 것인 줄 알았건만 동생 거더라. 그래서 허탈했다는 게 내용의 전부

다. 나야말로 허탈했다. 이렇게 사소한 걸 어떻게 글로 썼을까? 글에는 심금을 울리는 뭔가가 있어야 하지 않을까?

나중에 알았다. 물만두님이 근육병을 앓고 계신다는 걸. 그래서 집 밖으로 나가는 게 힘들다는 걸. 그제야 이해가 갔다. 마음 내키는 대로 돌아다닐 수 있는 나 같은 사람이야 '술자리에서 술상을 엎고 싸웠다' 정도 되어야 큰일이라 생각하지만, 하루 종일 집에 있다 보면 택배가 오는 것도 큰일이 될 수 있다는 걸.

물만두님은 작고 소소한 일상에도 나름의 가치가 있다는 걸 내게 알려준 스승이다. 그 스승님이 저 세상으로 간 지 벌써 1년이 지났다. 물만두님과 웃고 즐기고 또 슬퍼하던 추억들이 점점 희미해지는 이때, 그분의 글을 모은 책이 나온다니 반갑다. 사람이 사람을 그리워하는 방법 중 제일 좋은 게 그 사람에 대한 책을 들추는 거니까. **마태우스**

••• 윤님, 사람을 떠나보내고 난 자리는 채워지지 않은 채 늘 시리고 허전하게 남아 있나 봅니다. 바늘과 실처럼 추리소설을 손에 들면 저절로 떠오르는 당신. 비슷한 면이 참 많아 또 하나의 나처럼 여겼던 소중한 친구이며, 마음이 헛헛하고 외로울 때 간절하게 생각나는 언니 같던 분. 외롭고 힘든 일이 생길 때면 속내를 털어놓으며 기대곤 했던 저이기에 당신의 빈자리가 더욱 크게 느껴집니다.

당신에 대한 제 마음을 한 단어로 표현한다면 '존경'이라 말하고 싶어요. 처음에는 윤님의 방대한 독서량과 리뷰 그리고 추리 문학에 대한 폭넓은 지식에 놀랐지요. 그 뒤 지병 탓에 신체적으로 큰 제약이 있다는 것을 알고는 또 한 번의 충격을 받았습니다. 하루하루를 살아가는 것이 저보다 백배는 더 힘들었을 당신이 보여 준 열정과 부지런함은 조금만 아프고 힘들면 주저앉아 버리는 저의 게으름을 일깨우고 스스로를 다잡게 만드는 채찍이었습니다.

늘 당당하게 자기 의견을 피력하면서 잘못을 인정하는 것에도 서슴지 않았던 윤님. 넘어뜨려도 발딱 다시 일어서는 오뚝이 같았던 당신. 무시로 찾아오는 병마와 육신의 고통을 이겨 내고 또 이겨 내며 자신이 떠나는 것보다 슬퍼할 가족을 더 걱정하셨지요. 당신께 마지막 인사를 드리러 간 날 뵈었던 작고 앙상한 체구의 어머님과 윤님을 꼭 닮은 동생 분의 모습이 오래도록 남아 가슴을 먹먹하게 합니다.

윤님, 당신을 알게 되어 기쁘고 즐거웠으며, 친구가 되어 주셔서 고맙고 행복했습니다. 존경했고 자랑스러웠던 당신을 영원히 기억하겠습니다. 님을 보내며 우리 모두가 품은 소망처럼 부디 이제 어떤 아픔도 없는 곳에서 자유롭고 행복하게 지내셔요. 소중한 친구여, 안녕히……　　　　　　　　　아영엄마

●●● 만두언니, 며칠 전 언니 생일이었지? 치카님이 쓴 글 보고 울고, 만순님이 쓴 글 보고 또 울었어. 너무너무 미안해서…… 언니는 정말 알뜰살뜰 우릴 챙겨 줬는데, 난 언니에게 해준 게 별로 없다는 사실이 사무치더라.

돌이켜 보면 우리 꽤 오랜 사이요. 언니랑 진우맘이랑 마태우스님이랑 파

란여우님이랑 다 알라딘 1세대잖아. 시간이 흘러 지금은 나도 알라딘 서재 초창기 멤버에 속한다지만, 2004년만 해도 난 약간 머뭇거리며 글을 쓰곤 했더랬지. 그러다 오고 가는 이벤트와 선물 속에 우린 서로 질러족이네, 찔러족이네, 자해공갈단이네 하는 우스갯소리를 나누며 친해졌고, 언니를 통해 난 더 많은 사람들에게 다가갈 수 있었어.

또 내가 어머니 생각이 나서 우울해할 때나 직장맘이라 힘들다고 투덜댈 때 가장 먼저 따스한 댓글을 달아 주던 사람 중 하나가 언니였어. 그렇게 언니는 늘 밝고 넓은 사람이라 언니가 아프다는 말이 참 안 믿겼는데…… 그랬었는데……

언니가 없어서 알라딘은 더 이상 예전 같지 않아. 꽃을 좋아하는 언니는 봄이 되면 만순님과 만돌님이 찍어온 꽃 사진을 올리며 소식을 알려 줬잖아. 여름이면 당연히 언니가 추천해 준 추리소설을 읽었고, 가을이면 환절기에 감기 조심하라고 꼭 말해 주던 사람도 언니였어. 겨울이 오면 가장 먼저 크리스마스카드와 연하장을 보내 주던 것도 언니였는데……

이제 내가 바라는 건 우리의 그리움들이 모여 언니에게 포근한 안식이 되었으면 하는 거야. 지금 언니가 있는 세상은 사시사철 꽃과 책이 흐드러지고, 춥지도 않고 덥지도 않고 아프지도 않은 곳일 거야. 언젠가는 나도 거기에 가서 오래오래 수다를 떨 수 있을까? 그때까지 즐겁게 기다려 주길…… 언니, 보고 싶어.

조선인

••• 세월이 참 빠르다. 벌써 물만두님이 가신 지 1년을 헤아리니 말이다. 그분이 가시던 날 나는 당신을 항상 기억하겠다고 다짐했었다. 아직도 잘 믿기지가 않는다. 지금도 알라딘 서점이나 서재를 보면 고인의 흔적이 남아 있다. 그럴 때면 새삼 고인이 살아 있던 시간들이 아득해진다. 이렇게 생생하게 글이 남아 있는데 그분은 어디로 가셨단 말인가?

아직도 고인을 생각하면 두 가지 기억이 난다. 고인은 자신의 지병을 생각해 앞으로 다섯 수레만큼의 책을 읽고 떠날 수 있을는지 모르겠다며 시간이 많지 않음을 안타까워 하셨다. 그때 나는 물만두님의 수레가 될 수 있으면 굉장히 큰 것이길 바랬다. 그래야 고인의 생명이 연장될 테니까.

사명이 있는 사람은 쉽게 죽지 않는다고 하지 않던가. 그래서일까? 그분은 무서운 속도로 책을 읽었고, 그 책에 대한 리뷰를 썼다. 1년에 200권 내지 250권의 책을 읽고 리뷰를 쓴다는 건 말처럼 그렇게 쉬운 일이 아니다. 고인은 그것을 자신의 생명이 다하는 날까지 해내고 있었던 것이다.

다섯 수레를 가득 채우려면 몇 권의 책을 읽어야 하는지는 잘 모른다. 하지만 물만두님은 충분히 그 일을 해내셨다고 생각한다. 그리고 우리는 고인이 독서에 바쳤던 삶을 기억해 이렇게 두 권의 책으로 다시 만나게 되었다. 반가운 일이고, 잘된 일이라고 생각한다. 이것은 이 세상을 먼저 떠난 고인이 사랑하는 가족과 고인을 기억하는 사람들을 위로하는 방식이라고 생각한다. 모쪼록 많은 분들에게 읽혀 함께 고인의 넋을 위로하고 기억하는 계기가 되었으면 좋겠다. 다시 한 번 삼가 고인의 명복을 빈다. 물만두님, 당신을 기억하겠습니다.

stella09

별 다섯 인생

••• 물만두님, 평안하신지요? 지난 가을, 알라딘 지기들이 만두님 서평을 모아서 책으로 내자는 의견이 있었지요. 그때 만두님은 거절하셨죠. 그런데요 물만두님, 만두님의 글을 두고두고 보고 싶어 하는 사람들이 있어요. 만두님의 도움을 받은 사람들, 만두님의 따뜻한 마음을 받은 사람들, 만두님의 분투에 힘을 얻은 사람들이 아주 많아요. 고맙게도 출간을 준비하고 있다는 소식이 들려오네요. 허락해 주실 거죠? 늘 서재 마을 구석구석 다니면서 챙겨주시던 정 많은 만두님, 그런 만두님이 계셔서 세상이 따뜻했습니다. 고맙습니다. 가을산

••• 언제나 저를 따뜻하게 맞아 주시던 만두님을 기억하고 있습니다. 알라딘 서재 하면 생각나는 호인이신데 이런 기회로 인사드리게 되어 죄송하고 슬프네요. 만두님이 남겨 주신 따뜻한 기억들은 제 마음속에 소중히 간직하겠습니다. 고맙습니다. 편히 쉬세요.   DJ뽀스

••• 물만두님의 격려에 힘입어 그동안 서재 활동을 해올 수 있었습니다. 제게 좋은 책들을 소개해 주셨고 직접 편지도 주셨죠. 만나 뵙지는 못했지만 물만두님의 성의에 많이 감사했습니다. 직접 감사의 인사를 드리지 못해 죄송합니다. 다시 한 번 삼가 고인의 명복을 빕니다.   ChinPei

••• 몇 년 전부터는 물만두님의 서평만으로 책을 결정했었습니다. 오늘에야 부고를 보고 황망하고 슬퍼서 글을 남깁니다. 찾아 뵀어야 했는데 죄송합니다. 정말 죄송합니다. 늦었지만 삼가 명복을 빕니다.   힌덴부르크

••• 만두님. 사랑하는 나의 만두님. 만두님의 부음을 듣는 순간 눈물이 왈칵 쏟아졌습니다. 물만두님께 알라딘은 삶 자체였고, 알라디너들은 벗 이상이었을 텐데 저는 아무것도 해 드리지 못했습니다. 미안합니다. 하늘나라에서 편안한 삶 누리소서. 건강한 몸으로 마음껏 사랑하시고 영원한 행복 누리소서. 만두님 사랑합니다.   세실

••• 만두님, 그간 만두님과의 추억을 마음으로 조용히 그리고 있었어요. 앞으로 만두님의 흔적을 얼마나 많이 만나게 될까요? 책을 읽을 때마다 만두님 생각에 코끝이 찡해질 것만 같아요. 몸은 힘들어도 누구보다 밝으셨던 만두님. 지금 계신 곳에서는 아픔 없이 고통 없이 편안하게 책을 읽고 계시겠죠? 만두님 감사합니다. 그리고 사랑합니다.   이매지

••• 만두님이 자꾸 마음에 걸려 이렇게 글을 남깁니다. 아픔도 꿈도 조금 더 가까이 나눴어야 했는데… 편안히 가세요. 고마웠어요. 미안함을 염치없이 이렇게

전합니다. 여울마당

••• 지치고 힘들어 하던 저에게 가장 먼저 말을 걸어 주신 분이 만두언니입니다. 아직도 믿기지 않고 속상합니다. 많이 죄송하고 미안했어요. 부디 좋은 곳에서 건강하고 행복하게 지내시길 바랍니다. 하늘바람

••• 물만두님의 부고를 보니 눈시울이 붉어집니다. 예전에 저는 쉬지도 않고 책을 읽어 글을 남기는 물만두님의 모습이 부러워 괜히 질투를 했었습니다. 요즘은 만두님 덕분에 열심히 책을 읽고 있습니다. 옹졸하게 닫혀 있던 제 마음이 비로소 열렸습니다. 이제는 물만두님의 댓글을 볼 수 없지만 혹여 무어라 답해줄까 궁금해집니다. 미안합니다. 편히 쉬세요. 제1의아해

••• 가슴이 아파서 어찌할 바를 모르겠습니다. 물만두님의 재치 있고 힘 있는 글을 볼 수 없다니 하늘이 야속하기만 합니다. 늘 알라딘 한가운데서 우리를 둘러보시고 살갑게 다독이셨는데 죄송한 마음뿐입니다. 부디 하늘에서는 몸도 마음도 평안하시기를 빌겠습니다. 해리포터7

••• 안녕하세요, 물만두님. 제가 초등학교 5학년 때 알라딘에서 물만두님을 뵈었
는데 저는 지금 고등학교 3학년이 되었어요. 예전에 물만두님이 카드도 보내
주시고 선물도 많이 보내 주셔서 저희 가족들도 물만두님을 기억하거든요.
아이디도 특이해서 가족들이 물만두님을 많이 좋아했어요. 물만두님은 정말
많은 사람들에게 잊지 못할 추억을 남기고 가셨어요. 예전에 제 리뷰에 댓글
도 많이 달아 주셔서 서재 활동하는 재미를 주셨는데 지금 돌이켜 보면 그때
가 정말 그립네요. 너무 마음이 아프지만 지금 좋은 곳에서 예전처럼 많은 사
람들에게 물만두님의 사랑과 웃음을 나누어 주고 계실 거라고 생각해요. 앞
으로도 종종 놀러 올게요. 안녕히 계세요.   박예진

••• 갑작스러운 소식을 접하고 많이 놀랐습니다. 제 서재에 남기신 댓글이 아직
도 정겹게 느껴지는데, 더 좋은 말씀 해주실 줄 알았는데, 정말 안타깝습니다.
세상을 살면서 좋은 영향을 받을 수 있는 지인을 만나는 것은 그리 흔한 일은
아닙니다. 물만두님은 제가 서평을 지속적으로 쓸 수 있는 원동력을 만들어
주셨던 귀한 분이었습니다. 그분이 돌아가시고 찾아온 상실감에 서평을 계속
쓰는 것에 무기력감을 느낄 정도였으니까요. 게으른 독서가에게 항상 좋은
자극을 주신 것 감사드립니다. 좋은 곳에서 물만두님의 이상을 실현하시리라
믿고 기도합니다. 삼가 고인의 명복을 빕니다.   체리아빠

별 다섯 인생

ⓒ 홍윤

초판 1쇄 발행 | 2011년 12월 13일
초판 3쇄 발행 | 2013년 12월 20일

지은이　　물만두 홍윤
책임편집　　정인화 · 고선향
디자인　　최선영 · 장혜림

펴낸곳　　바다출판사
발행인　　김인호
주소　　서울시 마포구 서교동 401-1 5층
전화　　322-3885(편집), 322-3575(마케팅부)
팩스　　322-3858
E-mail　　badabooks@gmail.com
홈페이지　　www.badabooks.co.kr
출판등록일　　1996년 5월 8일
등록번호　　제 10-1288호

ISBN 978-89-5561-623-1　03810
　　　978-89-5561-622-4　(세트)

이 도서의 국립중앙도서관 출판시도서목록(CIP)은
e-CIP홈페이지(http://www.nl.go.kr/ecip)와
국가자료공동목록시스템(http://www.nl.go.kr/kolisnet)에서
이용하실 수 있습니다.(CIP제어번호: CIP2011004988)